PFALZ KRIMI

im Emons Verlag

Olaf Paust, geboren 1963 in Alfeld an der Leine, ist Hörfunk-Journalist und arbeitet für den Südwestrundfunk in Mainz. Er ist in der Pfalz aufgewachsen und war nach seiner journalistischen Ausbildung mehrere Jahre als Redakteur für die Pirmasenser Zeitung sowie als freier Mitarbeiter für den Saarländischen Rundfunk tätig. Er lebt mit seiner Frau in der Nähe von Mainz. »Pfälzisches Roulette« ist sein erster Roman.

Olaf Paust

Pfälzisches Roulette

Emons Verlag Köln

Umschlaggestaltung: Atelier Schaller, Köln
Umschlagzeichnung: Heribert Stragholz
Umschlaglithografie: Media Cologne GmbH, Köln
Druck und Bindung: Clausen & Bosse GmbH, Leck
Printed in Germany 2002
ISBN 3-89705-257-1

www.emons-verlag.de

Für Feli

EINS

Das Fenster war leicht beschlagen. Das grelle Licht der Leuchtstoffröhre spiegelte sich in der Scheibe. Der Mann stand schon eine ganze Weile am Fenster und starrte in die Dunkelheit hinaus.

Er hielt seine Hand wie einen Schirm über die Augen und konnte lediglich die Umrisse des kleinen Tals erkennen, das sich wie ein schwarzer Teppich vor dem Gebäude ausbreitete. Sein Atem hinterließ einen feuchten Fleck auf der Scheibe. Flüchtig wischte er mit seinem Unterarm über das Glas, doch der trübe Film kehrte sofort wieder.

In seinem Kopf begannen die Gedanken zu rasen, ohne Ordnung und ohne Ziel. Die Stille war unerträglich. Er wünschte sich Musik, irgendein belangloses Gedudel, das die Stille und die Gedanken hätte vertreiben können, doch in dem fünfzehn Quadratmeter großen Zimmer befand sich weder ein Radio noch ein Fernseher.

Seine Kehle war wie zugeschnürt, das Schlucken kostete ihn Überwindung. Warum kam diese verfluchte Schwester nicht? Es war bereits nach fünf. Sonst war sie doch immer pünktlich!

Unruhig begann er, durch das Zimmer zu marschieren, fuhr mit den Händen über den rauhen Stoff des buntbezogenen Sessels, tastete mit den Fingern über den warmen Schirm der Stehlampe. Sein Blick fiel auf das einzige Bild im Raum, das einen Schwarzwald-Bauernhof im Winter zeigte. Eine Weile musterte er die dichten, grünen Zweige der Nadelbäume, mit denen der Künstler – seine Signatur war nicht zu entziffern – den Hof umrahmt hatte. Ihm war jedes Detail des Bildes mittlerweile so vertraut, daß er es mit geschlossenen Augen hätte nachzeichnen können. Wenn er länger davor stand, kam es ihm sogar manchmal so vor, als könnte er den frischen Tannenduft riechen oder das Rascheln der Zweige im eisigen Wind hören.

Widerwillig riß er sich los und machte einen Schritt auf den Spiegel neben der Tür zu. Er fuhr sich mit der Hand durch sein ungekämmtes Haar. Seine Finger wanderten tiefer, über seine hageren

Wangenknochen. Sein Anblick erschreckte ihn. Er sah krank aus. Oder bildete er sich das nur ein? Um sicher zu gehen, daß seine Augen ihn nicht täuschten, kniff er sie fest zu und öffnete sie wieder.

Nein. Er hatte sich nicht getäuscht.

Er zog eine Grimasse und sah zur Tür. Waren da nicht Schritte zu hören? Kurze, schnelle Schritte, die näher kamen?

Er eilte zum Sessel, setzte sich und wartete darauf, daß sich die Tür öffnete und Schwester Gertrud hereinkam. Wie jeden Tag würde sie ihm die gleiche Frage stellen, die schon unzählige Patienten zur Verzweiflung getrieben hatte:

»Na, wie geht's uns denn heute?«

Und er würde antworten: »Danke, Schwester Gertrud. Ich fühle mich ausgezeichnet.« Eine glatte Lüge, doch zu einer ehrlichen Antwort fehlte ihm der Mut. Er fühlte sich schon lange nicht mehr gut.

Anfangs hatte er immer Spritzen bekommen, wenn es ihm schlecht ging. Später waren sie durch kleine weiße Tabletten ersetzt worden, die er artig geschluckt hatte; dreimal am Tag, jeweils zwei, bis er sie nicht mehr sehen konnte.

Mittlerweile bekam er wieder Spritzen.

»Na, wie geht's uns denn heute?« fragte die kräftige Frau mit dem kleinen Knoten im Haar und ließ dabei die Tür laut hinter sich zufallen.

»Gut, Schwester. Mir geht es wirklich gut.«

»Na also, dann trinken wir jetzt unseren Tee, damit es uns morgen noch besser geht.«

Er rang sich ein Lächeln ab, obwohl er dieses Getue haßte. Sie behandelte ihn wie einen Pennäler, dem die gute Tante täglich eine Überraschung vorbeibringt. Er war dennoch froh über ihren täglichen Auftritt, denn sie ließ ihn für einen Augenblick seine Ängste vergessen. Vor allem die Angst vor der Stille, die ihn Stunde um Stunde plagte.

»So, das war's für heute«, brummte die weißgekleidete Gestalt, während sie das Tablett ergriff und zur Tür ging.

»Schwester Gertrud ...«

»Ja?«

»Ich ...« Zögern. Warum hatte er sie angesprochen? Helfen konnte sie ihm ja doch nicht.

»Ist irgendwas?« fragte sie.

»Ach nichts«, erwiderte er. »Es ist alles in Ordnung. Ich fühle mich ausgezeichnet.«

»Dann ist es ja gut.« Sie nickte ihm aufmunternd zu. »Schlafen Sie sich aus. Dann sieht die Welt morgen schon ganz anders aus.«

»Ja, Schwester. Morgen sieht alles ganz anders aus. Danke.«

Die Tür fiel hinter ihr ins Schloß, und er hörte sie erneut forsch den Gang hinuntereilen.

Sofort kroch die Stille wieder in das Zimmer. Der Mann lehnte sich im Sessel zurück und versuchte, einen klaren Gedanken zu fassen. Ihm blieb keine andere Wahl, dachte er. Er mußte es tun.

Er stand auf, ging zum Fenster hinüber und starrte wieder hinaus.

Er wartete, bis sein Atem erneut die Scheibe trübte, und drückte seine Stirn dagegen, bis sie ganz naß war.

Nichts sollte sich ihm jetzt noch in den Weg stellen.

Der Wecker mußte viermal klingeln, bis Adrian Gerck aufwachte. Benommen verfolgte er eine Zeitlang den Lauf des Sekundenzeigers. Schließlich strich er sich langsam über seine vom Schlaf verklebten Augen.

Er hatte wieder von Carola geträumt. Dieses Mal war sie eine Motorradbraut gewesen, die in einem Bikini auf seinem Rücksitz gesessen und sich eng an ihn geschmiegt hatte. Wohin waren sie noch mal gefahren? An einen Strand? Oder einen See? Er rieb sich fester die Augen. Er wußte es nicht mehr, und überhaupt war das Ganze Schwachsinn gewesen, denn er fuhr überhaupt kein Motorrad, hatte nicht mal einen Führerschein dafür.

Er warf die Decke zurück. Carola Linn! Wie oft hatte er schon von ihr geträumt.

Wie jedesmal, wenn er an sie dachte, fiel ihm automatisch Diana Rigg ein, die in der britischen Fernsehserie »Mit Schirm, Charme und Melone« die Rolle der Emma Peel verkörpert hatte. Carola sah, von ihren roten Haaren einmal abgesehen, nicht nur genauso aus wie Emma Peel, sondern hatte auch denselben dezenten und dennoch unübersehbaren Sexappeal.

Er seufzte, während er sich schwerfällig erhob. Leider war er nicht

Emma Peels umschwärmter Serienkollege John Steed. Er ging zum Fenster, um es zu öffnen. Vor dem großen Schrankspiegel blieb er kurz stehen, betrachtete flüchtig seinen blonden Bürstenhaarschnitt und dann seinen schmalen Oberkörper, der, allem Hanteltraining zum Trotz, bislang kaum kräftiger geworden war.

Er öffnete das Fenster und atmete tief die kühle Waldluft ein, bevor er unter der Dusche verschwand und sich anschließend über das Frühstück hermachte, das seine Mitbewohnerin aus dem Erdgeschoß wie gewohnt auf einem Tablett vor seiner Wohnungstür plaziert hatte.

Als er in sein zweites Brötchen biß und auf den Teller mit Schinken, Salami und Käse sah, dachte er, daß Erna Friedrich einfach unverbesserlich war. Die kinderlose Rentnerin behandelte ihn aus einem unerfindlichen Grund fast wie einen Ziehsohn. Er hatte es aufgegeben, daran etwas ändern zu wollen.

Zwanzig Minuten später stand er ausgehfertig und mit halbleerem Tablett vor ihrer Tür.

»Guten Morgen, Frau Friedrich. Das war wirklich wieder sehr nett von Ihnen und wie üblich zuviel.«

Die zierliche Frau wischte sich lächelnd ihre feuchten Hände an der weißen Schürze ab und sagte nur: »Ach, Sie können das doch vertragen.« Sie nahm ihm das Tablett ab. »Gestern nachmittag hat übrigens Frau Linn zweimal vergeblich nach Ihnen gefragt.«

»Carola? Was wollte sie?«

»Hat sie nicht gesagt. Sie wollte sich aber heute morgen noch einmal bei Ihnen melden.«

»Hat sie irgendeine Uhrzeit gesagt?«

Frau Friedrich schüttelte den Kopf. »Vielleicht sollten Sie bei ihr anrufen? Es klang ziemlich wichtig.«

Gerck schmunzelte. Das war typisch für Carola. Leider waren es immer nur berufliche Dinge, die sie hertrieben. Carola war eine sehr gute freie Mitarbeiterin und vor allem eine sehr genaue. Das stellte er jedesmal wieder von neuem fest, wenn sie ihn bat, einen ihrer Artikel gegenzulesen. Er überlegte, ob er bei ihr vorbeifahren sollte, schließlich wohnte sie nur ein paar Straßen entfernt. Er sah auf seine Uhr. Nein, das würde er nicht mehr schaffen.

»Würden Sie mir einen Gefallen tun? Ich habe leider heute morgen einen wichtigen Termin und muß anschließend gleich zur Redaktion fahren. Falls sie hier noch mal auftauchen sollte, würden Sie ihr ausrichten, daß sie mich unterwegs telefonisch im Auto erreichen kann? Ansonsten rufe ich sie zurück.«

»Natürlich. Das mache ich gern.«

»Danke.« Gerck wandte sich zum Gehen, blieb jedoch stehen und sagte: »Ach, Frau Friedrich, bevor ich es vergesse: Das Außenlicht vor der Haustür brennt nicht mehr. Ich habe es gestern abend bemerkt, als ich nach Hause kam. Ich komme leider nicht an die Birne heran. Ich fürchte, wir müssen den Kundendienst benachrichtigen.«

»Ich rufe gleich an«, erwiderte sie. »In einem Zweiparteienhaus muß man sich die Arbeit doch teilen.«

»Noch mal Danke.« Gerck ging zur Haustür.

»Fahren Sie vorsichtig«, rief ihm Frau Friedrich nach.

Er nickte und zog die Tür hinter sich zu.

Der Autofahrer schimpfte laut vor sich hin.

Durch den herbstlichen Frühnebel konnte man kaum die Hand vor Augen sehen – geschweige denn die Straße erkennen. Mit quietschenden Reifen kam er kurz darauf zum Stehen. Mitten auf der Straße lag etwas, das aussah wie ein totes Reh.

»Phantastisch! Ein Wildunfall mit Fahrerflucht!«

Er schaltete die Warnblinkanlage an und stieg aus.

Mißmutig streifte er sich seine Arbeitshandschuhe über, die immer in der Ablage der Fahrertür lagen, und ging nach vorn.

Jetzt erst bemerkte er, daß er sich getäuscht hatte. Nur mühsam konnte er einen Brechreiz unterdrücken. Vor ihm lag kein totes Reh, sondern ein zusammengekrümmter Mann in einer riesigen Blutlache. Er trug braune Hosen und ein braunes Sakko, dessen Farbe jedoch nur noch schwer zu erkennen war, weil unzählige Blutflecken alles überdeckten.

Der Mann war zweifellos tot.

Der Autofahrer wollte schreien, doch er brachte keinen Ton hervor.

Panikartig rannte er die wenigen Meter bis zu seinem Wagen zurück, riß die Tür weit auf und ließ sich schwer atmend auf den Fahrersitz fallen.

Er blieb so lange sitzen, bis die Innenscheiben von seinem Atem so beschlagen waren, daß er die Leiche auf der Straße nicht mehr erkennen konnte.

Gercks Freisprechanlage war so ziemlich das einzige, was in seinem alten Porsche wirklich zuverlässig funktionierte. Als das Handy plötzlich klingelte, hätte er trotzdem fast das Steuer verrissen. Er drehte das Radio schnell leiser, als der Nachrichtensprecher von SWR1 Rheinland-Pfalz gerade die Meldung über den Neuzugang beim 1. FC Kaiserslautern vorlas.

»Ja, Carola?«

»Carola? Nein, ich bin es, Walter.«

Bion war in der Leitung. Er war schwer zu verstehen. Offenbar benutzte er ebenfalls ein Handy.

Gerck schämte sich vor sich selbst. Seine Stimme hatte eine Spur zu erwartungsvoll geklungen.

»Du bist sicher auf dem Weg zur Pressekonferenz«, hörte er Bion sagen. »Bist du noch weit von Münchweiler weg?«

»Nein, warum?«

»Vergiß deinen Termin. Ich habe einen Tip bekommen. In der Nähe des Beckenhofs wurde angeblich eine Leiche gefunden.«

»Was? Wo?«

»Keine Ahnung. Aber gibt es an der B 10 nicht eine Abzweigung, die direkt zum Beckenhof führt?« Weiter kam er nicht. Das Gespräch riß ab.

»Mist«, murmelte Gerck. Er wartete einen Augenblick, doch Bion meldete sich nicht mehr. Eine Leiche! Er drückte seinen Fuß auf das Gaspedal.

Zum ersten Mal an diesem Morgen gelang es ihm, Carola aus seinen Gedanken zu verdrängen.

Aus der Ferne hörte er ein leises Motorengeräusch. Der Schreck durchzuckte ihn wie ein Blitz. Hastig griff er nach dem Hammer und sprang ins Gebüsch. Er merkte noch, wie sein rechter Fuß an etwas hängenblieb, und stürzte zu Boden. Seine Hosenbeine sogen sofort die Waldfeuchtigkeit auf.

Der Fuß tat höllisch weh.

Das Motorengeräusch kam immer näher. Er rappelte sich hoch und rannte trotz der Schmerzen wie blind in Richtung einer Tannenreihe. Das Herz schlug ihm bis zum Hals.

Bloß nicht schlappmachen, dröhnte es in seinem Kopf. Und vor allen Dingen nicht wieder hinfallen! Wenn er jetzt noch mal stolperte, würde er vielleicht gesehen werden.

Er hatte das Gefühl, als würde seine Lunge jeden Moment platzen. Die kalte Luft schmerzte. Seine Brust schien nur noch aus Stichen zu bestehen. Doch er mußte diese verdammten Tannen erreichen.

Kurz vor dem Ziel stolperte er noch einmal, konnte sich jedoch im letzten Augenblick noch fangen.

Mit letzter Kraft ließ er sich hinter den ersten Baum fallen.

Er spürte in diesem Moment weder die Kälte des Bodens noch den Schmerz in seinem Fuß. Er war nur froh, daß er außer Sichtweite war – und vor allem den Hammer hatte!

Wie hatte er den nur liegenlassen können!

Aber er war so außer sich gewesen und im nächsten Augenblick so erschrocken, als das Blut aus den Adern spritzte, noch dazu auf seine Hände und Arme, daß er vor lauter Panik und Ekel nur noch in seinem Wagen davongerast war.

Vor seinen Augen begann sich alles zu drehen. Allmählich wurde er sich über das Ausmaß des Ganzen bewußt. Er war völlig ausgerastet.

Er holte mehrmals tief Luft. Was war das? Sirenen! Die Polizei! So schnell? Er quälte sich wieder hoch und versuchte, sich an einen Baum zu lehnen. Seine Knie zitterten so stark, daß er das Gefühl hatte, seine Beine würden sofort wieder in sich zusammensacken. Er hatte keine Kraft mehr. Seine Hände krallten sich am Stamm des Baumes fest, bis die Knöchel weiß hervortraten.

Er keuchte und drückte die Zweige der Tanne etwas zur Seite, so daß er den langen Weg im Blick hatte. War dort am Ende nicht bereits Blaulicht zu erkennen? Sein Keuchen wurde heftiger. Verdammt!

Aber sie konnten ihn von dort aus unmöglich sehen.

Er wischte sich mit dem Ärmel über die Stirn und spürte, wie Schweißperlen über seinen Rücken rannen.

Er dachte an sein Auto, das er auf dem Waldparkplatz in der Nähe des Adolf-Ludwig-Rings abgestellt hatte. Sie würden sicher in Kürze die Straße bis zum Parkplatz absperren und die ganze Gegend nach Spuren absuchen. Vielleicht sogar mit Hunden! Er mußte weiter!

Er trat einen Schritt zurück und erwischte einen Ast, der auf dem Boden lag. Es knackte laut. Erschrocken drehte er sich um und begann erneut zu rennen.

Lauf, verdammt! schrie es in seinem Kopf. Du mußt es schaffen!

Bis zum Parkplatz ist es nicht mehr weit!

Die Blaulichtblitze zuckten durch die dünner werdenden Nebelschwaden. Bion hatte recht gehabt. Nachdem Gerck die Abzweigung von der Bundesstraße zum Beckenhof genommen hatte, wußte er, daß er richtig war.

Der Pulk von Polizeiwagen war nicht zu übersehen. Vier Streifenwagen standen mitten auf der Straße und versperrten den Weg. Gerck stellte seinen Wagen am Seitenrand ab.

»Wo wollen Sie hin?« herrschte ihn ein grimmig blickender Mann in Uniform an.

»Ich komme vom ›Pfalzblick‹. Ich habe gehört, daß hier heute morgen eine Leiche gefunden wurde«, antwortete er.

»Selbst wenn dem so wäre: Durchlassen darf ich Sie nicht«, belehrte ihn der Beamte mit wichtiger Miene.

»Ah, die Presse«, ertönte eine Stimme hinter dem Rücken des Polizisten.

Kriminalhauptmeister Felix Frey huschte ein flüchtiges Grinsen über das ausgemergelte Gesicht. In der linken Hand glimmte wie gewöhnlich eine Zigarette. Die rechte Hand legte er seinem Kollegen von der Schutzpolizei beruhigend auf die Schulter.

»Ist schon gut, Weibel. Lassen Sie den Mann durch.«

Widerwillig trat der Angesprochene einen Schritt zur Seite. Gerck lächelte ihn freundlich an, als er an ihm vorbeiging, um Frey zu begrüßen.

Freys Name stand in seinem Adressbuch ganz oben. Davor stand nur noch der Name von dessen Vorgesetztem, Kriminalkommissar Jonas Brix, mit dem Gerck freundschaftlich verbunden war.

Gerck schüttelte Freys Hand länger als nötig. Er mochte den schmalen Mann mit den buschigen Augenbrauen. Allerdings wunderte er sich, ihn hier zu treffen, denn Frey arbeitete eigentlich für das Polizeipräsidium Westpfalz in Kaiserslautern.

»Sind Sie zur Kripo nach Pirmasens gewechselt?«

Gerck trat neben den Beamten, der in einem alten Bundeswehrparka steckte. Die Kapuze war nach außen gestülpt. Der Parka war zudem falsch geknöpft. Offenbar war Frey beim Anziehen in großer Eile gewesen. Die dunklen Schatten unter seinen Augen deuteten darauf hin, daß er wohl schon eine ganze Weile auf den Beinen war.

»Nein, aber die Kollegen haben uns angefordert, weil sie wegen einer Grippewelle in Personalnöten sind.« Frey musterte ihn. »Und Sie? Woher wissen Sie, daß in diesem abgelegenen Waldstück ein Toter liegt?«

»Ich wurde unterwegs von einem Kollegen angerufen, der einen Tip bekommen hat. Fragen Sie mich aber nicht, von wem. Ich weiß es nämlich nicht.«

Frey zog kräftig an der Zigarette. »So!« Er grinste. »Na ja, ist für den Moment auch egal.«

Wortlos setzte er sich in Bewegung, und Gerck lief neben ihm her in Richtung einer Menschentraube.

»Ihnen ist klar, daß ich Sie normal nicht durchlassen dürfte?«

Gerck nickte stumm.

»Keine Fotos. Das müssen Sie mir versprechen.«

Gerck nickte abermals und sah zu dem Polizeifotografen, der gerade den am Boden liegenden, leblosen Körper von allen Seiten aufnahm.

Sie blieben in einiger Entfernung stehen.

»Weiter kann ich Sie nicht vorlassen«, sagte Frey. »Die Spurensicherung läuft auf Hochtouren, und die Kollegen mögen es nicht, wenn sie bei der Arbeit gestört werden.«

»Wer ist das Opfer?« fragte Gerck. Ihm war plötzlich flau zumute. Er war froh, daß er nicht weitergehen durfte. Er hatte in seinem

Leben erst zwei Leichen gesehen, die seines Onkels, aufgebahrt in einer Kirche, und einen Bekannten, der nach einem Herzinfarkt in einem Krankenhausbett gestorben war. Aber beides war nicht vergleichbar mit dem Toten hier.

»Den Papieren nach Dr. Ulrich Reichling aus Erlenbrunn.«

Gerck zog die Augenbrauen hoch. »Ein Arzt?«

Frey zündete sich eine frische Ducal an. »Ein Psychiater, um genau zu sein. Hat dort eine Praxis. Mehr wissen wir allerdings auch noch nicht.«

»Ermordet?«

»Kann man wohl sagen.« Frey deutete auf den Hals des Toten. »Ihm wurde die Kehle durchgeschnitten – und zwar der vollen Länge nach. Eine häßliche Wunde. Außerdem hat er eine nicht minder häßliche Wunde an der Schläfe und jede Menge Messerstiche im Rücken. Da muß jemand wie ein Verrückter auf ihn eingestochen haben.«

Er nahm wieder einen tiefen Zug und blies drei nahezu perfekte Rauchkringel in die Luft, die jedoch schnell im Nebeldunst verschwanden.

»Wer hat ihn gefunden?«

»Ein Autofahrer; wäre beinahe über ihn drübergerauscht. Er steht noch unter Schock und wird gerade ärztlich behandelt.« Frey machte eine Kopfbewegung in Richtung des Krankenwagens, der ein paar Meter weiter stand.

Gercks Augen wanderten an der Menschentraube vorbei zu den kahlen Bäumen, die sich wie Zinnsoldaten entlang der asphaltierten Straße reihten. Während der Sommermonate, wenn der von dieser Stelle aus nicht einsehbare Beckenhof seinen Biergarten bis spät in die Nacht geöffnet hatte und die Besucher wie Mückenschwärme in die Waldschänke einfielen, glich diese Straße mitunter einem Ameisenhügel. Während der Herbst- und Wintermonate hingegen verirrten sich hierher allenfalls ein paar Spaziergänger, die sich ihre Schuhe auf den angrenzenden Waldwegen nicht schmutzig machen wollten. Daß ausgerechnet hier ein Toter gefunden worden war, wollte ihm nicht in den Kopf. Die stark befahrene Bundesstraße war nur einige hundert Meter entfernt. Trotz der Novemberruhe hätte der Mörder entdeckt werden können. Zumindest tagsüber.

»Wie lange ist der Mann bereits tot?«

»Das wissen wir noch nicht genau.«

»Und wie lange schätzen Sie, daß er tot ist?«

Frey grinste und bemühte sich um eine behördlich klingende Ausdrucksweise. »Darüber etwas zu sagen, wäre verfrüht.«

Gerck nickte. Er wußte, daß jede andere Antwort den Beamten in Schwierigkeiten bringen konnte. Trotzdem sagte er: »Kommen Sie! Sie wissen doch, daß Ihre inoffiziellen Bemerkungen nicht morgen als Zitat in der Zeitung stehen werden.«

Frey zögerte. »Der Bursche muß zuerst unters Messer, damit wir brauchbare Einzelheiten erfahren«, erwiderte er, während er den aufsteigenden Rauch seiner Zigarette verfolgte. »Aber ausnahmsweise vertraue ich Ihnen unsere Vermutung an. Er muß zwischen 22 Uhr und Mitternacht gestorben sein. Darauf deuten die trüben Bindehäute und die Körpertemperatur hin.«

»Können Sie mir sonst noch was verraten?« Als er in Freys ernstes Gesicht sah, fügte er rasch hinzu: »Von Ihnen weiß ich natürlich nichts!«

Der Kriminalhauptmeister klopfte gegen seine Kippe und senkte die Stimme. »Er wurde anscheinend hier umgebracht. Sonst wäre auf der Straße nicht so irrsinnig viel Blut.« Verstohlen sah er zu den anderen Beamten, die damit beschäftigt waren, den Boden abzusuchen.

»Außerdem sind nur am Rücken und an der Seite Leichenflecken zu erkennen. Das heißt also, daß der leblose Körper nicht mehr von der Stelle bewegt wurde.«

»Und die Waffe? Ein Messer?«

»Haben wir noch nicht gefunden.«

Frey tippte gegen seine linke Schläfe. »Sein Gesichtsknochen ist zertrümmert. Wir suchen deshalb nicht nur nach einem Messer, sondern auch nach einem Schlagwerkzeug, vermutlich einem Hammer.«

Hinter ihnen waren plötzlich Motorengeräusche zu hören. Ein Polizist in Uniform stoppte einen ankommenden Wagen. Mit riesigen Schritten eilte Frey zu ihm. Es folgte ein kurzes Gespräch mit dem Fahrer, dann setzte der Mann seinen klapprigen Ford zurück und fuhr wieder in Richtung Bundesstraße.

»Ein Forstgehilfe. Er nimmt diesen Weg jeden Tag«, sagte Frey beim Zurückkommen. »Ich habe mir seine Adresse geben lassen. Wir werden ihn später befragen. Vielleicht hat er etwas gesehen.«

Seine Stimme klang nicht sehr hoffnungsvoll.

Gemeinsam starrten sie dem davonfahrenden Wagen hinterher, bis er nicht mehr zu erkennen war. Gerck wartete noch einen Augenblick, aber Frey hatte ihm offenbar nichts mehr zu erzählen.

»Also dann.«

Gerck schlenderte zu seinem Porsche zurück. Als er die Autotür öffnete, blickte er noch mal zu Frey, der sich schon mindestens die vierte Zigarette anzündete und gerade von einem Kollegen angesprochen wurde.

Er sank in das leicht verschlissene rote Polster. Ihn schüttelte es plötzlich. Er war wirklich froh, daß er sich den Toten nicht näher betrachtet hatte. Freys Schilderung hatte schon gereicht.

Während er den Motor startete, fragte er sich, ob das Messer oder der Hammer wirklich noch nicht gefunden worden waren.

Aber das hätte ihm Frey bestimmt erzählt.

Gerck gab behutsam Gas.

Der Aufmacher für morgen stand jedenfalls bereits fest. Aber was wußte er bisher? So gut wie nichts. Seinem Redaktionsleiter Westrich konnte er damit nicht kommen. Er brauchte unbedingt noch mehr Informationen. Hatte ihm Brix nicht erzählt, daß bei Mordfällen die Obduktionsergebnisse schon nach wenigen Stunden vorlagen? Er würde also heute noch im Präsidium anrufen.

Er sah auf seine Armbanduhr.

Es war zwanzig vor neun. Westrich kam gewöhnlich spät in die Redaktion. Es war also noch ein bißchen Zeit, um unterwegs irgendwo einen heißen Tee zu trinken, den er jetzt gut gebrauchen konnte.

Carola Linn blätterte in der aktuellen Ausgabe des Pfalzblicks. Sie saß angezogen im Schneidersitz auf ihrem breiten Bett und hatte keine Lust, sich mit den neuen Unterlagen zu beschäftigen, die ihr die Fernuniversität Hagen für ihr Soziologiestudium zugesandt hatte.

Ihre Augen blieben an Gercks Namen hängen, der über einem Artikel mit der Überschrift »Westpfalz erhält weniger Fördergeld aus Brüssel« stand. Der nachfolgende Bericht war ziemlich langweilig. Sie hörte nach der Hälfte auf zu lesen und bedauerte Gerck, der sich mit dem Thema hatte befassen müssen.

Sie dachte an ihr letztes Treffen, bei dem er sie so merkwürdig lange angesehen hatte. Sie hatte in diesem Moment das Gefühl gehabt, daß irgend etwas in der Luft lag, das über die übliche Kollegialität hinausging. Das hatte sie irritiert. Sie mochte Gerck zwar, eine Beziehung zu ihm konnte sie sich jedoch nicht vorstellen. Er war nicht ihr Typ. Aber wie sollte sie ihm das klarmachen, wenn er sie einmal offen darauf ansprechen sollte?

Sie wußte es nicht und hoffte, daß sie sich vielleicht doch getäuscht hatte.

Sie seufzte, faltete die Zeitung zusammen und stand auf. In der Küche holte sie sich eine Tasse Kaffee und schlenderte in das riesige Wohnzimmer der elterlichen Zwölf-Zimmer-Villa.

Ihre Mutter hatte es sich auf dem weinroten Sofa bequem gemacht und las wie üblich einen Kriminalroman. Carola musterte sie. Früher war ihre Mutter kein fauler Mensch gewesen. Aber seitdem sie vor einigen Jahren die Schuhfabrik ihres Vaters geerbt und sehr gewinnbringend wieder verkauft hatte, hielt sich ihr Arbeitseifer doch in deutlichen Grenzen.

»Gehst du heute nicht zur Zeitung?« fragte Margarete Linn, nachdem Carola den ersten Schluck genommen hatte.

»Mal sehen. Ich warte noch auf einen Anruf.« Carola drückte nachdenklich die Lippen gegen die Tasse. »Es wäre vielleicht nicht schlecht, wenn ich mehr Themen von mir aus anbieten würde.«

Margarete Linn schob mit einem Finger die Lesebrille zurück, die nach vorn auf die schmale Adlernase gerutscht war.

»Wie wäre es zum Beispiel, wenn ich eine Serie über den Niedergang der Schuhindustrie schreiben würde?« fuhr Carola eifrig fort. »Es ist doch unglaublich, wie sich die einst so reiche Industriestadt

Pirmasens zum Armenhaus des Landes entwickelt hat. Von den vielen Arbeitslosen ganz zu schweigen.«

Ihre Mutter schielte über den Rand ihrer Brille, die sich langsam wieder nach vorn schob.

»Das Thema wäre aber nicht neu«, erwiderte sie. »Schreib doch lieber einen Artikel über den Abzug der Amerikaner und Franzosen und die Probleme, die sich dadurch ergeben haben.«

Das war ein Thema, das Carola nun wirklich nicht interessierte. Natürlich war es schlimm für die betroffenen Orte, daß plötzlich so viele Kasernen leerstanden und niemand wußte, was damit anzufangen war. Aber es gab nun mal nicht genügend Käufer. Was sollte sie darüber noch schreiben?

»Da kenne ich mich zu wenig aus«, sagte sie knapp.

»Ich denke, du willst Redakteurin werden und nicht ewig nur freie Mitarbeiterin bleiben?«

Dieser Satz genügte in der Regel, um Carolas Ehrgeiz zu wecken. Heute war es damit aber nicht weit her.

»Deshalb muß ich mir ja nicht unbedingt so eine Horrorgeschichte aufladen.«

»Trotzdem wäre es bestimmt ein gutes Thema, das viele interessieren würde. Auch mich.«

Margarete Linn betrachtete ihre Tochter. »Warum rufst du nicht einfach diesen Reporter aus der Nachbarschaft an und fragst ihn, was er davon hält. Wie heißt er doch gleich?« Sie schnippte mit den Fingern.

»Adrian Gerck«, antwortete Carola. »Nein, ich laufe niemandem hinterher.« Sie zögerte. »Aber vielleicht hast du doch recht. Bei nächster Gelegenheit kann ich ihn ja mal fragen.« Sie biß sich auf die Lippen. Ihre Mutter brauchte nicht unbedingt zu wissen, daß sie fast jeden Tag bei Gerck anrief, um Themen abzusprechen oder sich nach Terminen zu erkundigen.

»Vielleicht passiert in nächster Zeit ja auch irgend etwas Aufregendes«, fuhr Margarete Linn fort. »Eine Entführung oder ein Überfall, und du bist diejenige, die exklusiv darüber schreibt.«

Carola mußte lachen. »O Mama, ich glaube wirklich, du liest zuviel Kriminalgeschichten. Wir wohnen in Rodalben und nicht in

Frankfurt oder Mannheim. Was soll hier bei uns im Pfälzer Wald schon passieren?«

»Ein Mord«, flüsterte Bion.

»Scheußlich.«

Westrich verzog angewidert den Mund und kratzte sich in den Haaren, die kreuz und quer abstanden.

Sie saßen zu dritt in dem kleinen Konferenzzimmer neben Westrichs Büro. Gerck knabberte an einem Kugelschreiber. Er hatte den beiden alles geschildert, was er wußte, und wartete nun auf ihre Reaktionen.

Bion pfiff durch die Zähne. »Ulrich Reichling, sagtest du?«

Gerck nickte verwirrt. »Ja. Kennst du ihn?«

»Ich bin am überlegen, ob es in der Psychiatrie des Pirmasenser Krankenhauses nicht einen Arzt gibt, der so heißt.«

»In der Psychiatrie in Pirmasens? Interessant«, murmelte Westrich. Die kleine Außenstelle der pfälzischen Nervenklinik Landeck in Klingenmünster war erst vor einigen Jahren eröffnet worden, um psychisch Kranken in der abgelegenen Westpfalz weite Anfahrtswege zu ersparen.

»Die Kripo ist aber überzeugt, daß er eine Praxis in Erlenbrunn hat«, entgegnete Gerck, während er in seinem Notizblock weiterblätterte.

»Das will ich auch nicht bestreiten«, sagte Bion. Seine hohe Stirn lag in tiefen Falten. »Ich bin mir auch nicht ganz sicher, aber ich meine, der Arzt, der uns damals mit Werbematerial über die neue Abteilung im Krankenhaus bombardiert hat, hieß Reichling. Vielleicht hat er die Praxis nebenher?«

»Vielleicht.«

»Nun erzähl endlich weiter«, sagte Westrich. »Das war doch bestimmt noch nicht alles!«

Gerck überflog seine Notizen. »Doch leider. Mehr wollte oder konnte mir die Polizei nicht sagen. Ich will später noch mal anrufen.«

»Auf jeden Fall«, sagte Westrich. »Die Geschichte müssen wir natürlich groß rausbringen. Wir müssen unbedingt wissen, wie das passiert ist, wie der Tote dorthin kam und ob die Polizei bereits eine

Spur hat. Außerdem wäre es prima, wenn wir etwas über diesen Reichling in Erfahrung bringen könnten.« Er sah Gerck fragend an. »Meinst du, daß du das alles hinkriegst?«

»Ich glaube schon«, antwortete Gerck.

»Hoffentlich.« Westrich zog ebenfalls seine Stirn kraus. »Es ist schlimm, daß ich nicht ein oder zwei Leute mehr darauf ansetzen kann. Aber ich habe niemanden. Die Sonderseiten zum verkaufsoffenen Sonntag hier in Kaiserslautern und zur Landesgartenschau sind noch nicht fertig, zwei haben sich heute krank gemeldet, und dann sind auch noch vier Redakteure auf dieser EDV-Schulung in Siegen. Und von unseren einzigen beiden freien Mitarbeitern, die zuverlässig genug sind, hat ausgerechnet einer zur Zeit Urlaub. Bliebe also nur Carola.« Er zögerte und schüttelte dann den Kopf. »Nein, ihr fehlt es noch an Erfahrung. Das möchte ich ihr nicht zumuten.« Energisch fuhr er fort: »Wenn du jedoch Hilfe brauchst, mußt du es sagen! Dann werde ich das irgendwie organisieren. Zur Not müssen Alexandra oder Walter dir helfen, auch wenn beide voll eingespannt sind. Als Regionalzeitung können wir es uns auf keinen Fall erlauben, über so ein Thema nur oberflächlich zu berichten!«

Er legte beide Arme auf die Stuhllehnen und rückte mit dem Oberkörper nach vorn. Das Zeichen, daß für ihn die Besprechung beendet war.

»Halt mich auf dem laufenden«, sagte er, während er sich erhob.

»Eine Kleinigkeit noch, Martin.« Bion zupfte Westrich am Ärmel.

»Was ist denn noch?«

Bion kniff die Lippen zusammen, was er oft tat, wenn er etwas Wichtiges zu sagen hatte. »Ich habe gehört, daß aus der Klinik in Pirmasens ein Patient abgehauen ist.«

Westrich sank auf den Stuhl zurück.

»Ein Patient abgehauen?«

»Mehr weiß ich auch nicht. Ich habe auf dem Weg hierher zufällig einen alten Bekannten aus dem Pirmasenser Krankenhaus getroffen, der das angedeutet hat. Vielleicht sollte ich da mal nachhaken? Am Ende besteht ein Zusammenhang zwischen den beiden Vorfällen?«

»Das wäre natürlich möglich«, sagte Westrich. »Aber dazu wissen wir leider zu wenig.« Er sah zu Gerck. »Was meinst du?«

Gerck schüttelte den Kopf. »Ich habe keine Ahnung. Dazu kann ich gar nichts sagen. Ich würde aber vorschlagen, daß sich Walter tatsächlich erst erkundigt und ich mich bei der Polizei umhöre. Danach können wir uns ja wieder zusammensetzen und gemeinsam überlegen.« Er drehte sich zu Bion um. »Das wollte ich dich übrigens noch fragen: Wer hat dir eigentlich erzählt, daß in der Nähe des Beckenhofs ein Toter liegt?«

Bion grinste. »Auch ein Bekannter, aus der Ambulanz. Er fährt Noteinsätze und wurde heute morgen dorthin gerufen. Er weiß, daß ich an solchen Themen immer Interesse habe, und hat sofort an mich gedacht. Ich habe von ihm schon einige Tips bekommen.«

»Du bist ja auch unser Spezialist für Gesundheitsthemen«, sagte Westrich mit einem ironischen Unterton. »Also Walter«, fuhr er fort, »du findest raus, was es mit dem verschwundenen Patienten auf sich hat, und Adrian kümmert sich, wie besprochen, um alles andere. Anschließend sehen wir weiter. Noch Fragen?« Er sah auffordernd in die kleine Runde. Beide schwiegen. Westrich stand endgültig auf. »Gut. Dann an die Arbeit.«

Gerck und Bion gingen in ihr gemeinsames Büro zurück.

»Ich werde gleich eine Mail an meinen Bekannten schicken«, sagte Bion und sank auf seinen abgewetzten Bürostuhl. »So erreiche ich ihn am schnellsten. Vielleicht weiß er mehr, als er mir vorhin erzählt hat? Ich werde ihn bitten, sich sofort zu melden.«

Noch bevor er zu schreiben anfing, schaltetet er den kleinen Fernseher ein, der rechts neben seinem Schreibtisch stand, und las mit starren Augen im Videotext die Börsenzahlen. »30,95. Schon wieder gefallen«, murmelte er ärgerlich und schaltete das Gerät aus. »So ein verdammter Mist!«

Er zog seine Schuhe aus, wie er es immer tat, wenn er am Schreibtisch arbeitete, und stellte sie neben seinen Stuhl. Anschließend verschwand sein Oberkörper hinter dem großen Bildschirm seines Computers.

»Schwierigkeiten, Walter?«

»Ach, das Übliche«, erwiderte Bion lakonisch. »Nichts Ernstes. Dieser Börsenverlauf ist nur manchmal einfach nicht zu verstehen.« Er begann, laut auf den Tasten herumzuhämmern.

Gerck wartete auf eine weitere Erläuterung, doch Bion schwieg, während seine Finger die Tastatur bearbeiteten. Du bist und bleibst ein komischer Kauz, dachte Gerck.

»Mensch, das hätte ich ja fast vergessen: Ich muß ja noch das Geld für die Lottoscheine einsammeln. Spielst du diese Woche wieder mit?« Bion war aufgesprungen und streifte seine Schuhe hastig über.

»Nein, diesmal nicht.«

Bion sah zur Uhr. »Ich muß sofort los, sonst erwische ich nicht alle. Also bis später. Es kann etwas dauern.« Er eilte aus dem Zimmer.

Gerck sah ihm nach und fragte sich, was wohl merkwürdiger war: Bions Aktienfimmel oder sein Lottotick, der ihn Woche für Woche durchs ganze Haus trieb, um von Kollegen Geld einzusammeln? Und der Erfolg? Gab es den überhaupt? Er konnte sich lediglich an einen Gewinn über dreihundertfünfzig Mark erinnern, den Bion stolz unter allen Mitspielern verteilt hatte.

Sein Blick wanderte zu dem verwaisten Schreibtisch gegenüber, der noch verschrammter als sein eigener war. Wie hatte Bion vor kurzem so schön gesagt? »Ein Laster braucht der Mensch nun mal. Dafür rauche und trinke ich nicht und habe keine Weibergeschichten.«

Gerck schüttelte den Kopf, als er daran dachte. Bion war wirklich in vielen Dingen merkwürdig und noch dazu sehr verschlossen. Was wohl aus dem Mehrfamilienhaus geworden war, das er von seiner verstorbenen Frau geerbt hatte? Er hatte schon länger nichts mehr davon erzählt.

Gerck sah auf seinen eigenen Schreibtisch, auf dem zwei Stapel mit Briefen und Faxen lagen, seufzte und begann, die Faxe zu lesen. Es waren fast ausschließlich Pressemitteilungen, die so unwichtig waren, daß er sie gleich in den Papierkorb warf. Ähnlich verfuhr er mit den meisten Briefen. Anschließend griff er zum Telefonhörer.

Er rief zuerst beim Wirt vom Beckenhof an, den er von einer Reportage über Waldgasthäuser kannte. Der Wirt konnte ihm jedoch nichts Neues erzählen, außer daß die Polizei alles weiträumig abgesperrt und den Wald durchkämmt hatte. Auch ein Anruf beim zuständigen Forstamt brachte Gerck nicht weiter. Niemand hatte irgend etwas gesehen oder gehört.

Anschließend versuchte er in mehreren Telefonaten vergeblich, den Namen des Autofahrers zu erfahren, der die Leiche entdeckt hatte.

Unzufrieden mit den Ergebnissen sank er gegen die Rückenlehne seines quietschenden Stuhls. Es war zwanzig nach zwei. Bion war immer noch nicht zurück. Ob er nun bei der Polizei anrufen sollte? Vielleicht lag das Obduktionsergebnis bereits vor? Er beschloß, es bei Brix zu versuchen.

Die Nummer des Präsidiums kannte er auswendig, ebenso die Durchwahl.

Bereits nach dem dritten Freizeichen ertönte Brix' tiefe, sonore Stimme, die gut zu einem zwei Meter großen Hünen gepaßt hätte, obwohl Brix mit seinen knapp einen Meter achtzig nur unwesentlich größer als er selbst war.

»Hallo. Ich nehme an, Sie haben mit meinem Anruf gerechnet?« sagte er zur Begrüßung.

»Offen gestanden ja, nachdem Frey mir erzählt hat, daß er Sie heute morgen getroffen hat. Jetzt möchten Sie sicher wissen, wer der Mörder ist?«

Gerck grinste. »Genau. Und ich bin sicher, daß Sie mir den Namen bereits nennen oder zumindest sagen können, wer für die Aufklärung zuständig ist?«

»Ich«, sagte Brix süffisant, wurde jedoch sofort wieder ernst. »Mir wurde der Fall leider auf die Augen gedrückt. Und was den anderen Teil Ihrer Frage angeht: Bisher tappen wir noch im dunkeln. Keine richtigen Spuren. Keine Zeugen. Nichts. Sogar die Tatwaffen haben wir noch nicht gefunden.«

»Haben Sie sich selbst dort umgesehen?«

»Ja, kurz nachdem Sie weg waren.«

»Und? Was ist Ihr Eindruck?«

Brix zögerte einen Moment. Gerck spürte, wie er mit sich rang. Aber er hatte Glück. Brix wiegelte nicht ab.

»Ein Raubmord scheidet aus«, sagte er langsam. »Reichling hatte in seinen Gesäßtaschen neben seinem Autoschlüssel auch sein Portemonnaie mit rund zweihundert Mark. Wir sind mittlerweile auch ziemlich sicher, daß er gegen 22 Uhr ermordet wurde. Außerdem muß er mit einem Auto dorthin gekommen sein, wie seine Schuhe und seine Kleidung zeigen.«

»Seine Schuhe?«

»Ja. An seinen Sohlen waren keinerlei Reste von frischer Erde oder sonstigem frischen Schmutz. Zudem trug er nur ein dünnes Hemd und darüber ein Sakko. Kaum vorstellbar, daß er damit im November spazierengegangen wäre. Noch dazu abends.«

»Vielleicht hat ihm der Mörder seine Jacke oder seinen Mantel ausgezogen?«

Im Hörer rauschte es, weil Brix kräftig ausatmete. »Nein. Die tiefen Stichwunden in seinem Rücken lassen eher den Schluß zu, daß er keine dicke Jacke oder etwas Ähnliches anhatte.«

Das Obduktionsergebnis lag also schon vor, dachte Gerck. »Woran ist Reichling denn genau gestorben?« fragte er vorsichtig.

»An dem Schnitt durch die Kehle«, sagte der Kommissar. »Sein Körper ist ziemlich ausgeblutet. Muß ein verdammt scharfes Messer gewesen sein.«

Gerck mußte schlucken und drückte behutsam gegen seinen eigenen Kehlkopf.

»Zuvor wurde ihm allerdings mit einem Hammer gegen den Kopf gehauen.« Gerck hörte es blättern. »Ja, hier steht's: Wunde an der linken Schläfe ist etwa 4 x 4 Zentimeter groß. Also ein Hammer mit einer relativ breiten Schlagfläche, wahrscheinlich auch mit einem kurzen Stiel. Ich glaube, so etwas nennt man Fäustel. Der Schlag war jedoch nicht tödlich.« Brix blätterte weiter. »Und dann hat er fünfundzwanzig Stiche im Rücken. Manche sind so tief, daß die Abdrücke des Schafts am Körper zu sehen sind. Da hat also jemand mit großer Wucht zugestochen.«

Gerck hörte, wie eine weitere Seite umgeschlagen wurde.

»Wenn es sich um das gleiche Messer handelt, mit dem ihm die Kehle durchtrennt wurde, wovon auszugehen ist, ist die Mordwaffe ein Messer mit einer sechs Zentimeter langen Klinge, die einseitig geschliffen ist«, fügte Brix hinzu. Während er sprach, schien er etwas aufzuschreiben.

»Haben Sie auch schon eine Vermutung, wie sich das Ganze abgespielt haben könnte?«

Brix zögerte wieder.

»Ich erwähnte bereits, daß wir noch im dunkeln tappen«, sagte er gedehnt. »Aber gut, weil Sie es sind: Ich sehe keinen Grund, warum wir nicht darüber sprechen sollten. Vielleicht fällt Ihnen auch etwas auf. Ich schildere Ihnen einfach mal meine Gedankengänge. Ich brauche Ihnen natürlich nicht zu sagen, daß ich das morgen nicht in der Zeitung lesen möchte!« Es raschelte wieder.

»In Ordnung.« Gerck rieb sich die Hand, die vom vielen Mitschreiben bereits schmerzte. Er griff nach einem neuen Notizzettel, der auf einer Seite bereits beschrieben war, warf flüchtig einen Blick über den Text und wendete das Blatt.

»Gehen wir also davon aus, daß Reichling mit einem Auto zum Tatort kam«, begann Brix. »Natürlich nicht mit seinem eigenen, denn das steht auf dem Parkplatz vor dem Pirmasenser Krankenhaus – ohne irgendwelche Blutspuren, weder innen noch außen. Nehmen wir ferner an, daß der Mord außerhalb des Wagens passierte. Bei Reichlings Verletzung hätte der Mörder sonst riskiert, daß sein Auto nach der Tat wie ein Schlachthof aussieht. Andererseits wird Reichling bei der Kälte in seinen dünnen Klamotten kaum lange draußen gestanden haben, um sich zu unterhalten. Ich vermute daher, daß er auf dem Beifahrersitz saß und der Wagen stand, als ihn der Schlag mit dem Hammer traf.«

»Sie meinen, das würde erklären, warum seine linke Gesichtshälfte zertrümmert ist?«

»Ja. Reichling ist durch den Schlag betäubt. Der Täter springt aus dem Auto, reißt die Beifahrertür auf, zieht Reichling heraus und schneidet ihm von hinten mit dem Messer die Kehle durch.«

Gerck schluckte abermals. Seine Hand zitterte, während er seine Notizen auf das Blatt kritzelte.

»Reichling war etwa einen Meter fünfundachtzig groß und relativ schwer«, fuhr Brix fort. »Eine Frau hätte es sicher nicht geschafft, ihn schnell aus dem Auto zu zerren. Außerdem hätte er sich gegen eine Frau trotz des Hammerschlages mit großer Wahrscheinlichkeit noch wehren können, sagt der Gerichtsmediziner. Es sieht daher so aus, als ob es ein Mann war.«

Er machte eine Gedankenpause, die Gerck nutzte, um ein undeutlich hingekritzeltes Wort neu zu schreiben.

Brix machte wieder eine lange Pause, bevor er weitersprach.

»Jetzt wird es merkwürdig«, sagte er.

»Merkwürdig?«

»Die Messerstiche im Rücken! Bisher sieht alles nach einem planmäßigen Vorgehen und nicht nach einer Affekthandlung aus. Der Täter schneidet dem Schwerverletzten die Kehle durch, um sicher zu sein, daß er stirbt. Aber trotzdem sticht er anschließend noch fünfundzwanzigmal auf ihn ein. Warum? Warum hat er das wohl getan? Haben Sie eine Idee?«

»Vielleicht wollte er ganz auf Nummer Sicher gehen?« erwiderte Gerck.

»Reichling sieht aus, als sei er einem Verrückten in die Hände gefallen«, murmelte Brix, ohne darauf einzugehen. »Andererseits spricht dagegen, wie schon gesagt, das planmäßige Vorgehen. Es könnte sich also auch um ein Ablenkungsmanöver handeln. Vielleicht wollte jemand, daß es aussieht, als hätte ein Verrückter den Mord begangen!«

Gerck hatte das Gefühl, als erwartete Brix eine Bestätigung. Doch er drückte sich um eine Antwort. Beim Wort »Verrückter« war er zusammengezuckt. Hatte Bion nicht vorhin von einem Patienten gesprochen, der aus der Pirmasenser Klinik geflohen war?

Er drückte den Hörer fester ans Ohr.

»Ich habe vielleicht etwas Interessantes für Sie.«

»So?« Brix' Stimme klang gespannt.

Gerck holte tief Luft und begann wiederzugeben, was Bion erzählt hatte.

Brix schwieg. Gerck hörte seinen Atem. Tief und ruhig. Die Neuigkeit schien ihn nicht sonderlich zu überraschen. Oder war es für ihn schon keine Neuigkeit mehr?

»Interessant«, sagte Brix lapidar. »Haben Sie schon mit jemandem außerhalb der Redaktion darüber gesprochen?«

»Bisher nicht.«

Brix hüstelte leicht. »Wäre es möglich, daß es dabei bleibt?«

»Wie meinen Sie das?«

»Ich meine, daß noch kein Zusammenhang zwischen dem Mord,

der Praxis und der Klinik hergestellt wird, ehe wir uns mit verschiedenen Leuten unterhalten haben?«

Gerck spürte ein Kribbeln. Wir? Hatte er richtig gehört? Natürlich. Brix war schließlich auch klar, daß er nicht untätig an seinem Schreibtisch sitzen bleiben würde.

»Westrich wird zwar damit nicht einverstanden sein, aber gut«, sagte er. »Sie halten mich dann aber auch weiter auf dem laufenden?«

Es dauerte einen Moment, bis Brix antwortete: »Ja. Ich werde Sie sowieso heute noch anrufen, wegen unseres Trainingstermins. Bis dann.«

Gerck ließ den Hörer langsam sinken. Er warf einen Blick auf die restliche Post, die noch vor ihm lag. Er war nun überzeugt, daß die Geschichte ihn noch eine ganze Zeitlang beschäftigen würde. Aber das war ihm nicht unrecht. Ein Mord war interessanter als vieles, mit dem er sonst als Reporter zu tun hatte.

Die Finger zitterten leicht, als er das Messer wieder vom Tisch nahm. Der silberfarbene Stahl der Klinge blitzte, als seine Augen über sie hinwegglitten und an einer roten Stelle hängenblieben, die sich der Reinigung widersetzt hatte. Blut, stellte er erschrocken fest. Er hatte richtig gesehen: Dort klebte tatsächlich noch Blut.

Er umklammerte das kalte Metall und hielt die Klinge unter den Wasserstrahl, der immer heißer wurde, bis sich auch der letzte rote Tropfen endgültig gelöst hatte.

Er ließ sich schwer atmend in den Sessel fallen und zwang sich zur Ruhe.

Ihm war schwindelig, und für einen kurzen Augenblick befürchtete er, sich übergeben zu müssen. Doch nach einigen tiefen Atemstößen verschwand das Gefühl wieder. Er vermied es jedoch, weiter auf den Tisch zu starren, wo sich inzwischen eine Pfütze um das nasse Messer herum gebildet hatte.

Ja, er war nervös, auch wenn er sich noch so sehr dagegen wehrte. Es war das erste Mal, daß er wieder die Schuhschachtel mit dem Messer unter dem Sofa hervorgezogen hatte.

Kurz nach dem Mord hatte er es in die Badewanne geworfen und abgebraust.

Das Blut hatte ihn angeekelt, und er war froh gewesen, als das Messer endlich aus seinem Blickfeld verschwunden war.

Um sich abzulenken, hatte er anschließend einen Freund angerufen, von dem er wußte, daß er ihn sogar um diese Zeit noch stören durfte.

Zehn Minuten hatten sie miteinander telefoniert, und es hatte ihn überrascht, wie leicht es ihm gefallen war, über völlig belanglose Dinge zu reden.

So, als wäre nichts geschehen.

Um nicht wieder ins Grübeln zu verfallen, hatte er dann abwechselnd heiß und kalt geduscht und sich ein bißchen besser gefühlt.

Sollte er vielleicht wieder duschen?

Er schloß kurz die Augen, öffnete sie jedoch sofort wieder, weil sich alles zu drehen begann. Mit einem Satz sprang er auf, rannte ins Badezimmer, riß sich die Kleider vom Leib und ließ die warmen und kalten Brausestrahlen über seinen Körper rinnen. Dabei zwang er sich zu pfeifen. Nicht laut, denn schließlich wollte er nicht, daß ihn jemand aus der Nachbarwohnung hören konnte. Aber er brauchte irgendein Geräusch, und dieses verdammte Radio war immer noch kaputt.

Sein Pfeifen wurde eine Spur lauter, als er nach dem Frottierhandtuch griff und seinen Oberkörper damit massierte, bis er zu schmerzen begann.

Nachdem er sich wieder angekleidet hatte, stellte er fest, daß das Duschen ihm diesmal nicht viel genützt hatte. Er war noch genauso nervös wie vorher. Er begann, durch das Zimmer zu marschieren. Schnell und mit kurzen Schritten bis zur Tür und zurück.

Nach der dritten Wende lehnte er sich ernüchtert gegen den Türrahmen. Es hatte keinen Sinn: Er konnte seinen Gedanken nicht entfliehen. Er hatte zum ersten Mal einen Menschen getötet – auch wenn der es verdient hatte. Aber es war eben ein Unterschied, einen Mord gedanklich durchzuspielen oder ihn tatsächlich zu begehen.

Aber hatte ihm dieser aufgeblasene Kerl denn eine Chance gelassen? Hatte der ihn nicht wie einen Fußabtreter behandelt? In diesem Augenblick hatte er sich vergessen und war in einen Rausch geraten, den er selbst nicht für möglich gehalten hätte.

Bei dem Gedanken daran stieg wieder Zorn in ihm hoch, der guttat, weil er die Übelkeit überlagerte. Seine Stirn sank gegen den glatten Kunststoff. Mit seinen Händen stützte er sich am Rahmen ab. Das Schwein war tot, und im Grunde war es sogar recht einfach gewesen.

Sein Blick wanderte verstohlen zu dem kleinen Hammer, der auf dem Stuhl neben dem Tisch lag. Ein kurzer, nicht mal besonders schwerer Schlag, ein schneller Schnitt und einige Stiche; mehr hatte es nicht bedurft, um das Problem aus der Welt zu schaffen.

Seine Augen wurden starr, als die Erinnerung an diese Minuten wieder hochkam.

Nein, er brauchte sich seinen Kopf nicht weiter zu zermartern. Vor die Wahl gestellt, würde er sicher wieder so handeln. Er mußte sich nur beruhigen.

Das war allerdings wichtig, denn er mußte sich auf seine Nerven verlassen können, weil er sein Ziel noch nicht erreicht hatte und nicht einmal feststand, wann er es erreichen würde.

Er sank in den Sessel zurück.

Dabei trommelten seine Finger auf die Lehnen, so heftig, daß es ihn erschreckte. Eine Beruhigungstablette! dachte er. Er brauchte eine oder sogar zwei. Er griff nach einer angebrochenen Packung kleiner Pillen, an deren bitteren Geschmack er sich nicht gewöhnen konnte.

Es dauerte tatsächlich nicht sonderlich lange, zumindest kam es ihm so vor, bis seine Augen schwerer wurden und sein Atem gleichmäßiger ging. Vorsichtig drehte er den Kopf in Richtung des Tisches und zwang sich, das Messer anzusehen. Es schien etwas von seiner Bedrohlichkeit verloren zu haben.

Er atmete tief durch, stand langsam auf, blieb vor dem Tisch stehen und nahm es in die Hand, die nun nicht mehr zitterte. Er fuhr mit zwei Fingern die scharfe Schnittseite entlang, die völlig sauber war, wie er zufrieden feststellte.

Er legte das Messer zusammen mit dem kleinen Hammer zurück in die Schuhschachtel und schob den Karton wieder unter das Sofa.

ZWEI

Brix klopfte ungeduldig gegen das Lenkrad und starrte auf die Bremslichter des vor ihm haltenden Wagens. Er stand schon mindestens fünf Minuten in einer Autoschlange, die sich vor einer roten Ampel gebildet hatte. Dahinter waren Bauarbeiter damit beschäftigt, die Hauptstraße von Erlenbrunn neu zu asphaltieren. Sehr weit waren sie allerdings noch nicht gekommen, denn die Fahrbahndecke war erst wenige Meter aufgerissen. Trotzdem hatten sie bereits eine Straßenseite der ganzen Länge nach gesperrt.

So ein Mist, dachte Brix. Immer wenn man es eilig hatte. Er war auf dem Weg zu Reichlings Witwe und spät dran. Nach dem Besuch bei Frau Reichling wollte er noch einen Abstecher in die Praxis des ermordeten Psychiaters machen und sich anschließend mit Gerck treffen, den er vorhin noch einmal angerufen hatte, um einen Trainingstermin zu vereinbaren. Bei dieser Gelegenheit hatte Gerck vorgeschlagen, sich am frühen Abend in Erlenbrunn zu treffen, weil er neue Informationen über diesen verschwundenen Patienten hatte.

Nicht zuletzt lag auf Brix' Schreibtisch in Kaiserslautern jede Menge Arbeit, die unbedingt noch heute erledigt werden mußte.

Innerlich fluchend nahm er sich wieder einmal vor, künftig pünktlicher zu sein. Irgendwie reichte ihm die Zeit nie – so sehr er sich auch bemühte. Er sah mürrisch auf den dunklen Straßenbelag. Auf der regennassen Oberfläche tanzten die Wassertropfen, als stünden sie unter Strom. Er war froh, daß er im trockenen Auto saß. Wenigstens mußte er die Witwe nicht mehr über den Tod ihres Mannes informieren, weil Frey das schon getan hatte.

Sein Wagen folgte im Schrittempo dem vorausfahrenden Auto, nachdem die Ampel endlich umgesprungen war.

»Sie müssen fast bis ans Ende des Ortes fahren, bis Sie zu einem lindgrünen Haus kommen«, hatte Frey gesagt.

Brix sah suchend aus dem Seitenfenster. Von dieser Stelle aus war es noch nicht zu erkennen. Erst nach der nächsten Kurve tauchte das

Haus auf. Es lag leicht nach hinten versetzt. Trostlos, dachte Brix, als er seinen dunkelblauen Opel unweit der hölzernen Eingangspforte zum Stehen brachte.

Das zweistöckige Haus war mindestens fünfzig Jahre alt. An vielen Stellen blätterte bereits der Verputz ab. Das Gebäude wurde halb von einer großen Tanne verdeckt, die offenbar in einigen Wochen als Weihnachtsbaum herhalten mußte. An einem der oberen Zweige hing eine einsame Lichterkette, die anscheinend noch vom letzten Jahr stammte.

Die Pforte quietschte unangenehm, als er sie öffnete. Dahinter schlängelte sich ein grauer Steinweg zur Eingangstür.

»Reichling« stand in altdeutscher Schrift auf dem Klingelschild, das über einem völlig zerbeulten Briefkasten hing. Er mußte zweimal drücken, bevor sich die Eingangstür wie von Geisterhand öffnete.

Drinnen war es stockdunkel.

»Hallo, ist hier jemand?« Er hatte die Worte kaum ausgesprochen, als der Eingangsbereich in hellem Licht erstrahlte.

»Kommen Sie näher, damit ich Sie sehen kann«, ertönte eine müde Frauenstimme.

Er trat vorsichtig einen Schritt vor und zuckte bei dem nachfolgenden Hall zusammen. Die Diele war so groß, daß ein ganzer Lastwagen hineingepaßt hätte. In der Mitte führte eine breite Holztreppe nach oben, die mit dickem, rotem Teppich überzogen war.

Eine Gestalt lehnte an einer Tür. Eingehüllt in einen langen Hausmantel, war von ihrer Figur nicht viel zu erkennen.

Brix schätzte die Frau auf Mitte Vierzig. Unter ihren wäßrigen Augen zeichneten sich deutlich tiefe Ringe ab. Ihre Gesichtszüge wirkten verhärmt und von Kummer gezeichnet.

»Sind Sie von der Polizei?« fragte sie traurig.

»Ja, ich heiße Brix.«

»Ihr Kollege hat Sie schon angekündigt. Kommen Sie bitte herein.« Mit einem raschen Griff drückte die Frau den Türknauf herunter und forderte ihn mit einer Handbewegung zum Eintreten auf.

Der angrenzende Raum war wesentlich kleiner. Zwei hohe Bücherregale, die mit alten Bänden vollgestopft waren, nahmen zwei Wände völlig ein. An den anderen hingen mehrere Ölgemälde mit

Jagdszenen. Vor dem einzigen Fenster stand ein antiker Lehnstuhl mit Fußbank und passendem Beistelltisch.

Auf dem ovalen Beistelltisch lag ein aufgeschlagenes Buch, daneben stand ein halbvolles Glas Cognac.

»Wollen Sie auch einen?« fragte Frau Reichling, während sie eine schmale Vitrine neben dem Fenster öffnete. »Ich habe fast alles vorrätig.«

»Ein Portwein wäre nicht schlecht.«

»Kommt sofort.« Sie entkorkte eine kleine, dunkelgrüne Flasche und goß einen Teil ihres rubinroten Inhalts in ein Glas. »Ich dachte immer, die Polizei trinkt im Dienst keinen Alkohol?« Es klang eher wie eine Feststellung als eine Frage.

Brix lächelte dünn. »Es gibt Ausnahmen.« Er nahm das Glas und prostete Frau Reichling zu. Sie griff nach dem Cognacschwenker und leerte ihn mit einem Zug.

»Tja, mein lieber Herr Kommissar. Das sind Sie doch, oder? Ich nehme an, Sie sind etwas überrascht über unser ›trautes Heim‹.«

Ihre Worte klangen bitter. Sie füllte ihr Glas wieder auf, bevor sie fortfuhr.

»Ulrich haßte Protzerei. Zumindest nach außen hin. Außerdem hatte er panische Angst vor Einbrechern. Deshalb auch die schäbige Außenfassade.« Sie ließ den Arm durch den Raum kreisen, als zöge sie eine Linie rund um das Haus. »Oh, ich bin nicht besonders höflich. Bitte setzen Sie sich doch.« Sie nahm ein Kissen von einem kleinen Armsessel neben der Vitrine.

Der Sessel ächzte, als Brix darauf Platz nahm.

»Keine Angst. Der bricht nicht zusammen. Dafür war er viel zu teuer.«

Brix stellte sein Glas auf den Beistelltisch. »Sie leben nicht gern in diesem Haus?«

»Nein, nicht besonders.« Sie musterte ihn interessiert. »Jetzt fragen Sie sich natürlich, warum? Und natürlich auch, warum ich nicht in Tränen zerfließe, obwohl mein Mann gerade gestorben ist?«

Brix erwiderte nichts.

Sie sah ihn fragend an. »Für einen Kripobeamten sind Sie aber nicht sehr neugierig.«

Er nippte an seinem Port. »Ich warte auf Ihre Antwort.«

»Bitte?«

»Warum zerfließen Sie nicht in Tränen?«

»Das ist fürchterlich leicht zu erklären: weil mein Mann und ich uns nichts mehr zu sagen hatten und sein Tod mir offen gesagt nicht sehr nahegeht.« Sie stockte. »Früher wäre ich zusammengebrochen. Aber das ist vorbei. Prost!« Sie nahm erneut einen kräftigen Schluck.

»Warum? Hatte Ihr Mann eine andere?«

Sie lachte gequält. »Eine? Wenn es nur eine gewesen wäre.«

Er lehnte sich zurück. »Wie viele waren es denn?«

Sie schüttelte langsam den Kopf: »Ich weiß es nicht genau.« Ihre rechte Hand umklammerte die Lehne des Stuhls. Mit der anderen Hand stellte sie ihr Glas ab. »Waren Sie schon in der Praxis?«

»Noch nicht.«

»Dann haben Sie auch seine zwei Zofen noch nicht kennengelernt?«

»Zofen?«

»Sprechstundenhilfen, wenn Ihnen das besser gefällt«, entgegnete sie verächtlich. »Die sind schuld, daß Ulrich völlig den Kopf verloren hat. Ich weiß, daß er mit jeder ins Bett gestiegen ist. Natürlich hat er das stets bestritten. Aber eine Frau merkt, wenn ihr Mann sie betrügt.«

»Haben Sie die beiden zur Rede gestellt?«

»Glauben Sie wirklich, die hätten mir was erzählt?« Sie verzog belustigt die Mundwinkel. »Ulrich lud sie jedes Jahr zum Geburtstag ein. O ja, bei diesen Gelegenheiten haben wir uns immer prima über Belanglosigkeiten unterhalten. Das war aber auch alles.«

»Seit wann vermuteten Sie, daß Ihr Mann Sie betrügt?«

Frau Reichling überlegte kurz. »Seit etwa einem Jahr. Ulrich verbrachte plötzlich halbe Nächte außer Haus. Als ich ihn darauf ansprach, faselte er etwas von viel Arbeit.« Sie vergrub fröstelnd die Hände unter ihren Achselhöhlen.

Ein heftiger Wind rüttelte gegen das Fenster und klatschte dicke Regentropfen auf die zweigeteilte Scheibe. Brix betrachtete die glänzende Oberfläche seiner Schuhe und war froh, daß sein Auto direkt vor der Tür stand.

»Haben Sie Ihren Mann gehaßt?« fragte er.

Frau Reichling schreckte wie von einem Peitschenhieb getroffen auf. »Hassen? Nein.« Sie rang sich ein schwaches Lächeln ab. »Ich bin von ihm sehr enttäuscht und verletzt worden. Aber gehaßt habe ich ihn nicht«, sagte sie bestimmt.

»Wann haben Sie ihn zum letzten Mal gesehen?«

Sie sah nachdenklich zum Fenster.

»Das war gestern mittag. Ulrich wollte eigentlich am Abend nicht spät nach Hause kommen. Als er um elf immer noch nicht da war, habe ich mich ins Bett gelegt. Es war, wie gesagt, in den letzten Monaten keine Seltenheit, daß es nach zwölf wurde, bis er kam. Ich habe mir deshalb auch nichts dabei gedacht, als ich kurz vor Mitternacht das Licht auf meinem Nachttisch ausmachte und einschlief.«

»Sie waren also die ganze Nacht allein?«

»Natürlich.« Dann erst schien sie den Sinn seiner Bemerkung zu verstehen. »Ach so! Sie wollen wissen, ob ich ein Alibi habe. Ich muß Sie enttäuschen: Das habe ich nicht. Glauben Sie, daß ich ihn umgebracht habe?«

Brix überhörte die Frage. »Was haben Sie unternommen, als Sie feststellten, daß er nicht nach Hause gekommen war?«

»Nichts. Ich habe mir gedacht, irgendwann wird er schon wieder auftauchen.« Während sie ihr Glas auffüllte, betrachtete er das mächtige Bücherregal.

»Wer könnte Ihren Mann ermordet haben, Frau Reichling?«

Sie schüttelte den Kopf. »Ich weiß es nicht.«

»Hatte er vielleicht Feinde?«

»Es gibt sicher Leute, die ihn nicht mochten. Obwohl er sehr charmant sein konnte – zumindest zu Leuten, von denen er etwas wollte«, fügte sie kaum hörbar hinzu. »Aber Feinde? Nein, damit kann ich nicht dienen.«

»Sie haben vorhin gesagt, daß Ihr Mann beispielsweise Angst vor Einbrechern hatte.«

Sie nickte. »Das stimmt. Er war übervorsichtig. Aber diese Angst war meiner Ansicht nach völlig unbegründet.«

»Können Sie sich dann vorstellen, daß er zu einem Fremden ins Auto gestiegen wäre?«

»Ulrich? Nein. Das hätte er nie gemacht.« Sie hielt das Glas mit beiden Händen fest. Brix sah, daß sie bebten. Er wartete noch einen Moment und stand dann langsam auf.

»Vielen Dank für den Portwein, Frau Reichling.« Er knöpfte sein Jackett zu. »Ach ja, bevor ich es vergesse: Ich nehme an, Ihr Mann besaß zwei Autoschlüssel?«

Sie erhob sich ebenfalls und sah ihn mißtrauisch an. »Ja, ich glaube. Wieso?«

»Einer steckte in seiner Hosentasche. Wo könnte der andere sein?«

»Wahrscheinlich in seinem Büro. Ich wüßte jedenfalls nicht, wo er sonst sein sollte.«

Brix wandte sich zum Gehen. Frau Reichling begleitete ihn zur Tür, wo er sich noch einmal umdrehte. »Wenn ich richtig informiert bin, arbeitete Ihr Mann auch im Pirmasenser Krankenhaus. Warum hat er das getan? Hatte er in seiner Praxis nicht genug zu tun?«

Sie lächelte matt. »Ulrich konnte ohne Arbeit nicht leben. Er liebte seinen Beruf über alles und hätte ihn am liebsten vierundzwanzig Stunden am Tag ausgeübt.« Sie öffnete die Tür. »Es hat aufgehört zu regnen.«

Brix schaute zum Himmel und dachte an seine Schuhe. »Ja, zum Glück. Auf Wiedersehen, Frau Reichling.«

Sie blieb an der Tür, als er zu seinem Wagen ging.

Brix sah sie im Rückspiegel noch dort stehen, als er um die Ecke bog.

Brix lenkte mit einer Hand, während seine andere suchend durch die Ablage des Handschuhfachs fuhr. Er zog ein Oktavheft heraus und legte es neben sich auf den Beifahrersitz.

Er hatte die Angewohnheit, sich für jeden Fall ein neues Heft anzulegen. In seinem Büro hatte sich seit seinem Umzug von Niedersachsen in die Pfalz vor zwei Jahren ein beachtlicher Stapel angesammelt, der sauber geordnet in den Schubladen seines Schreibtisches lag. Seine Ordnungsliebe war ihm schon oft bei Ermittlungen zugute gekommen.

Während er die Baustelle passierte, ging ihm das Gespräch mit Frau Reichling durch den Kopf. Frey hatte recht gehabt: Sie war sehr gefaßt gewesen. Darüber konnte der viele Alkohol nicht hinwegtäuschen, den sie offenbar regelmäßig trank. Aus Gram, weil ihr Mann sie betrog? Oder trank sie vielleicht, um den Mord zu verdrängen, den irgendein Komplize in ihrem Auftrag ausgeführt hatte?

War sie am Ende vielleicht sogar dabei gewesen? Sie hatte kein Alibi. Andererseits hatte sie ihn praktisch mit der Nase auf die angeblichen Liebschaften ihres Mannes gestoßen und sich dadurch verdächtig gemacht. Warum hätte sie das tun sollen, wenn sie ihren Gatten auf dem Gewissen hatte?

Er bremste scharf, als er nach wenigen hundert Metern die Praxis des Psychiaters erreicht hatte.

Das weißgetünchte Gebäude schien recht neu zu sein. Er lenkte den Opel auf einen der beiden freien Parkplätze vor dem Haus und stellte den Motor ab. Er machte sich einige Notizen, um sein Gedankenspiel nicht zu vergessen. Als er das Oktavheft zuklappte, prüfte er im Rückspiegel routinemäßig den Sitz seines Krawattenknotens, bevor er ausstieg.

»Heute geschlossen« stand auf dem Schild neben der Eingangstür. Er drückte auf den Klingelknopf.

Offenbar hatten das heute vor ihm schon mehr Leute getan, denn von innen ertönte eine zornige Stimme: »Wir haben geschlossen!«

Er klingelte ein zweites Mal, woraufhin die Tür aufgerissen wurde. Vor ihm stand eine junge Frau in weißem Kittel, die ihn wütend ansah.

»Können Sie nicht lesen?« fauchte sie.

»Ich bin kein Patient«, erwiderte er höflich. »Mein Name ist Brix, Kriminalpolizei.«

Der zornige Gesichtsausdruck wich einer betretenen Miene. Die junge Frau trat einen Schritt zurück.

»Kommen Sie bitte herein. Sie müssen entschuldigen, aber Sie sind bereits der Zwanzigste, der innerhalb der letzten Stunde trotz des Schildes geklingelt hat.«

»Wissen die Leute im Ort nicht, was passiert ist?«

»Doch. Das hat sich natürlich wie ein Lauffeuer herumgesprochen. Aber sie versuchen es trotzdem – und sei es auch nur aus Neugierde.«

Brix betrachtete die dunkelhaarige Frau aufmerksam. Sie gehörte zu den Wesen, für die Kurzhaarfrisuren erfunden worden sein mußten. Ihr Kopf war schmal und formvollendet. Sie trug die für Arzthelferinnen typische Praxiskleidung. Allerdings hatte sie den Kittel nicht zugeknöpft, so daß der Blick zwangsläufig auf ihre beachtliche Oberweite fallen mußte, die einem viel zu engen T-Shirt keine Chance zur Faltenbildung gab. Brix schätzte sie auf siebzehn oder achtzehn.

Die Arzthelferin bemerkte seinen Blick und knöpfte hastig ihren Kittel zu. »Ich heiße Marion Müller und bin eine der beiden Sprechstundenhilfen des Doktors. Sylvia ist hinten im Behandlungszimmer. Wir sind etwas früher gekommen, als Ihr Kollege uns gesagt hat. Er erklärte uns, daß Sie sich die Praxis ansehen wollen.«

»Das ist richtig«, erwiderte Brix, während sie den Flur durchquerten. »Es war sicher schlimm für Sie. Und es tut mir leid, daß ich Sie jetzt behelligen muß, aber es geht nun mal nicht anders.«

Sie hatten das Behandlungszimmer erreicht. Marion Müller drückte leicht gegen die angelehnte Tür, die leise aufschwang.

»Der Herr von der Kripo«, sagte sie. Und zu Brix gewandt: »Meine Kollegin Sylvia Hartwig.« Sie zeigte auf eine blonde Frau, die vor einem Schreibtisch saß und in einem Kalender herumkritzelte.

»Wie lange müssen wir noch hierbleiben?« fragte Sylvia Hartwig. Sie war etwas älter als Marion Müller. Ihr schmales, aristokratisches Gesicht sah blaß aus, was auch ein tadelloses Make-up nicht verbergen konnte.

»Sie werden nicht festgehalten. Ich möchte Ihnen nur ein paar Fragen stellen«, entgegnete Brix. »Wäre es möglich, daß ich Sie jeweils allein sprechen könnte?«

Marion Müller nickte.

»Mit wem wollen Sie zuerst sprechen?«

»Mit Ihnen.«

»Dann folgen Sie mir bitte.« Sie öffnete eine Tür. »Bitte.«

Brix betrat als erster das verwaiste Arztzimmer.

»Wie lange arbeiten Sie schon für Dr. Reichling?« fragte Brix.

Die Sprechstundenhilfe wies auf einen der beiden braunen Ledersessel, die neben einem runden Mahagonitisch standen. Brix nahm

Platz und stieß dabei mit dem Kopf fast gegen ein riesiges Holzregal, das mit medizinischen Fachbüchern vollgestopft war.

»Vorsicht«, rief sie und setzte sich in den anderen Sessel. »Das wäre mir beinahe auch schon passiert.«

»Nicht ganz ungefährlich«, murmelte Brix, während er sich neugierig umsah. Der Raum wurde beherrscht von einem mächtigen Schreibtisch, dessen vorderer Teil mit Holzschnitzereien übersät war. Dahinter stand ein wulstiger Ledersessel, und nicht weit davon eine Chaiselongue, vor der sich ein dicker, ovaler Teppich ausbreitete.

Er wies auf den Schreibtisch. »Ihr Chef hatte einen teuren Geschmack, Frau Müller.«

»Das stimmt. Nennen Sie mich aber ruhig Marion.«

»Gut, Marion. Sicher haben Sie sich schon untereinander über den Mord unterhalten. Können Sie sich vorstellen, wer das getan hat?«

Sie schüttelte betrübt den Kopf.

»War Ihr Chef bei seinen Patienten beliebt?«

»O ja. Vor allem bei den weiblichen.« Sie faltete verlegen die Hände. »Sie können sich nicht vorstellen, wie viele Anruferinnen sich täglich gemeldet haben, nur um ihn zu sprechen. Die meisten haben wir abgewimmelt. Wir sind schließlich kein Kontaktbüro.«

»War das Dr. Reichling denn recht?«

»Er hat uns selbst den Auftrag dazu gegeben. Wissen Sie, viele riefen einfach nur aus Langeweile an. Mit der Zeit waren uns die bekannt. Sie waren nicht wirklich krank, sondern haben unseren Chef eigentlich nur von der Arbeit abgehalten.«

»Wenn Sie so gut über alle Patienten informiert sind, können Sie mir sicher auch sagen, ob er irgendwelche Feinde hatte?«

Marion Müller starrte ihn ungläubig an. »Der Chef und Feinde? Das kann ich mir nicht vorstellen.«

»Gab es vielleicht dennoch Schwierigkeiten mit dem einen oder anderen Patienten?«

Sie überlegte. »Nicht, daß ich wüßte. Ich kenne aber auch nicht alle. Einige behandelte er in der Klinik.« Sie stockte. »Da fragen Sie aber besser Sylvia. Die hat ihn manchmal dorthin begleitet.«

»Hatte er viel in Pirmasens zu tun?«

»In letzter Zeit schon. Sylvia hat sich ein paarmal darüber beklagt, daß sie wieder Überstunden machen mußte.«

Brix zog sein Oktavheft aus der Tasche. »Kennen Sie seine Frau?«

»Ja, von der Geburtstagsfeier unseres Chefs.«

»Und haben Sie sich mit ihr gut verstanden?«

»Ich würde schon sagen. Sie war immer sehr höflich. Ich habe mich allerdings nie länger mit ihr unterhalten.«

»Haben Sie jemals bemerkt, daß sie eifersüchtig auf Sie war?« Brix klopfte gegen sein Oktavheft. »Sie behauptet, daß ihr Mann mit Ihnen ein Verhältnis hatte.«

Die Sprechstundenhilfe schüttelte irritiert den Kopf. Brix sah jedoch, daß sie rot anlief. »Er hat es mal bei mir versucht«, sagte sie. »Er konnte sehr penetrant sein. Aber zwischen uns war nichts. Er wäre mir viel zu alt gewesen. Und außerdem habe ich einen Freund.«

Er stand auf. »Vielen Dank, Marion.« Er griff nach ihrer Hand. »Nur noch eine Frage: Wo waren Sie gestern abend?«

»Wir haben bis nach Mitternacht meine bestandene Führerscheinprüfung in einem Lokal gefeiert.«

»Wir?«

»Sylvia, unsere beiden Freunde und noch zwei weitere Pärchen.«

»Danke, Marion. Würden Sie Frau Hartwig reinschicken?«

Sylvia Hartwig war ebenso zierlich wie ihre Kollegin.

Als sie sich setzte, fielen ihre blonden Locken wie ein schwerer Vorhang über die Schultern. Sie verschränkte die Arme vor ihrem Körper. Dabei rutschte der weiße Kittel ein paar Zentimeter über ihre Handgelenke, so daß eine kleine Tätowierung oberhalb des linken Handrückens zum Vorschein kam.

Die Arzthelferin sah Brix gespannt an.

»Sie arbeiten schon länger hier?« begann er zögernd, nachdem er ebenfalls Platz genommen hatte. Sie nickte stumm.

»Mochten Sie Dr. Reichling?«

Sylvie Hartwig senkte den Kopf. Offenbar war ihr die Frage peinlich. »Er konnte sehr charmant sein«, antwortete sie gedehnt.

»Hatten Sie ein Verhältnis mit ihm?«

»Sie sind ziemlich direkt«, erwiderte sie leicht pikiert.

»Das muß manchmal sein.«

Sie holte tief Luft, bevor sie antwortete. »Wir haben einmal miteinander geschlafen. Nur ein einziges Mal. Nicht öfter.« Sie betonte das, als erwarte sie dafür ein Lob. »Aber das ist schon eine ganze Weile her«, fuhr sie zögernd fort. »Er war einfach kein Mann für eine dauerhafte Beziehung, verstehen Sie?«

»Immerhin war er verheiratet«, bemerkte Brix vorsichtig.

Sylvia Hartwig verzog verächtlich den Mund. »Diese Ehe war doch eine Farce. Uli hat mir oft über die Kräche erzählt, die er mit seiner Frau hatte. Nicht, daß er ein Unschuldslamm war. Beileibe nicht. Aber sie muß ihm auch gehörig Feuer gegeben haben.«

»Wie meinen Sie das?«

»Sie verstanden sich nicht. Uli war der geborene Fremdgänger, und sie hätte ihn aus lauter Eifersucht am liebsten an die Kette gelegt.«

»Haben Sie ihn geliebt?«

Die Sprechstundenhilfe schloß kurz die Augen und schluckte zweimal, bevor sie sie wieder öffnete und ihn fast trotzig ansah.

»Nein. Zumindest nicht so, wie Sie vielleicht denken. Ich mochte ihn, aber Liebe war es nicht. Zwischen uns gab es allerdings auch nach der einen Nacht keinen Streit. Deshalb konnten wir auch Freunde bleiben.«

Sie machte eine Pause, atmete tief durch und sprach dann langsam weiter.

»Auch wenn es blöd klingt: Ich konnte mit ihm besser zusammenarbeiten, nachdem es passiert war und uns beiden klar wurde, daß es bei dem einen Mal bleiben würde.«

Brix sah zum Ledersessel hinter dem Schreibtisch und versuchte, sich den Arzt darin vorzustellen, was ihm jedoch nicht richtig gelang. Er dachte an die bisherigen Aussagen und sagte: »Frau Hartwig, jeder beschreibt Ihren Chef als charmant und fleißig. Gab es vielleicht noch andere Charaktereigenschaften? Bitte überlegen Sie genau, schließlich haben Sie ihn gut gekannt!«

Sie knetete ihre Hände, während sie nachdachte. »Er konnte sehr energisch und sehr stur sein«, sagte sie nach einer Weile.

»Können Sie das ein bißchen erläutern?«

»Ihm war es wichtig, bei bestimmten Entscheidungen im Krankenhaus ein Wörtchen mitzureden. Zum Beispiel bei den Dienstplänen. Die hätte er am liebsten selbst geschrieben, obwohl er dafür gar nicht zuständig war. Oder wenn es um die Entlassung von Patienten ging, mischte er sich oft erfolgreich ein.«

Brix machte ein nachdenkliches Gesicht.

»Er war also jemand, der sich durchsetzte. Wissen Sie, ob es Leute gab, die ihn vielleicht deshalb nicht mochten? Vielleicht auch aus den Reihen der Patienten?«

Sie zögerte.

Komm schon, dachte Brix. Du weißt was. Er spürte, wie sie mit sich rang.

»Ja, es gab einen Vorfall, an den ich mich erinnere«, sagte sie endlich. »Ich habe das aber auch nur von anderen Krankenschwestern erzählt bekommen. Offenbar muß sich ein Patient aus der Klinik einmal ziemlich über Uli aufgeregt und ihm gedroht haben, daß er ihn umbringen würde. Aber wer das war und worum es ging, weiß ich nicht. Ist auch schon eine Weile her.«

»Meinen Sie, daß er deswegen Angst hatte?« fragte Brix.

Sylvia Hartwig kräuselte die Stirn. »Nein. Vor seinen Patienten hatte er nie Angst. Dazu war er viel zu selbstsicher.«

Nach dem Gespräch sah sich Brix gründlich in den Praxisräumen um. Er inspizierte jedes Regal, sah in jeden Schrank und jede Schublade. Er brauchte dazu viel mehr Zeit, als er ursprünglich eingeplant hatte, und vergaß fast völlig, daß er sich für heute noch einiges vorgenommen hatte.

»Und? Bist du weitergekommen?« Westrich stand neben dem Kopierer. Sein weites Hemd hing wie üblich über der Hose.

»Ich treffe mich nachher mit dem Beamten, der die Untersuchung leitet«, antwortete Gerck. »Ich hoffe, daß ich von ihm noch ein paar Dinge erfahre. Auf jeden Fall wird es für den Aufmacher reichen. Du brauchst dir keine Gedanken zu machen.«

Westrich verzog keine Miene, sondern sagte nur: »Eine Pressemitteilung von der Polizei gibt es noch nicht. Das heißt, wir haben vielleicht Glück und sind weiter als die Konkurrenz. Ich kann mir zwar nicht vorstellen, daß die das nicht mitbekommen haben, aber wenigstens hätten wir ein paar Stunden Vorsprung. Das wäre auch mal wieder Zeit. Wir hinken viel zu häufig der Rheinpfalz hinterher. Ob die Pirmasenser Zeitung schon in der Sache recherchiert? Im Radio lief jedenfalls noch nichts, weder beim SWR noch bei RPR, oder hast du was gehört?«

Gerck schüttelte den Kopf und drückte auf die Starttaste. Westrich wartete, bis die Kopie an der Seite erschien, und fuhr fort: »Diese Geschichte könnte unsere Auflage nach oben treiben. Wie damals, als ich noch als Reporter über das Giftgaslager in Clausen berichtet habe. Weißt du noch? Häng dich also rein.« Er klopfte gegen das Gehäuse des Kopierers und eilte in sein Büro.

Wichtigtuer, dachte Gerck und ärgerte sich über die Ermahnung.

Als er ins Büro kam, beugte sich Bion gerade über Gercks Schreibtisch. Er schreckte hoch, als er Gerck hörte und murmelte: »Du bist schon wieder zurück? Dann hätte ich mir diesen Zettel auch sparen können.« Er knüllte das Papier zusammen.

»Hast du nicht gesagt, daß du heute nachmittag etwas vorhast und wahrscheinlich nicht mehr in die Redaktion zurückkommst?« erwiderte Gerck.

Bion zuckte mit den Schultern. »Hat nicht so lange gedauert, wie ich gedacht habe. Es gibt übrigens Neuigkeiten. Mein Bekannter aus dem Krankenhaus hat mir noch eine weitere Mail geschickt.« Er ging zu seinem Schreibtisch und ließ sich auf seinen alten Stuhl fallen, bevor er weitersprach.

»Ich hatte dir doch vorhin erzählt, daß dieser Patient offenbar wenige Stunden vor Reichlings Ermordung aus der Klinik verschwunden ist.« Bion sah auf den Bildschirm. »Jetzt schreibt mein Bekannter, daß der Typ vor einigen Wochen nicht nur einen Arzt gewürgt hat, als der ihm eine Spritze geben wollte, sondern auch damit gedroht haben soll, alle in der Klinik fertigzumachen, wenn sie ihn nicht in Ruhe ließen. Außerdem soll er Tage später einen Pfleger angegriffen haben, der ihm sein Mittagessen bringen wollte. Er kam deshalb vorübergehend in ein Einzelzimmer, das tagsüber verschlossen war. Sein jetziges plötzliches Verschwinden muß wohl im Krankenhaus für einiges Unbehagen gesorgt haben.« Bion verschränkte die Arme und lehnte sich zurück. »Klingt interessant. Ob der am Ende wirklich in diese Mordgeschichte verwickelt ist?«

»Den Namen dieses Patienten nennt dein Informant nicht?« fragte Gerck.

»Nein. Offenbar will er ihn mir nicht verraten.« Bion grinste. »Aber wenn du willst, frag ich ihn danach. Vielleicht schickt er mir noch eine weitere Mail.«

Gerck nickte. »Danke, Walter. Du hast bei mir was gut.« Er stand auf. »Ich muß jetzt los, sonst komme ich zu spät.«

»Wo geht's hin?«

»Nach Erlenbrunn. Ich habe mich dort mit Brix in einem Lokal verabredet.«

»Dein Freund von der Kripo? Na dann, viel Erfolg!«

Gercks schwarzer Porsche 356 B stand wie immer im Halteverbot. Ein länglicher Zettel hinter dem Scheibenwischer deutete darauf hin, daß die Politesse heute schon mindestens einmal vorbeigekommen war. Das kleine Plastikschild mit der Aufschrift »Presse«, das in fetten Buchstaben vor dem Lenkrad prangte, war von ihr wohl übersehen worden.

Gerck griff nach dem Strafzettel und ließ ihn, ohne einen Blick darauf zu werfen, in seiner Jackentasche verschwinden. Dann lauschte er andächtig dem kräftigen Brummen des Motors.

Den alten Porsche hatte er vor einem Jahr durch Zufall entdeckt und sich sofort in ihn verliebt. Mit dem Autohändler war er schnell einig geworden, obwohl der Preis von fünfundvierzigtausend Mark absolut nicht seinen Vorstellungen und vor allem nicht seinen finanziellen Möglichkeiten entsprochen hatte. Am Ende hatten sie sich auf vierzigtausend geeinigt, von denen Gerck einen großen Teil in monatlichen Raten von fünfhundert Mark abstottern durfte.

Die meisten seiner Bekannten hatten den Kauf nicht nachvollziehen können, zumal der Wagen sehr reparaturanfällig und alles andere als benzinsparend war.

Gerck drückte sich fester in die roten Polsterbezüge, schob den Rückwärtsgang ein und warf der Politesse, die gerade um die Ecke bog, einen grimmigen Blick zu.

Während der Fahrt grübelte er über seine Recherchen nach. Den ganzen Nachmittag hatte er am Telefon gehangen und alle möglichen Leute und Behörden angerufen, um Informationen über Reichling zu bekommen. Er wußte jetzt, daß der verheiratete Psychiater nicht nur ein notorischer Schürzenjäger gewesen war, sondern auch mehrere Häuser besaß, keine Kinder hatte und sein Ruf als Mediziner gut gewesen war.

Ob Brix schon einen Verdächtigen hatte? Er hoffte, daß der Polizist wie üblich zu spät kommen würde, so daß ihm noch Zeit blieb, sich vielleicht mit dem Wirt oder einem Kellner über Reichling zu unterhalten.

Der Porsche wurde langsamer, als er sich der roten Ampel näherte. Die Ampelschaltung war verrückt. Sie sprang exakt für fünf Sekunden auf grün, so daß genau ein Auto durchfahren konnte, bevor sie wieder die Farbe wechselte.

In einiger Entfernung konnte er schon das beleuchtete Schild des Gasthauses sehen, in dem sie sich verabredet hatten. Er parkte den Porsche direkt vor der Tür, stieg aus und betrachtete die Leuchtschrift genauer. »Pfälzer Krug« stand dort in roten Buchstaben.

Die Männerrunde am Stammtisch neben der Tür verstummte, als Gerck den Schankraum betrat. Im nächsten Augenblick waren die Männer jedoch schon wieder in ihr Gespräch vertieft.

Der »Pfälzer Krug« war ein typisches Dorflokal mit einem langen Tresen, einfachen Holztischen und schnörkellosen Lampen.

Gerck sah sich etwas hilflos um und setzte sich an einen leeren Tisch unweit der Tür, der mit drei Stühlen bestückt war. Sein Blick wanderte durch den Gastraum und suchte vergeblich nach Brix. Auf dessen Unpünktlichkeit war Verlaß.

Es dauerte nicht lange, bis ein junger Kellner vor Gerck stand und ihn in breitem Pfälzisch ansprach.

»Was daff isch Ihne bringe?« Sein rötliches Gesicht war voller Pikkel. Er konnte höchstens achtzehn sein.

»Ein Bier bitte. Wenn es geht, frisch vom Faß.«

»Kummt soford.« Er eilte zur Theke. Es dauerte nicht lange, bis Gerck ein großes Glas mit einer mächtigen Schaumkrone in der Hand hielt.

»Wolln Se ah was zu esse honn?« fragte der Kellner und wedelte mit der Karte.

»Nein, danke«, erwiderte Gerck und nahm einen kräftigen Schluck. »Sagen Sie mal, kam Dr. Reichling manchmal hier vorbei?«

»Dr. Raischling? Sie männe denne ermordete Psyschiader? Nää, denne honn isch do faschd nie gsieh. War abba ahh käh Wunner bei dem soi Awaidszeide.« Mit einer lässigen Bewegung fegte er seine blonden Haare nach hinten, die im selben Moment wieder nach vorn fielen. »Sinn Sie vunn de Bolizei?«

»Nein«, sagte Gerck. »Ich bin von der Presse.«

Der Kellner wippte nervös von einem Bein auf das andere. »Was fa äh Zaidung?«

»Pfalzblick.«

»Ahh soo.« Er klang enttäuscht. Offenbar hatte er auf ein überregionales Blatt gehofft.

Gerck nahm einen zweiten Schluck. Aus den Augenwinkeln heraus sah er, wie der Wirt hinter der Theke ärgerlich winkte. Der junge Mann setzte sich augenblicklich in Bewegung und nahm eine Portion Pfälzer Saumagen in Empfang, auf die ein kahlköpfiger Gast am Nachbartisch sehnsüchtig zu warten schien. Gerck bekam plötzlich doch Appetit und winkte den Kellner erneut herbei.

»Bringen Sie mir doch die Speisekarte.«

»Mach isch.« Das pickelige Gesicht des Kellners strahlte, während er ihm die Menükarte reichte. Gerck überflog die Angebote und überlegte, ob er Fläschknepp mit Woisoß bestellen sollte. Er hatte diese Spezialität noch nie probiert. Einen Versuch war es auf jeden Fall wert. Er wollte gerade die Karte zuschlagen, als der Mann am Nachbartisch laut aufstieß. Mahlzeit, dachte Gerck angeekelt und schob die Karte von sich.

»Wissen Se schunn, was Se wolle?«

»Ja. Das heißt, nein.« Er hatte den Kellner gar nicht zurückkommen gehört und warf einen unschlüssigen Blick auf sein Bier. Der feine Geruch des Saumagens stieg ihm in die Nase und verdrängte den Gedanken an die Fleischknödel und das unappetitliche Geräusch von eben. »Bringen Sie mir bitte auch eine Portion Saumagen.«

»Mach isch.« Der Kellner wollte wieder davoneilen, doch Gerck tippte an seinen Arm.

»Hat ein Arzt hier in Erlenbrunn viel zu tun?«

Der Kellner nickte. »Soo viel Ärzt gebt's bei uns nät. Deshalb sinn ah die Wardezimma immer voll. Vor alle Dinge die Braxis von unserm Dr. Raischling, falls Se denne männe.« Er wies mit dem Kopf zur Tür, als würde er ihn jeden Augenblick erwarten. »Der konnt nät genuuch krie«, fuhr er fort. »Die Braxis und soi Job in de Klinig: Der muß sisch wärklisch dumm un dämlisch vadient honn.« Aus seinen Worten klang unverhohlener Neid.

Gerck stellte sich das Gehalt eines Kellners vor und nickte verständnisvoll.

Ein ungeduldiges Hüsteln hinter der Theke ließ den Kellner zusammenfahren und eifrig an seiner schwarzen Geldbörse herumnesteln. Der Wirt fuhr den jungen Burschen heftig an, als der zur Theke kam und nach dem vollen Tablett auf dem Tresen griff, um es am Stammtisch abzuladen. Die Schimpftirade schien allerdings nicht allzu schlimm gewesen zu sein, denn auf dem Rückweg blieb der Kellner erneut neben Gerck stehen.

»Ihr Chef hat es wohl nicht gern, wenn Sie sich mit mir unterhalten?«

»Nur wonn viel los is«, erwiderte der Kellner.

»Dann kann ich Sie ja noch etwas fragen. Sie scheinen Dr. Reichling nicht sonderlich gemocht zu haben. Zumindest hatte ich den Eindruck.«

Die Hand des Kellners fuhr hastig durch die strähnigen Haare. »Der wah ziemlisch arrogont. Außerdemm hadda ma mol mit de Bolizei gedroht, nur weil isch fünf Minudde uffm Barkplatz vor soiner Braxis gschdonn habb, um inn demm Geschäft näwedroo inzukaafe. Der konnt eh rischdisches Aaschloch sinn, wonn ihm was nät gebaßt hadd.« Er sah sich um und fügte leise hinzu. »Abba schreibe Se bloos net, daß Se des vunn mir honn. Er hadd nämlisch ah e paa Froinde im Ordd. Außerdemm soll ma jo über Dode nät schlescht redde.«

»Manfred!«

Die Stimme des Wirts ließ ihn herumfahren. »Moi Tübb wärdd valongt.«

Gerck griff nach seinem Bierglas. Noch bevor er es absetzen konnte, legte sich eine Hand auf seine Schulter.

»Na, warten Sie schon lange? Tut mir leid, aber ich konnte nicht früher.«

Brix legte seinen Mantel über den dritten Stuhl und setzte sich Gerck gegenüber. Er sah müde aus. Trotzdem saßen seine Krawatte und seine Frisur wie immer perfekt.

»Nicht sehr lange«, entgegnete Gerck. »Haben Sie Hunger? Ich habe mir eine Portion Saumagen bestellt. Bin mal gespannt.«

Brix griff nach der Karte. »Hunger habe ich nicht, aber ein Whisky wäre nicht schlecht. Mal sehen, was es gibt. Hier, ein Glenfiddich. Na, wer sagt's denn.« Er rang sich ein müdes Lächeln ab. »Den gibt es ja inzwischen fast schon überall. Trinken Sie keinen?«

»Heute nicht.«

Der Kellner kam mit einem dampfenden Teller. »Ihr Saumaa. Gudda Abbedidd.« Er blickte Brix an. »Noch enna vunn de Zaidung? Was daff isch Ihne bringe?«

»Einen Glenfiddich, bitte«, antwortete Brix, ohne auf die Bemerkung einzugehen. Erst als der Kellner wieder weg war, sagte er zu Gerck: »An diesen Dialekt werde ich mich wohl nie gewöhnen.«

»Sie wohnen doch schon zwei Jahre in der Westpfalz.«

»Manchmal denke ich, es war ein Fehler, wegen Melanie herzuziehen. Nicht nur weil wir uns inzwischen getrennt haben, sondern weil ich das Gefühl habe, als Niedersachse hier nie richtig heimisch zu werden. Schon wenn ich den Mund aufmache, gelte ich als arrogant. Viele versuchen dann krampfhaft, hochdeutsch zu sprechen. Verstehen Sie das? Sie sind doch auch in Alfeld geboren!«

»Ich bin hier aufgewachsen und habe keine Probleme mit dem Dialekt. Das ist der Unterschied«, entgegnete Gerck kauend. »Sie müssen ihn eben lernen.«

»Mir fehlt dafür das sprachliche Talent.« Brix sah zu dem Kellner hin, der sich gerade mit dem Wirt unterhielt. »Hat er Ihnen einiges über Reichling erzählen können?«

Gerck nickte und schnitt mit dem Messer in den Saumagen, der köstlich roch. Er kaute genüßlich. »Hm. Schmeckt wirklich prima. Sie versäumen was«, nuschelte er und spülte mit einem Schluck Bier nach. »Ja, er hat mir ein bißchen was erzählen können«, sagte er verständlicher und leckte sich über die Lippen.

»Ihr Whisgie.« Der Kellner stellte ein gut gefülltes Glas auf den Tisch.

»Danke.« Brix drückte seine Hände gegen das Glas. »Und?« fragte er, als der Ober wieder weg war.

»Er konnte ihn nicht ausstehen.«

Brix verzog die Augenbrauen und nippte an seinem Glas. »Manche beschreiben ihn als charmant, andere konnten ihn nicht ausstehen. Eine seltsame Mischung.« Er nahm einen zweiten Schluck. »Was hat es mit diesem Patienten auf sich, von dem Sie mir erzählt haben?«

Gerck schilderte, was er von Bion gehört hatte.

»Hm«, brummte Brix nur, als Gerck fertig war. »Den Namen wissen Sie nicht?«

»Noch nicht. Und wie weit sind Sie mit Ihren Ermittlungen? Haben Sie schon einen Verdächtigen?«

Brix zögerte. »Normalerweise dürfte ich einem Pressemann nichts verraten.« Er grinste. »Aber gut. Eine Hand wäscht die andere. Ich weiß ja, daß ich mich auf Sie verlassen kann und Sie mich nicht bloßstellen.« Er starrte auf die klare, goldgelbe Flüssigkeit in seinem Glas. »An der Leiche wurden keinerlei Kampfspuren entdeckt«, fuhr er fort. »Keine abgerissenen Knöpfe oder irgendwelche Kratzer. Nichts dergleichen. Reichling muß seinen Mörder gekannt haben. Ich sagte Ihnen schon, daß wir davon ausgehen, daß es ein Mann war, was allerdings nicht ausschließt, daß er von einer Frau dazu angestiftet wurde!«

»Wie kommen Sie darauf?«

»Weil seine Frau ein gutes Motiv hätte: Sie war wütend auf ihren Mann, der sie ständig betrogen hat. Jetzt, nachdem er tot ist, kriegt sie einen Haufen Geld.« Auf Gercks fragende Miene hin erklärte er: »Frey hat mich, kurz bevor ich hierherkam, angerufen. Reichling hat zwei hohe Lebensversicherungen, die seiner Frau zugute kommen.«

Gerck überlegte laut: »Mal angenommen, es wäre so: Können Sie sich vorstellen, daß sie bei dem Mord dabei war?«

Brix leerte in aller Seelenruhe das Glas und behielt die scharfe Flüssigkeit einen Augenblick im Mund, bevor sie seine Kehle hinunterrann. »Sie hat zumindest kein Alibi«, sagte er.

»Mit welchem Auto ist er zum Beckenhof gebracht worden? Mit seinem eigenen?«

Brix schüttelte den Kopf. »Das haben wir überprüft. Für den BMW gibt es zwei Schlüssel: Einer steckte in der Hosentasche der Leiche, der zweite in der verschlossenen Schublade seines Büroschreibtisches, wo er immer noch liegt. Außerdem wurden in dem Wagen keine verdächtigen Spuren gefunden.«

»Hat seine Witwe ein eigenes Auto?«

»Reichlings besitzen nur eines.«

»Vielleicht hat sie sich vor dem Mord einen Leihwagen genommen.«

»Fehlanzeige. Frey hat schon alle möglichen Autovermietungen in der Umgebung angerufen. Vergeblich.«

»Also bliebe der ›Komplize‹. Wer ist dieser Mann?«

Brix lehnte sich zurück. »Das ist genau die Frage, die ich mir stelle. Wer käme als Komplize in Betracht? Darauf fällt mir bislang keine Antwort ein. Soviel wir wissen, lebt Frau Reichling ziemlich zurückgezogen.«

»Vielleicht finden Sie diese Person im Krankenhaus?« überlegte Gerck laut.

»Vielleicht. Nach meinem morgigen Besuch werde ich hoffentlich schlauer sein.«

»Und was ist mit diesem Patienten? Es ist doch komisch, daß er ausgerechnet am Mordabend verschwindet.«

»Wir werden uns darum kümmern.« Brix verzog skeptisch den Mund. »Ich kann mich allerdings mit einem Nervenkranken als Täter nicht anfreunden. Die Art und Weise, wie Reichling umgebracht wurde: Das alles sieht mir nicht nach einem Wahnsinnigen aus, der im Affekt gehandelt hat.«

»Aber vielleicht nach einem Wahnsinnigen, der die Tat geplant hat?«

Brix schwieg. »Wann trainieren wir wieder?« fragte er plötzlich.

Gerck zuckte mit den Schultern. »Wann Sie Zeit haben. Ich bin flexibel und richte mich ganz nach Ihnen.«

»Gut«, sagte Brix. »Vielleicht klappt es morgen. Ich melde mich.«

DREI

Am nächsten Morgen saß Gerck schon früh in seinem Büro. Vor seinen müden Augen flimmerte die jüngste Agenturmeldung vom »rätselhaften Mord in der Westpfalz« über den Bildschirm. Er hatte bereits alle Berichte der Rheinpfalz, der PZ, und des Pfälzischen Merkurs zu diesem Thema gelesen. Seine Gespräche mit Brix hatten sich gelohnt. Sein eigener Artikel war wesentlich gehaltvoller.

Trotzdem fühlte er sich nicht wohl. Er hatte schlecht geschlafen. Er war mitten in der Nacht aufgewacht und hatte sich danach unruhig im Bett gewälzt, bis er es nicht mehr ausgehalten hatte und aufgestanden war, um sich vor den Fernseher zu schleppen. Fast eine halbe Stunde hatte er wahllos alle möglichen Programme durchgeschaltet und war dann ärgerlich ins Bett zurückgefallen, wo das Spiel von vorn losging.

Kurzentschlossen war er schließlich aufgestanden, hatte den Wekker ausgemacht, der noch über drei Stunden geschwiegen hätte, und sich angezogen. Der heiße Tee, den er anschließend getrunken hatte, hatte ihm nicht geschmeckt.

Sehnsüchtig hatte er sich in diesem Moment gewünscht, daß ein gutgefülltes Tablett von Frau Friedrich auf dem obersten Treppenabsatz stehen würde. Doch ein Blick vor die Tür hatte ihn ernüchtert. Natürlich war Frau Friedrich nicht auf den Gedanken gekommen, ihm um diese Zeit ein Frühstück zu servieren. Mit fast leerem Magen war er daraufhin ins Auto gestiegen, hatte unterwegs in einem Stehcafé eine Brezel gegessen und war mißmutig zur Redaktion gefahren.

Er las ein paar weitere Meldungen und ärgerte sich, daß er so früh im Büro saß, wo er doch nichts tun konnte. Außer vielleicht telefonieren. Beinahe hastig griff er zum Hörer, als der Apparat klingelte.

»Ja, Gerck.«

»Ich war eigentlich sicher, daß ich dich wieder nicht erreiche«, sagte Carola vorwurfsvoll. »Aber ich habe mir gedacht, wenn du mich schon nicht zurückrufst, versuche ich es eben ganz früh bei dir im Büro, nachdem ich gestern viermal vergeblich angerufen habe.«

Carola! Er hatte völlig vergessen, sie zurückzurufen. Um seine Verlegenheit zu überspielen, sagte er forsch:

»Na, jetzt haben wir ja beide Glück gehabt. Schön, dich zu hören. Wie geht's dir?«

Am anderen Ende der Leitung war es einen Augenblick still.

»Danke der Nachfrage«, sagte Carola. »Warum hast du dich denn nicht gemeldet? Das hatte mir deine Mitbewohnerin doch versprochen.«

»Tut mir leid«, sagte er kleinlaut. »Aber ich habe Frau Friedrich noch gar nicht wieder gesehen. Ich wollte mich gestern nachmittag wirklich noch bei dir melden, aber ich bin einfach nicht dazu gekommen.«

Erleichtert atmete er auf. Das war nicht mal richtig gelogen gewesen.

Carolas Stimme wurde sanfter. »Na ja, ich habe mir schon gedacht, daß du wahrscheinlich viel zu tun hast.«

Es entstand eine Pause, bis sie erneut das Wort ergriff.

»Warum ich anrufe, Adrian: Ich brauche deine Einschätzung. Was hältst du davon, wenn ich eine Serie über das Thema ›Abzug der Amerikaner und Franzosen und die Folgen‹ schreibe? Meine Mutter hat mich darauf gebracht«, fügte sie vorsichtig hinzu. »Sie meinte, das würde sie interessieren: der Verfall der vielen leerstehenden Kasernen, die oft vergeblichen Versuche, sie zivil zu nutzen, der Kaufkraftverlust in den einzelnen Ortschaften. Was meinst du? Wäre das etwas für euch?«

»Warum nicht?« Gerck war nicht sonderlich begeistert. »Es wurde zwar schon einiges darüber geschrieben, allerdings noch nicht als Serie. Aber wie stellst du dir das vor? Willst du alle Militärlager abklappern? Da hast du ein halbes Jahr zu tun.«

»Nicht alle. Natürlich nur die wichtigsten. Vielleicht stoße ich dabei auf ein paar Dinge, die noch nicht so bekannt sind.« Carola klang erwartungsvoll.

»Du kannst es auf jeden Fall versuchen«, sagte Gerck, obwohl er sich davon nicht viel versprach. »Wenn du möchtest, kannst du mir ab und zu einen Zwischenbericht geben, wie du vorankommst.«

»Das mache ich. Ich habe aber noch eine andere Bitte. Ich möchte mich mit dir treffen. Ich hätte einige persönliche Dinge zu besprechen.«

»So?« Er merkte, wie seine Schläfen zu pochen begannen.

»Wann paßt es dir denn?« fragte er.

»Wie wäre es mit morgen abend?«

Gerck überflog eilig die Eintragungen in seinem Tischkalender.

»Ja, das ginge.«

»Prima. Soll ich bei dir vorbeikommen?«

»Gern. So gegen sieben?«

»Ja. Also bis morgen.«

Er hielt immer noch den Hörer in der Hand, nachdem Carola längst aufgelegt hatte. Ein dicker Kloß rutschte seinen Hals runter, löste sich in seinem Bauch auf und verbreitete dort ein angenehmes Gefühl.

Carola hatte sich mit ihm verabredet, um etwas Persönliches zu besprechen. Das war einfach unglaublich. Dummes Zeug, dröhnte es in seinem Ohr, es handelte sich bestimmt um etwas Berufliches.

Aber so hatte es nicht geklungen.

Er kam nicht dazu, weiter darüber nachzudenken. Bion stürzte hektisch ins Zimmer. »Morgen Adrian! Bist du unter die Frühaufsteher gegangen?« Er warf seine abgewetzte Aktentasche neben den Stuhl und setzte sich. »Ich habe eben unseren Aufmacher gelesen. Nicht schlecht. Aber warum hast du denn diesen verschwundenen Patienten nicht erwähnt?«

»Es gibt noch keinen Beweis, daß er etwas mit dem Mord zu tun hat.«

»Vielleicht hättest du nicht so vorsichtig sein müssen. Er war nämlich Reichlings Patient, und ich kenne inzwischen auch seinen Namen. Er heißt Frenz. Mein Bekannter hat mir tatsächlich gestern abend noch eine dritte Mail geschickt – wenn auch sehr spät.« Bion sprang wieder auf. »Da hupt doch jemand! Natürlich, Westrich! Er wartet unten in meinem Wagen. Ich wollte mir nur diese Einladung einstecken.« Er griff nach dem obersten Blatt, das auf seinem Schreibtisch lag. »Manchmal kann Westrich richtig nett sein. Er nimmt mir diese langweilige Pressekonferenz der Einzelhändler in Zweibrücken heute ab. Ist mir sehr recht. Da habe ich endlich Zeit für ein paar Behördengänge, die ich schon länger vor mir herschiebe.« Bion seufzte. »Er hat mich allerdings gebeten, ihn nach Zweibrücken zu bringen, weil sein Wagen zur Inspektion mußte. Das kann ich ihm natürlich schlecht abschlagen. Ich weiß zwar nicht, wie er nachher wieder zurückkommen will. Na ja, ist auch egal. Bis später, Adrian.«

Er lief aus dem Zimmer.

Frenz, dachte Gerck. Hatte er diesen Namen nicht vor kurzem irgendwo gehört oder gelesen? Er überlegte einen Moment, kam aber nicht drauf.

Gedankenverloren griff er zum Telefonhörer.

»Da sind Sie ja endlich«, sagte Brix.

»Es ging nicht schneller. Die Straßen sind völlig verstopft. Ich bin nicht durchgekommen.« Frey zog seinen Parka aus und warf ihn über den Stuhl. »Ist er nicht da?« Frey betrachtete den Papierwust auf dem Schreibtisch.

Brix blickte auf seine Uhr. »Mein lieber Kollege Edrich dürfte gerade im Flugzeug sitzen. Zwei Wochen Mallorca. Aber nehmen Sie ruhig Platz, sofern Sie irgendwo eine freie Ecke finden.« Er schüttelte den Kopf. »Unbegreiflich, nicht? Macht Urlaub und läßt alles stehen und liegen. Was haben Sie herausgefunden?«

Frey nahm einen aufgeschlagenen Ordner von Edrichs Stuhl und legte ihn auf den Schreibtisch. Er setzte sich und zog einen zusammengefalteten Zettel aus dem Parka.

»Ich habe es mir aufgeschrieben«, sagte er, »weil ich mir die genauen Bezeichnungen nicht merken konnte.« Er faltete den Zettel auseinander. »Also Reichling arbeitete nicht nur nebenher im Krankenhaus, sondern hatte auch noch einen hohen Posten bei der Landesärztekammer, war im Planungsausschuß für psychiatrische Einrichtungen, saß für die SPD im Pfälzischen Bezirkstag und war Mitglied der AOK-Vertreterversammlung.«

»Was wissen Sie sonst noch über ihn?«

»Er ist ziemlich vermögend, hat eine Yacht und ein Haus auf Mallorca und war bei der Stadtverwaltung nicht sonderlich beliebt.«

»Warum?«

»Er hat sich oft bei verschiedenen Ämtern über alles Mögliche beschwert: Mal kam die Müllabfuhr nicht pünktlich genug, mal war die Straße im Winter mangelhaft gestreut, mal war abends die Straßenlaterne vor seinem Fenster zu hell. Ein nicht ganz einfacher Mensch, wie mir ein Beamter sagte.«

Brix bemerkte, daß Frey unruhig wurde und mehrmals zum Fenster schielte. Er vermißte offenbar seine Zigarette. Du wirst dich noch einen Augenblick gedulden müssen, dachte Brix. Hier drinnen raucht nicht mal Edrich, wenn er seinen Schreibtisch aufräumt.

»Haben Sie sich schon um diesen verschwundenen Patienten gekümmert?«

»Dazu bin ich noch nicht gekommen.«

»Dann sollten wir gemeinsam zum Pirmasenser Krankenhaus fahren.« Brix stand auf und ging zum Kleiderständer neben der Tür, wo sein Jackett und sein Mantel hingen. Er zog beides über, tastete nach dem Oktavheft in der Innentasche des Sakkos und sagte: »Ich weiß inzwischen, daß dieser Patient Hermann Frenz heißt und Reichling ihn behandelt hat. Ich bin gespannt auf die psychiatrische Abteilung. Der Chefarzt dort ist ein gewisser Dr. Schmude. Machte am Telefon einen ganz netten Eindruck. Er wollte sich extra etwas Zeit für uns nehmen. Vielleicht erfahren wir, ob Reichling vorgestern abend in der Klinik von jemandem gesehen wurde. Bisher ist immer noch unklar, ob er direkt zum Krankenhaus fuhr, nachdem er seine Praxis gegen 20 Uhr verlassen hat.«

»Vielleicht hat der Mörder Reichlings Wagen dort hingefahren?«

»Warum hätte er das machen sollen? Nein, ich glaube, daß er seinen Mörder dort getroffen hat und sie mit dessen Wagen weitergefahren sind.«

»Aber das müßte doch jemand gesehen haben!«

»Wenn Reichling nicht mehr in der Klinik war und sie sich auf dem hinteren Parkplatz getroffen haben, ist das nicht gesagt. Es war dunkel, und um diese Zeit sind kaum noch Besucher im Krankenhaus.«

Brix öffnete die Tür. »Kommen Sie?«

Sie nahmen Freys Wagen, was Brix auf der ganzen Fahrt bis nach Pirmasens bereute. Frey rauchte fast ununterbrochen. Brix zählte sechs Zigaretten, bis sie endlich den Parkplatz des Krankenhauses erreichten. Er nahm sich vor, künftig längere Fahrten in Freys Wagen möglichst zu vermeiden.

Die Vase flog gegen die Wand und zerbrach in tausend Scherben. Mit einer weiteren Handbewegung fegte er ein Weinglas vom Tisch, das klirrend auf den Boden fiel.

Wie ein angeschossener Panther hetzte er durch das Zimmer und bemerkte gar nicht, daß ein paar Scherbenreste an seinen dicken Socken hängen blieben.

Er schnappte sich ein Kissen und schlug mit der Faust so lange darauf, bis er nicht mehr konnte. Erschöpft und mit rasselndem Atem ließ er sich anschließend in den Sessel fallen und holte tief Luft.

Es war schiefgegangen.

Noch am Morgen war er optimistisch gewesen, daß er es schaffen würde. Doch er hatte sich getäuscht. Der Kerl war nicht nur ein Arschloch, sondern auch ein ebenso sturer Hund wie Reichling.

Er ballte die Fäuste. Er hätte ihn in der Luft zerreißen können. Er hatte alles probiert: freundliche Worte, Bitten und schließlich Drohungen. Doch dieser Scheißkerl hatte nur gelacht und ihn rausgeschmissen.

Er sah zum Ordner, der aufgeschlagen auf dem Schreibtisch lag, und erhob sich schwerfällig. Er riß das oberste Blatt heraus und überflog zum wiederholten Mal den Text. Anschließend starrte er auf den Kontoauszug und dann auf den Wandkalender. Ihm blieb nicht mehr viel Zeit. Er mußte etwas tun, sonst war sein ganzer Plan im Eimer, und er war erledigt.

Er ging zum Kühlschrank, öffnete eine Flasche Bier, die er in einem Zug leerte, stieß danach laut auf und biß mit den Zähnen auf den Flaschenrand. Dabei sah er zum Sofa, unter dem der Karton lag, und schluckte.

Er betrachtete seine rechte Hand, die plötzlich wieder zitterte. Er griff mit der anderen nach ihr und drückte sie, so fest er konnte.

Schrie da nicht jemand?

Reichling!

Nein, nicht schon wieder!

Er ließ die Bierflasche fallen. Sie rollte polternd unter den Tisch. Erschrocken bückte er sich und griff nach ihr.

Da, der Karton!

Ihn durchfuhr es wie ein Blitz. Er verharrte in gebückter Haltung, unfähig sich zu bewegen. Langsam wich er zurück.

Dann rannte er ins Schlafzimmer, warf sich aufs Bett und vergrub sein Gesicht in den Kissen.

Es dauerte eine Ewigkeit, bis er wieder aufsah. Sein Blick fiel auf ihr Bild, das auf dem Nachtschrank stand.

»Starr mich nicht so an!« rief er. »Du weißt, daß ich das nicht mag!«

Seine Hand fuhr vor und drehte das Bild zur Wand. Er vergrub sein Gesicht in den Händen und atmete tief aus und wieder ein. Das wiederholte er so lange, bis er ruhiger wurde. Danach stand er langsam auf und ging zurück ins Wohnzimmer.

Schließlich blieb er vor dem Sofa stehen, bückte sich und zog den Karton hervor.

Carola Linn betrachtete die sieben Seiten Fax, die ihr das Wirtschaftsministerium zugesandt hatte. Sie wunderte sich, wie schnell das gegangen war. Ein Anruf mit der Bitte um Informationen über frühere Militärlager in der Westpfalz, und nicht mal eine halbe Stunde später hielt sie diese bereits in den Händen.

Sie saß zu Hause an ihrem Schreibtisch und ärgerte sich immer noch über ihr Telefonat mit Adrian. Was bin ich für ein Idiot, dachte sie. »Ich hätte einige persönliche Dinge zu besprechen.« Das war doch Unsinn. Warum hatte sie sich nur so ungeschickt ausgedrückt? Sie wollte lediglich einen Rat, sonst nichts. Hoffentlich hatte Adrian das nicht mißverstanden.

Sie sah auf die Landkarte, die ausgebreitet vor ihr lag und begann, nach den einzelnen Standorten zu suchen. Ihr Finger blieb bei Kaiserslautern hängen.

»Ehemalige französische Holtzendorff-Kaserne«, las sie leise. »Mittlerweile ein Gewerbepark.« Ihr Finger wanderte weiter zum Zweibrücker Flugplatz. Die Beschreibung auf dem Fax war sehr knapp gehalten: »Frühere US-Air-Base, inzwischen zivil genutzt. Außerdem Standort des größten deutschen Designer-Outlets.«

Sie überflog die nächsten Beschreibungen über die Air-Base in Sembach, die Husterhöh-Kaserne in Pirmasens, das frühere Chemiewaffenlager Clausen, die »Barracks« in Fischbach bei Dahn sowie fünf weitere ehemalige Kasernen.

Einige waren bereits im Besitz von privaten Geschäftsleuten, für die meisten anderen gab es Nutzungsvorschläge, offenbar in der Hoffnung, dadurch den einen oder anderen Investor anzulocken.

Carola Linn begann die Lager, über die sie bereits etwas gelesen hatte, mit einem Filzstift zu kennzeichnen. Nach einer Dreiviertelstunde war die Karte mit roten Kreuzen übersät. Sie legte den Stift zur Seite.

Adrian hat recht, dachte sie. Da habe ich mir ganz schön was aufgehalst. Sie seufzte. Die Frage war, wo sollte sie anfangen? Mit einem Lager, das bereits zivil genutzt wurde? Nein. Das war für den Start einer Serie langweilig. Besser war es mit einer Kaserne zu beginnen, für die sich bisher niemand interessierte.

Sie überflog erneut die Informationen und blieb an Münchweiler hängen.

Das ehemalige US-Hospital war nur einen Katzensprung von Rodalben entfernt und stand seit Jahren leer.

Sie las die Beschreibung genauer:

Zwanzig Klinikgebäude, hundertdreizehn Wohnungen, ein Kino, eine Kirche, zahllose Werkstätten und Lagerhallen sowie ein großer Clubraum. Alles zusammen: fünfundvierzig Hektar.

Sie betrachtete die Karte. Das Lager sah tatsächlich groß aus. Sicher war darüber schon berichtet worden.

Sie stand auf, ging zum Telefon und wählte die Nummer der Redaktion.

Eine halbe Stunde später hatte ihr der neue Volontär fünf Seiten mit Zeitungsartikeln zugefaxt.

Nachdem sie alle gelesen hatte, stand für sie fest, womit ihre Serie beginnen würde.

Ein paar Sonnenstrahlen, die sich in der Jahreszeit geirrt haben mußten, klebten an den oberen drei Fensterreihen des klobigen Gebäudes und ließen das rötlichbraune Bauwerk heller erscheinen, als es eigentlich war.

Brix sah zu einem der wenigen Fenster, hinter denen Licht brannte. Ein paar bunte Aufkleber mit Tiermotiven prangten an der Scheibe. Offenbar verbarg sich dahinter die Kinderabteilung. Im Gegensatz zu den meisten anderen Fenstern waren die Jalousien hier ganz aufgezogen. Zu sehen war außer einigen Betten und Tischen jedoch nichts.

Brix und Frey passierten die Drehtür zur Eingangshalle und blieben vor der Glaswand mit der Aufschrift »Information« stehen, hinter der sich gerade ein gelangweilt aussehender Mann mit einem Joghurt beschäftigte. Mit stoischer Ruhe rührte er in seinem Becher und versuchte, ein paar Erdbeerstückchen nach oben zu befördern. Als das mißlang, zog er den Löffel kräftiger durch die weiße Masse.

»Können Sie uns weiterhelfen?« Brix tippte mit dem Zeigefinger gegen die Scheibe. Die buschigen Augenbrauen des Mannes wanderten nach oben.

»Was haben Sie denn für Beschwerden?« Sein Arm verharrte mitten in der Bewegung.

»Wir haben einen Termin bei Dr. Schmude.«

Abschätzend sah der Mann sie kurz an, während der Löffel seine Arbeit wieder aufnahm. Dann befreite er langsam ein Erdbeerstück aus seiner klebrigen Umgebung und ließ es in seinem Mund verschwinden.

»Und?« fragte er kauend.

»Jetzt würden wir gern wissen, in welchem Zimmer wir Dr. Schmude finden können«, fuhr Brix unbeirrt fort.

Der Löffel schwang durch die Luft und wies in Richtung Fahrstuhl.

»Achter Stock, Zimmer 34.«

»Vielen Dank«, erwiderte Brix und zeigte mit dem Finger auf den Plastikbecher. »Ich glaube, das Haltbarkeitsdatum ist überschritten.« Ohne eine Reaktion abzuwarten, drehte er sich um, faßte Frey an die Schulter und zog ihn mit sich fort.

Bevor die Tür des Fahrstuhls hinter ihnen zuging, sahen sie noch, wie der Mann ungläubig den Deckel des Bechers anstarrte.

Dr. Joachim Schmude war klein und dick. Sein Haarschopf oder das, was davon noch übrig war, klebte strähnig auf dem runden Schädel. Eine wuchtige Hornbrille ließ sein Gesicht noch breiter erscheinen. Als er die beiden Polizisten begrüßte, stach Brix ein großer Brillantring ins Auge, den Schmude am kleinen Finger trug.

Schmude wies auf zwei Stühle, vor denen ein gläserner, flacher Tisch stand, und ließ sich selbst in einen schwarzen Lehnstuhl fallen, den er hinter seinem Schreibtisch hervorrollte.

»Darf ich Ihnen etwas zu Trinken anbieten? Tee, Kaffee, Limonade?«

Sie schüttelten den Kopf.

Schmude musterte sie aufmerksam. »Sie haben sich am Telefon ziemlich bedeckt gehalten. Ich nehme an, Sie wollen etwas über Dr. Reichling wissen?«

Brix strich über sein glattrasiertes Kinn. »Genau. Sie arbeiteten eng mit ihm zusammen?«

»Das ist richtig. Mein Gott! Eine fürchterliche Sache. Wir sind alle erschüttert und können uns das überhaupt nicht vorstellen. Vorgestern habe ich noch mit ihm gesprochen. Und jetzt ist er tot.« Er stockte.

»Waren Sie mit ihm befreundet?«

»Befreundet wäre vielleicht zuviel gesagt. Wir trafen uns gelegentlich zum Golfspielen. Wir waren eher gute Bekannte, würde ich sagen.«

»Dann kennen Sie sicher auch seine Frau?«

»Katja? Ja, flüchtig. Warum fragen Sie?«

»Kam Frau Reichling oft in die Klinik?«

Schmude schüttelte energisch den Kopf. »Selten. Soweit ich mich erinnern kann, hat sie ihn anfangs nur ein- oder zweimal abgeholt.«

»Anfangs?«

»Nachdem wir eingezogen waren und Dr. Reichling regelmäßig hier zu arbeiten begann.«

»War er täglich hier?« Brix griff nach seinem Notizbuch.

Schmude rieb sich die Wange. »Mindestens dreimal die Woche. Das hing davon ab, wer gerade von ihm behandelt wurde.«

»Waren das die gleichen Patienten, die auch in seine Praxis kamen?«

»Zum Teil. Manche hat er nach ihrer Entlassung ambulant weiterbehandelt. Wissen Sie, seine Arbeit war ihm wirklich wichtig, und für die Station war es gut, daß er da war.« Als er die verständnislosen Blicke der beiden Kriminalbeamten sah, fuhr er fort: »Es gab leider ein paar spleenige Menschen, die eine Nervenabteilung hier im Krankenhaus ablehnten.« Er lachte bitter. »In ihren Hirnen spukten wahrscheinlich Bilder von einem wilden Haufen Wahnsinniger rum. Dummerweise bekamen diese Leute von einer Handvoll Lokalpolitiker Unterstützung.«

»Inwiefern?« fragte Brix.

»Sie versuchten alles, um den Einzug zu verhindern. Die Idee, psychiatrische Kliniken auch in abgelegeneren Gegenden anzusiedeln, gab es schon länger. Vor Jahren war im Gesundheitsministerium bereits laut darüber nachgedacht worden, ob psychisch Kranke nicht genauso behandelt werden müßten wie andere Kranke auch.« Schmude strich gedankenverloren über seinen Brillantring. »Gemeint war damit, daß beispielsweise ein Westpfälzer nicht mehr bis in die Südpfalz nach Klingenmünster fahren muß, sondern auch in der Nähe Hilfe findet. Allerdings war lange Zeit nicht klar, wo eine solche Klinik hinkommen sollte. Viele Bürgermeister hatten Interesse.«

»Was gab den Ausschlag?«

Schmude sah Brix mitleidig an. »Sie interessieren sich nicht für Kommunalpolitik?«

»Grundsätzlich schon.«

Schmude holte tief Luft. »Pirmasens hatte bereits ein großes Krankenhaus, gut eingerichtet und mit genügend Personal, auf das eine Nervenstation unter Umständen angewiesen sein kann. Außerdem sind Orte mit eigenen Krankenhäusern in der Regel größer und haben mehr politisches Gewicht. Ein kleines Dorf hat da keine Chancen.«

»Sie waren also gegen Pirmasens?« schaltete sich Frey ein.

»Nein. Solche Stationen werden dort gebraucht, wo es genügend Patienten gibt.«

»Sah Reichling das auch so?«

Schmude nickte. »Er hat mit dazu beigetragen, daß die Stadt den Zuschlag erhielt. Er war gesundheits- und kommunalpolitisch sehr engagiert.«

Brix machte sich eifrig Notizen. »War Dr. Reichling in der Klinik beliebt? Schließlich gehörte er ja nicht direkt zum Personal und hatte doch einen wichtigen Posten.«

»Wer ist schon beliebt?« erwiderte Schmude sarkastisch. »Aber wenn Sie mich so fragen: Ich würde sagen, daß er auf jeden Fall respektiert wurde.«

»Wer könnte ihn umgebracht haben?« fragte Brix unvermittelt. »Vielleicht ein Patient?«

Schmude riß die Augen weit auf. »Warum sollte ein Patient seinen Arzt umbringen? Nur weil das vielleicht ins Klischee paßt?« Er klang leicht gereizt: »Wahnsinnige gehören nicht in ein normales Krankenhaus! Sie könnten ja sonst was anrichten. Gegen solche pauschalen Vorurteile müssen wir ankämpfen, seitdem es diese Abteilung gibt.«

»Aber gab es nicht Drohungen gegen Ärzte und Pfleger?« bohrte Brix weiter. »Drohungen eines Patienten namens Hermann Frenz, der seit vorgestern abend nicht mehr in der Klinik ist und dessen Therapeut zufällig Ulrich Reichling hieß?«

Schmude sprang auf. »Aber das ist doch lächerlich.« Er schnaubte heftig. Niemand sagte etwas. Langsam sank er in den Sessel zurück. »Ja, es stimmt«, sagte er schließlich. »Dieser Mann hat vor einiger Zeit für etwas ...«, der Psychiater rang nach geeigneten Worten, »Unruhe gesorgt. Allerdings sehe ich keinen Zusammenhang zwischen Reichlings Tod und dem Verschwinden von Frenz.«

Wieder Schweigen.

»Ich bin sicher, daß er ihn nicht umgebracht hat. Frenz ist harmlos.« Schmude nahm seine dicke Brille ab, schloß die Augen und strich sich mit den Fingern über die tiefen Abdrücke auf seinem Nasenrücken. »Nein«, wiederholte er bestimmt. »Das kann ich mir beim besten Willen nicht vorstellen.«

Brix fegte einen Fussel von seiner Hose. »Warum hat er Ihre Mitarbeiter bedroht?«

»Das ist nicht so einfach zu erklären.«

»Versuchen Sie es.«

Schmude lehnte sich weit in den Sessel zurück.

»Frenz leidet unter einer katatonen Psychose«, begann er leise. »Das ist eine Form der Schizophrenie, mit der wir hier bisher nicht häufig zu tun hatten. Solche Menschen sind die meiste Zeit still und in sich gekehrt. Aus heiterem Himmel kommt es aber dann plötzlich zu heftigen Reaktionen, die sich gegen den Betroffenen selbst oder gegen andere richten können.«

»Wie äußert sich das?«

»Sie schlagen um sich und stoßen mitunter wüste Drohungen aus. Keine angenehme Sache.« Der Psychiater lächelte dünn. »Nach seinem ersten Anfall mußten wir ihn mit einem Bauchgurt festschnallen und ihm ein Neuroleptikum spritzen. Es gibt in diesem Krankenhaus nun mal keine geschlossene Abteilung. Pirmasens ist eine moderne Klinik, ohne Gummizellen und Gitterstäbe.« Er klang stolz und legte die gefalteten Hände wie ein Priester vor die Brust. Dann fuhr er fort: »Frenz hatte ein paar akute Schübe. Durch die Medikamente wurde es jedoch besser. Zum Schluß konnten wir sogar auf Tabletten verzichten und ihm statt dessen alle zwei bis drei Wochen eine Depotspritze geben. Die hat dieselben Inhaltsstoffe, wirkt aber länger als Tabletten.«

»Erzählen Sie bitte weiter«, sagte Brix.

»Wir hatten die Krankheit nach einiger Zeit endlich im Griff. Frenz arbeitete mit und machte einen guten Eindruck – jedenfalls bis zu seinem Verschwinden.«

»Sie wurden davon überrascht?« fragte Frey.

»Ja.«

»Vor allem, weil er seine Krankheit noch nicht überstanden hatte?«

Schmude lugte hinter seiner Brille hervor. »Er war auf dem besten Weg.«

»Und Sie wissen nicht, wo er sein könnte? Vielleicht wieder zu Hause? Haben Sie versucht, ihn dort zu erreichen?«

»Ja, aber leider ohne Erfolg.«

»Es könnte ihm auch etwas passiert sein.«

»Das glaube ich nicht. Das hätten wir bestimmt erfahren.«

»Warum sind Sie so sicher, daß er nichts mit dem Mord zu tun hat?« fragte Brix.

Schmude wischte mit der Hand über den Tisch. »Seine Drohungen, um bei dem Begriff zu bleiben, standen in Zusammenhang mit seiner Krankheit. Nachdem er die Neuroleptika bekommen hatte, hörten die Anfälle auf. Es gab also keinen Grund mehr, auf jemanden loszugehen. Er hatte im übrigen in dieser Zeit nicht nur Reichling, sondern alle Ärzte und Pfleger im Visier.«

»Braucht er jetzt keine Medikamente mehr?« fragte Brix.

Schmude wich seinem Blick aus. »Doch.«

»Wo kriegt er jetzt seine Medizin her?«

Ein Schulternzucken.

»Lassen Sie ihn suchen?«

»Wir haben keine Handhabe«, erwiderte Schmude. »Er war freiwillig hier, und außerdem hatte sich sein Zustand wesentlich gebessert. Zum Schluß machte er sogar täglich längere Spaziergänge, ohne daß jemand dabei war. Er wäre in Kürze aus der stationären Behandlung entlassen worden.«

Brix schrieb weiter in sein Notizbuch. Beiläufig fragte er: »Glauben Sie, daß er bei einem Freund untergetaucht sein könnte?«

»Ich weiß es nicht.« Schmude biß sich auf die Lippen. »Wie ich Ihnen schon erzählt habe, leidet Frenz an Katatonie. Bei ihm gab es jedoch auch Anzeichen einer paranoiden-halluzinatorischen Form von Schizophrenie. Das heißt, er hatte zeitweise Verfolgungsängste. Angst vor Menschen, die ihm nachstellten.«

»Zum Beispiel Ärzte?« unterbrach ihn Frey.

»Wenn Sie so wollen. Diese Ängste tauchten allerdings selten auf und waren bei weitem nicht groß genug, um jemanden zu töten, falls Sie darauf hinauswollen. Trotzdem hätten wir ihn deswegen gern noch weiter beobachtet – sei es auch nur ambulant. Aber um auf Ihre Frage zurückzukommen«, der Psychiater sah zu Brix hinüber, »Frenz wird wohl den Kontakt zu anderen Leuten, vor allem zu Bekannten, suchen – sofern seine Verfolgungsängste nicht irgendwann schlimmer werden und ihm einen Streich spielen. Dann könnte es passieren, daß er sich mehr und mehr isoliert.«

Brix betrachtete den Zeiger des kleinen schwarzen Weckers auf dem Schreibtisch, der in holprigen Schritten seine Runden drehte. »Wann haben Sie sein Verschwinden bemerkt?«

»Eine Krankenschwester hat ihn morgens vermißt.«

»Ist sie im Haus?«

»Da muß ich mich erkundigen.« Schmude erhob sich mühsam von seinem Stuhl und ging zur Tür.

»Frau Greiner, wissen Sie, ob Schwester Gertrud heute Dienst hat? Ja, ich warte.«

Kurz darauf war im Nachbarzimmer ein Gemurmel zu hören. Schmude nickte bedächtig mit dem Kopf. »Gut. Dann bitten Sie sie herauf.« Er zog die Tür zu. »Ja, sie ist da. Ich nehme an, es ist in Ihrem Sinn, daß ich sie hierher bestellt habe?« Ohne eine Antwort abzuwarten, setzte er sich wieder, griff nach seiner Brille und begann, die Gläser sorgfältig zu putzen.

»Könnte es sein, daß Dr. Reichling ihn bei seiner Flucht überrascht hat?« fragte Brix.

»Das kann ich Ihnen nicht beantworten. Ich habe Reichling jedenfalls an diesem Tag nicht gesehen.«

»Sein Wagen stand aber am nächsten Morgen auf dem Parkplatz vor dem Krankenhaus.«

»Das hat mich gewundert. Normalerweise hat er sich bei mir gemeldet, wenn er ins Haus kam.«

»Hat ihn sonst irgend jemand gesehen?«

»Soviel ich weiß, nicht.«

Es klopfte an die Tür. Schmude war diesmal schneller auf den Beinen. »Herein!« rief er.

Die Tür öffnete sich, und eine stattliche Frau trat ein. Sie war gut einen Kopf größer als der Arzt und auch wesentlich kräftiger. Sie blieb unschlüssig stehen und ging schließlich, nach einem Kopfnicken in Richtung Brix und Frey, auf ihren Chef zu.

»Sie wollten mich sprechen?«

»Nicht ich. Diese Herren wollen Ihnen einige Fragen stellen.« Schmude zeigte auf die beiden Besucher.

Sie sah zu den Männern, die beide wie auf Kommando aufstanden.

»Ich heiße Brix, Polizeipräsidium Westpfalz. Das ist Herr Frey.«

»Angenehm, Weber«, brummte sie mit unbewegtem Gesichtsausdruck. »Was kann ich für Sie tun?«

»Ihr Chef hat es bereits gesagt. Wir haben einige Fragen an Sie. Wäre es möglich, daß wir uns einen Augenblick allein mit Frau Weber unterhalten könnten, Dr. Schmude?«

»Ich gehe ins Vorzimmer.« Mit langen Schritten eilte der Psychiater hinaus.

Brix wies auf den leeren Stuhl vor sich. Die Krankenschwester nahm wortlos Platz.

»Frau Weber ...«, begann Brix freundlich.

»Sie können mich ruhig Schwester Gertrud nennen, wie alle hier.«

»Also, Schwester Gertrud, Sie haben mit Dr. Reichling zusammengearbeitet?«

»Gelegentlich.«

»Zum Beispiel vorgestern abend?«

»Nein.«

»Wissen Sie noch, wann Sie ihn zum letzten Mal gesehen haben?«

Ihr Kopf drehte sich ein wenig zur Seite. Ihre straff nach hinten gekämmten Haare, die am Hinterkopf von einer winzigen Klammer festgehalten wurden, ließen ihr Gesicht noch strenger wirken. Sie schien zu überlegen. »Das war am vergangenen Freitag. Ich hatte Dienstschluß. Er kam mir zusammen mit dieser Sylvia Hartwig entgegen.« Schwester Gertrud setzte offenbar voraus, daß Sylvia Hartwig den beiden Polizisten bekannt war.

»Was können Sie mir über Hermann Frenz sagen?« fuhr Brix fort.

»Frenz?«

»Sie waren die erste, die sein Verschwinden bemerkt hat, nicht wahr?«

»Das stimmt. Ich hatte Frühdienst und wollte ihn wie gewöhnlich wecken, aber sein Bett war unbenutzt. Ich habe dann im ganzen Krankenhaus vergeblich nach ihm gesucht und später Dr. Schmude benachrichtigt.«

»Wissen Sie, wer in der Nacht Dienst hatte?«

»Schwester Margitta.«

»Ist sie auch im Haus?«

»Ja. Ich habe sie vorhin getroffen. Soll ich sie rufen?« Schwester Gertrud wollte aufstehen, aber Brix winkte ab.

»Haben Sie Frenz regelmäßig betreut?«

»Oft«, antwortete sie ausweichend und sah unsicher von einem Polizeibeamten zum anderen. »Sie wissen von seiner Krankheit?«

Beide nickten synchron.

»Ich habe mich manchmal mit ihm unterhalten. Sehr gesprächig war er nicht. Aber ab und zu redete er ein bißchen über sich«, fuhr sie fort und rieb ihre kräftigen Finger aneinander. »Meist waren es nur belanglose Dinge, über die wir sprachen. Er erzählte mir einige Geschichten aus seinem Berufsleben. Er hat früher mal für eine Zeitung geschrieben.«

»Für welche Zeitung denn?«

»Ich glaube, es war der Pfalzblick. Was er heute arbeitet, weiß ich aber nicht.«

»Ist Ihnen an ihm in letzter Zeit etwas aufgefallen?« fragte Brix. »War er anders als sonst? Vielleicht besonders still?«

Schwester Gertrud überlegte und verlagerte ihren Oberkörper auf die andere Seite, woraufhin der Lehnstuhl laut knarrte. »Wenn ich ehrlich bin, kam er mir am letzten Abend ziemlich nachdenklich vor. Irgend etwas schien ihn zu beschäftigen.«

Brix nagte an seiner Unterlippe. »Sie haben sicher seine Adresse?«

»Sie muß auf seiner Karteikarte stehen. Soll ich nachsehen?«

»Gleich. Können Sie sich vorstellen, warum er verschwunden ist?«

Die Schwester schüttelte langsam den Kopf.

Brix erhob sich. »Vielen Dank, Schwester Gertrud. Es wäre nett, wenn Sie uns seine Adresse raussuchen könnten. Ach ja, und mit Ihrer Kollegin möchten wir uns auch noch unterhalten.«

Sie gingen alle drei zur Tür.

Schmude saß auf einem Stuhl und las Zeitung, als sie aus dem Zimmer kamen. Ohne Hektik faltete er die Seiten zusammen und warf die Zeitung auf den Schreibtisch von Frau Greiner, die damit beschäftigt war, die Mine eines Kugelschreibers zu wechseln.

»Die Herren haben keine Fragen mehr an mich«, sagte Gertrud Weber.

»Aber ich bin wohl noch nicht entlassen, oder?« fragte Schmude.

Brix antwortete nicht, sondern sah der Krankenschwester nach, die sich an der Tür noch einmal umdrehte, bevor sie verschwand. »Ich sehe nach, ob Schwester Margitta noch im Haus ist.«

»Was wollen Sie denn von Schwester Margitta?« fragte Schmude.

»Sie hatte Dienst an dem Abend, als Frenz verschwand. Oder wußten Sie das nicht?«

»Doch, natürlich. Wollen wir wieder reingehen?« Der Psychiater marschierte zurück in sein Zimmer und nahm Platz. »Brauchen Sie mich noch lange? Ich habe nämlich gleich Visite.«

»Wir sind sofort weg. Nur noch eine Kleinigkeit. Wo waren Sie vorgestern abend?«

Schmude verschränkte die Arme. »Ach, bin ich verdächtig? Tja, ich muß gestehen, daß ich allein in meiner Wohnung war – keine Zeugen, die das bestätigen könnten. Tut mir leid.«

Brix steckte sein Notizbuch weg. »Schade. Auf jeden Fall vielen Dank für die Zeit, die Sie uns geopfert haben.«

»Ich stehe Ihnen jederzeit zur Verfügung«, sagte Schmude.

Margitta Preiser konnte ihnen nicht weiterhelfen. Sie hatte weder etwas gesehen noch gehört. Als sie die Klinik verließen, sah Brix auf den Zettel, auf den Schwester Gertrud Frenz' Adresse in großen Druckbuchstaben notiert hatte: »Naßheckenstraße 47, Vinningen«.

Sie schwiegen, bis sie wieder im Auto saßen.

»Was halten Sie von Schmude?« fragte Frey.

»Schwer zu sagen. Wir müssen auf jeden Fall prüfen, ob Reichling irgend jemandem im Vorfeld der Standortentscheidung auf die Füße getreten ist. Außerdem müssen wir diesen Frenz finden. Auch wenn Schmude bestreitet, daß Frenz etwas mit dem Mord zu tun haben könnte, will ich mir doch lieber selbst ein Bild von ihm machen.« Brix gab Frey die Adresse. »Einen Durchsuchungsbefehl für seine Wohnung werden wir zwar kaum kriegen, weil kein konkreter Verdacht gegen ihn besteht«, fuhr Brix fort, als er sich auf dem Beifahrersitz anschnallte. »Trotzdem sollten wir uns in der Nachbarschaft umhören. Vielleicht weiß jemand, wo er sich aufhält. Aber jetzt müssen wir zurück ins Präsidium. Ich habe dort noch einige andere Sachen zu erledigen. Wir haben übrigens vergessen zu fragen, ob Frenz ein Auto hat.«

Frey startete den Motor. Der Wagen setzte sich in Bewegung.

»Vorsicht!« rief Brix.

Frey fuhr zusammen und trat abrupt auf die Bremse. Er hätte beim Zurückstoßen fast einen silbergrauen Mercedes gerammt, der mit hoher Geschwindigkeit über den Platz fuhr. Frey starrte dem Wagen nach. »Das wäre beinahe schiefgegangen. Ich habe den gar nicht kommen sehen. Der scheint es eilig zu haben.«

Der Wagen hielt neben einem Begrenzungspfosten. Die Tür öffnete sich, und ein etwa fünfzigjähriger Mann mit graumeliertem Haar stieg aus. Er trug einen langen Lodenmantel und hielt in der Hand eine Aktentasche. Mit hektischen Bewegungen stocherte er darin herum und zog einige Blätter raus. Er überflog das erste Blatt, schüttelte den Kopf. Dann preschte er los und war kurz darauf aus ihrem Sichtfeld verschwunden.

»Der muß es sogar verdammt eilig haben«, sagte Brix, während Frey den Wagen wendete. »Wer das wohl sein mag?«

Im Schrittempo fuhren sie vorsichtig vom Parkplatz und ließen das rotbraune Gebäude hinter sich.

Erst nachdem sie die angrenzende Lemberger Straße erreicht hatten, gab Frey stärker Gas.

Sie hatten Pirmasens noch nicht verlassen, als Brix' Handy klingelte.

»Kommissar Brix«, meldete sich eine verzerrte Stimme. »Hier ist Matheis. Wir haben vor zwei Stunden Behrens und Karl vor Reichlings Haus abgelöst. Frau Reichling ist gerade aus der Tür gekommen, mit rotem Kopftuch und dunklem Mantel. Sie steigt in ein Taxi. Was sollen wir machen? Ihr nachfahren?«

»Natürlich«, sagte Brix, während Frey den Fuß vom Gas nahm, weil an einem Zebrastreifen eine Gruppe von Kindern wartete. »Ich will wissen, wo sie hinfährt. Haltet mich ständig auf dem laufenden. Wir sind auf dem Weg zurück nach Kaiserslautern, also noch eine Weile im Auto.«

»In Ordnung.« Matheis beendete das Gespräch.

»Was ist passiert?« fragte Frey und fuhr vorsichtig an.

Brix schilderte, was Matheis ihm erzählt hatte.

Als Pirmasens zwei Kilometer hinter ihnen lag, meldete sich Matheis erneut. »Es sieht so aus, als ob sie zum Krankenhaus fährt«, erklärte er. »Ja. Das Taxi vor uns biegt rechts in die Pettenkofer Straße ein. Wir folgen ihr.« Es rauschte. Brix konnte hören, wie die beiden Polizisten sich unterhielten. »Jetzt hält es vor dem Gebäude. Sie zahlt, steigt aus und verschwindet nun im Eingang.«

»Folgt ihr. Ich bin gespannt, wen sie besucht.«

»Machen wir.« Es knackte in der Leitung.

»Rotes Kopftuch?« murmelte Frey, als sie weiterfuhren. »Komische Kleidung für eine Frau, deren Mann gerade ermordet wurde.«

Brix nickte.

Gerck summte die letzten Takte von »Runaway« mit, schaltete in den nächst höheren Gang und lauschte dem Radiosprecher, der seinen Hörern eine »phantastische Urlaubsreise für zwei Personen nach Gran Canaria« versprach. Voraussetzung dafür war, daß der Sender den ganzen Tag über eingeschaltet blieb, um den Pfeifton nicht zu verpassen, der irgendwann zwischen zwei Liedern eingespielt werden sollte. Wer dann zum Telefonhörer griff, hatte die Chance, an einer Verlosung teilzunehmen und »eine Woche Sonne, Strand, und nette Leute« zu genießen.

Gerck sah aus dem Seitenfenster auf die Felder, die sich in trübem Grün und Braun aneinanderreihten. Auch die Farbe des Himmels war trist. Sie erinnerte ihn an die Möbel in seinem Büro. Trostlos, dachte er. Ein bißchen Sonne würde in der Tat nicht schaden.

In der Ferne war bereits das Ortsschild von Vinningen zu sehen. Dort wohnte also Frenz.

Es hatte ihn einige Mühe gekostet, die Adresse herauszufinden, nachdem er vorhin im Archiv bei der Suche nach einem älteren Zeitungsartikel zufällig über die Namenszeile eines gewissen Hermann Frenz gestolpert war.

Bions Hinweis noch im Ohr, war er aufgeregt zum Telefon gerannt. Fünf Anrufe später wußte er: Hermann Frenz war tatsächlich der verschwundene Patient.

Allerdings konnte sich kaum jemand in der Redaktion richtig an ihn erinnern. Hermann Frenz? War das nicht dieser Kerl gewesen, auf den man sich nie hatte verlassen können? Aber natürlich. Der war doch einige Monate freier Mitarbeiter gewesen und anschließend nie wieder in der Redaktion erschienen.

Gerck drosselte die Geschwindigkeit. Er fragte einen Spaziergänger nach der Naßheckenstraße. Der Mann zuckte jedoch nur hilflos mit den Schultern. Gerck fuhr weiter und fragte einen anderen Spaziergänger und schließlich noch einen, der ihm endlich weiterhelfen konnte.

»Naßheckenstraße. Wurde aber auch Zeit«, seufzte er erleichtert, als das Straßenschild vor ihm auftauchte.

Die Nummer »47« prangte an einem weißgestrichenen Zweifamilienhaus. Er fuhr bis zur nächsten Kreuzung, drehte um und hielt direkt vor dem Gebäude. Er wußte nicht, was er sich von dem Besuch wirklich versprach. Was sollte er Frenz sagen, wenn er ihn antraf? »Hallo, wir kennen uns zwar nicht, aber ich arbeite heute für den Pfalzblick. Sie haben doch auch für den Pfalzblick geschrieben! Haben Sie vielleicht den Arzt umgebracht?«

Trotzdem mußte er es zumindest versuchen.

Er stieg aus dem Porsche. Die Einfahrt war leer. Im Hintergrund waren nur die verschlossenen Tore einer Garage zu sehen.

Das Haus wirkte gepflegt und kleinbürgerlich. Im Vorgarten saßen drei Gartenzwerge, die eine kleine Tanne bewachten. An der hölzernen Eingangspforte hing ein gelbes Schild mit dem Konterfei eines Schäferhundes, unter dessen Hals in dicken schwarzen Lettern »Hier wache ich« stand.

Vorsichtig drehte Gerck am Griff der Pforte. Es blieb jedoch still. Kein Hund sprang ihm entgegen. Nicht mal ein Bellen war zu hören.

Er sah zu den Fenstern hoch. Die Gardinen waren sowohl im Erdgeschoß als auch in der oberen Etage zugezogen. In Erwartung, daß jeden Moment doch noch ein wütender Vierbeiner um die Ecke kam, ging er mit zügigen Schritten auf die drei Stufen zu, die zur Haustür führten.

»Frenz« stand auf einem kleinen Namensschild und darunter »Familie Krämer«. Beide Schilder sahen aus, als wären sie erst vor kurzem angebracht worden. Gerck drückte zweimal vergeblich auf beide Klingeln. Es schien niemand da zu sein.

Er ging zum Nachbarhaus. Dort wurde bereits nach dem ersten Läuten geöffnet. Ein älterer Mann mit Eisenbahnermütze und Zigarre kam aus der Tür.

»Wollen Sie zu mir?« brummte er.

»Eigentlich wollte ich zu Ihrem Nachbarn, Herrn Frenz«, antwortete Gerck.

Der alte Mann schob seine Eisenbahnermütze aus dem Gesicht und trat einen Schritt unter dem Vordach heraus. Dort blieb er stehen und blickte zu dem Nachbarhaus, als müsste er sich erst vergewissern, ob es noch steht.

»Frenz?« sagte er stirnrunzelnd, während seine Zigarre von einem Mundwinkel zum anderen wanderte.

Gerck deutete auf das Fenster über der Eingangstür. »Der Name steht auf der Klingel.«

Der Mann lupfte sein Käppi und strich sich mit der flachen Hand quer über den schlohweißen Haarschopf, während aus seinem Mund dichter Rauch quoll.

»Ach der. Sicher. Der wohnt oben. Über Krämers. Die sind aber nicht da.« Er klopfte mit dem Zeigefinger gegen seine Zigarre, bis ein Stück Asche runterfiel. »Muß ich gleich wegfegen«, murmelte er leise.

Dann sah er wieder zu Gerck. »Ich habe ihn schon länger nicht mehr hier gesehen. Habe mich schon gefragt, ob er weggezogen ist. Würde ich dem eigenbrötlerischen Kerl durchaus zutrauen: einfach auszuziehen, ohne daß wir was davon mitbekommen. Aber sein Klingelschild hängt noch da. Dann kann er also nicht weg sein. Habe auch noch keinen Möbelwagen oder sonst was vor der Tür stehen sehen.«

Mit der Spitze seines Pantoffels versuchte er, die Asche zusammenzuschieben, ließ aber davon ab, als er merkte, daß ein Fleck auf dem Boden zurückblieb. »Im Grunde interessiert es mich aber auch nicht, wo er hin ist«, fügte er hinzu.

Gercks Blick folgte den Bewegungen des Pantoffels. »Haben Sie Streit mit ihm?«

Der Alte verzog das Gesicht. »Nee. Aber er ist ‘n muffeliger Kerl. Grüßt nur, wenn er Lust hat, und dann auch nicht jeden.« Seine Zigarre wanderte erneut von einem Mundwinkel zum anderen. »Ein bißchen Höflichkeit kann man doch verlangen, oder?«

Gerck nickte mechanisch, obwohl er von der Höflichkeit seines Gegenübers auch nicht überzeugt war.

»Wann Sie ihn das letzte Mal gesehen haben, wissen Sie nicht zufällig?«

Der Alte dachte kurz nach. »Ist schon etwas her. Da waren Krämers noch nicht in Urlaub« – er zeigte auf das untere Fenster – »und die kommen bald wieder zurück. Haben eine Reise gewonnen, irgendwo im Süden. Müßten nächste Woche wieder da sein.«

Er zog an seiner Zigarre. »Ja, die vierzehn Tage sind dann vorbei.« Ohne ein weiteres Wort zu verlieren, drehte er sich um, tippte mit dem Finger gegen sein Käppi und schlurfte mit schweren Schritten ins Haus zurück.

Gerck sah ihm nach. Komischer Kauz, dachte er. Er sah die Blumen auf der Fensterbank von Krämers Wohnung und fragte sich, wer sich wohl um sie kümmerte. Sie machten jedenfalls keinen vertrockneten Eindruck.

»Dann versuch ich es eben bei den anderen Nachbarn«, murmelte er.

Doch er hatte kein Glück. Im nächsten Haus machte niemand auf.

Nachdem er auch an der vierten Haustür vergeblich geklingelt hatte, warf er einen Blick zu den umliegenden Gebäuden. Es hatte offenbar keinen Sinn. Nirgendwo stand ein Auto vor der Tür. Wahrscheinlich waren die meisten noch bei der Arbeit.

Enttäuscht stieg er wieder in seinen Wagen. Er drehte den Zündschlüssel, ohne daß sich was tat. Erst beim dritten Mal reagierte der Motor.

Verdammter Mist, dachte er. Schon wieder. Er mußte unbedingt zu Freddy, bevor die Karre irgendwann gar nicht mehr ansprang.

Brix wurde unruhig. Er stand seit über zehn Minuten in der Schlange und wartete, bis er an der Reihe war. Er sah auf die große Uhr, die an der Wand der Metzgereitheke hing und ihn daran erinnerte, daß in diesen Minuten Frey in sein Büro kommen wollte.

»Bitte, der Herr.« Die dicke Verkäuferin sah ihn erwartungsvoll an.

»Oh, bin ich endlich dran? Ich hätte gern zwei Hühnchenschlegel.«

Stille. Die Verkäuferin schien ihn nicht verstanden zu haben. Hatte er sich so undeutlich ausgedrückt? »Zwei Hühnerschlegel, bitte«, wiederholte er.

Sie reagierte wieder nicht.

»Wonn isch denne Herr rischdisch vaschtonn habb, donn will er e Paar Hähnschabänscha«, sagte ein älterer Mann neben ihm. »Das is doch rischdisch, odda?«

Brix nickte irritiert.

»Ahh soo, Hähnschabänscha«, brummte die Verkäuferin und kam seinem Wunsch nach.

Nachdem Brix gezahlt und dem älteren Mann noch einmal freundlich zugenickt hatte, hörte er sie beim Rausgehen sagen: »Schun widder e Reigeritschter. Isch wärdd heit noch närrisch.«

Brix schaffte es, sich das Wort »Reigeritschter« bis zum Präsidium zu merken, wo er es sich sofort aufschrieb. Er legte die Einkaufstüte neben seinen Schreibtisch, in der Hoffnung, daß der gutverpackte Inhalt die wenigen Stunden bis zum Abend auch ohne Kühlschrank überstehen würde, und ärgerte sich, daß er sich von Melanie zu diesem Einkauf hatte breitschlagen lassen. Hühnchenschlegel! Wann hatten sie die das letzte Mal gemeinsam gegessen? Das mußte auf jeden Fall noch vor ihrer Trennung gewesen sein.

Es klopfte. Frey kam herein.

»Sie waren vorhin leider nicht da. Ich habe interessante Neuigkeiten«, sagte er.

Brix wies auf den Stuhl, und Frey setzte sich.

»Matheis hat angerufen. Weil er Sie nicht erreichen konnte, hat die Zentrale ihn zu mir durchgestellt. Raten Sie mal, was Frau Reichling im Krankenhaus wollte?«

»Sagen Sie es mir!« Brix mochte keine Ratespiele.

»Sie hat Schmude besucht. Kurz nachdem wir weg waren. Ist doch ein komischer Zufall?«

»Hat Matheis gesagt, wie lange sie bei ihm war?«

»Über eine Stunde. Damit aber noch nicht genug. Matheis war so clever, sich beim Pförtner zu erkundigen.«

»Und?«

»Sie ist in den letzten Wochen öfter im Krankenhaus gewesen. Meist spät, nach den Sprechstunden.«

»Hm.« Brix stand auf und ging durch das Zimmer. Seine Hände steckten tief in den Hosentaschen.

»Was denken Sie?« fragte Frey.

»Wahrscheinlich dasselbe wie Sie. Warum hat Schmude behauptet, daß Frau Reichling nur ein- oder zweimal im Krankenhaus war?«

»Weil er sie vor irgend etwas schützen will. Vielleicht ist er der Mann, den wir suchen?«

Brix blieb hinter Frey stehen und sah aus dem Fenster zu der Autoschlange, die sich gerade wieder in Bewegung setzte. »Sie meinen, er ist ihr Komplize? Trauen Sie ihm das zu?«

Frey zuckte mit den Schultern. »Ich weiß nicht. Er hat auf mich nicht gerade den Eindruck eines brutalen Mörders gemacht – was allerdings nichts heißen will.«

Brix ging um den Tisch herum und nahm wieder Platz. Er überlegte eine Weile. Dann sagte er: »Wir sollten ihn auf jeden Fall genau unter die Lupe nehmen. Seine Vermögensverhältnisse und so. Sie wissen schon. Läuft die Suche nach Frenz bereits?«

»Ich habe alles veranlaßt und eine Vermißtenmeldung an alle Zeitungen und Radiosender rausgegeben. Außerdem sind zwei von unseren Leuten auf dem Weg nach Vinningen, um Frenz' Nachbarschaft zu befragen.«

»Gut. Auf Frenz' Namen ist übrigens kein Wagen zugelassen. Mit Reichling bin ich noch nicht viel weitergekommen. Bislang deutet nichts daraufhin, daß er irgend jemandem besonders auf die Füße getreten ist. Er galt zwar allgemein als sehr rechthaberisch. Aber das wissen wir ja bereits.« Brix machte eine Pause und sah nachdenklich zur Tür.

Frey erhob sich. Das Verlangen nach einer Zigarette stand ihm ins Gesicht geschrieben. »Ich muß in mein Büro. Ich erwarte noch einen Anruf.«

Brix betrachtete seine Einkaufstüte. »Bevor Sie gehen: Sie sind doch in Kaiserslautern geboren. Wissen Sie zufällig, was« – er griff nach seinem Notizzettel und hatte Schwierigkeiten, das Wort vorzulesen – »Reigeritschter heißt?«

Frey grinste. Offenbar hatte es sehr komisch geklungen. »Das ist jemand, der zwar in der Pfalz wohnt, aber kein Pfälzer ist. Warum wollen Sie das wissen? Wollen Sie als Niedersachse plötzlich unsere Sprache lernen?«

»Ich habe das Wort zufällig gehört. Hat mich einfach interessiert«, erwiderte Brix. Er ärgerte sich über die letzte Bemerkung, die ihm zeigte, daß er sogar in Freys Augen ein Fremder war und wohl auch immer bleiben würde.

Der Weg war steinig und uneben. Gegen Metzgers dünne Schuhsohlen drückten zahllose spitze Steine, die ihm das Gehen zur Qual machten. Mit jedem weiteren Stein und jeder weiteren Baumwurzel ärgerte er sich mehr, daß er sich überhaupt zu diesem Spaziergang hatte überreden lassen. Er holte tief Luft, als er mit dem Absatz zum wiederholten Mal irgendwo hängenblieb, und nahm sich vor, spätestens hinter der nächsten Biegung umzudrehen.

Sie gingen seit etwa zehn Minuten nebeneinanderher. Ihr Gespräch hatte sich während der letzten hundert Meter zu einem Monolog entwickelt. Metzger sagte kaum noch etwas. Seinen Begleiter schien das jedoch nicht zu stören. Im Gegenteil: Metzger hatte den Eindruck, daß immer mehr Worte auf ihn einprasselten, je weniger er selbst sagte. Auch die Stimme wurde immer lauter. Metzger spürte, wie seine Geduld schwand. Als er erneut gegen einen Stein trat, blieb er stehen, verzog das Gesicht und sagte: »Verflucht. Jetzt habe ich aber endgültig genug von Ihrem Gerede. Ich habe es Ihnen schon mehrmals gesagt: Lassen Sie mich mit Ihren Hirngespinsten in Ruhe. Ich will davon nichts wissen! Meine Antwort heißt: Nein. Und dabei bleibt es!« Er bückte sich, um seine Schnürsenkel fester zu binden. »Außerdem kehre ich jetzt um. Ich habe Besseres zu tun, als hier durch den Wald zu laufen. Das ist doch reine Zeitverschwendung.« Metzger erhob sich wieder. »Und ich sage Ihnen noch etwas: Ich möchte damit in Zukunft nicht mehr belästigt werden! Haben Sie das endlich verstanden?«

Weiter kam er nicht. Viel zu spät bemerkte er das Aufblitzen des Messers in der rechten Hand seines Gegenübers.

Er versuchte sich noch wegzudrehen, konnte dem Stich aber nicht mehr ganz ausweichen. Die Messerspitze traf seine Schulter. Er schrie vor Schmerz auf: »Sind Sie verrückt?«

Die Hand mit dem Messer hob sich erneut.

Metzger starrte entsetzt auf die Klinge und wich zurück. Im Bruchteil einer Sekunde wurde ihm seine Situation klar. Sie waren allein. Weit und breit war niemand zu sehen, obwohl das Krankenhaus nur ein paar hundert Meter entfernt war. Doch um dorthin zu kommen, hätte er an dem Kerl vorbeilaufen müssen.

Reflexartig rannte in die andere Richtung.

Hinter sich hörte er seinen Verfolger keuchen. Er sah zurück und brüllte, ohne dabei anzuhalten: »Was soll das? Machen Sie keinen Blödsinn!«

Aber der Kerl rannte ihm weiter hinterher.

Um Gottes Willen, schoß es ihm durch den Kopf, als er das verzerrte Gesicht sah. Der ist wirklich verrückt!

Er lief, so schnell er konnte. Der lange Mantel hinderte ihn beim Laufen, doch die Schritte, die er hinter sich hörte, trieben ihn an.

Sie entfernten sich immer weiter vom Krankenhaus.

Metzger geriet in Panik.

Hilfe! Sah ihn denn niemand?

Er rannte weiter und hatte das Gefühl, immer langsamer zu werden. Den stechenden Schmerz in seiner Schulter nahm er gar nicht richtig wahr.

Reichling! durchfuhr es ihn plötzlich. Reichling war mit einem Messer getötet worden.

Seine Panik wurde größer. Er mußte auf die Straße! Da fuhren doch laufend Autos! Los, über die Wiese! Er stolperte, fing sich jedoch wieder.

Er mußte es schaffen!

Vielleicht konnte ihn jemand hören? Verzweifelt schrie er um Hilfe, doch nach wenigen Metern blieb ihm die Luft weg.

Wieder sah er sich um und erschrak. Der Kerl hatte ihn gleich eingeholt.

Sein Fuß trat in ein Loch. Er knickte um. Er versuchte, sich noch mit den Händen abzufangen. Sie scharrten über den Boden. Die Haut riß an den Innenflächen auf. Sein Knie prallte gegen eine hochstehende Baumwurzel.

Trotz der Schmerzen drehte er sich blitzschnell um und sah seinen Verfolger über sich stehen.

»Ich nehme den BMW«, rief Carola Linn in Richtung Wohnzimmer, während sie sich die Handschuhe überstreifte.

Keine Antwort.

Sie ging zur Tür und sah zur Couch, wo ihre Mutter lag und las.

»Hast du nicht gehört?«

Frau Linn wirkte geistesabwesend. »Wie bitte?«

»Ich nehme den BMW. Der Kofferraum ist größer als bei meinem Auto. Ich fahre nach Bitsch rüber. Soll ich außer dem Kram, der auf dem Zettel steht, noch etwas mitbringen?«

»Eine Kiste Burgunder. Den vom letzten Mal. Der hat deinem Vater sehr gut geschmeckt. Er kommt morgen von seiner Geschäftsreise aus Indien zurück, und da wird er sich sicher freuen«, sagte Frau Linn. Sie wandte sich wieder ihrem Buch zu.

Carola verabschiedete sich und verließ das Haus.

Sie hätte den Weg bis nach Lothringen auch im Schlaf gefunden. Als sie den Ortsausgang von Kröppen erreichte, warf sie wie üblich einen kurzen Blick zu dem verlassenen Zollhäuschen, das nach dem Wegfall der Grenzkontrollen vor fast zehn Jahren immer noch so dastand, als würde es täglich genutzt.

Sie fuhr durch Waldhouse und Hanviller, Orte, die aussahen, als wäre die Zeit irgendwann in den fünfziger Jahren stehengeblieben.

Sie überholte mehrere Wagen mit deutschen Kennzeichen, bevor sie selbst von einem französischen Auto überholt wurde, das mit hoher Geschwindigkeit vor einer Kurve an ihr vorbeiraste. Hinter dem Steuer saß ein junger Kerl mit umgedrehter Baseballmütze, den Arm lässig über das Lenkrad gelegt. Er schaffte es gerade noch, vor ihr einzuscheren, als sich auf der Gegenseite ein Lastwagen näherte.

Idiot! dachte Carola.

Rechts vor ihr tauchte in der Ferne die mächtige Bitscher Zitadelle auf, an deren höchster Erhebung die französische Trikolore wehte.

Sie parkte auf dem großen Parkplatz des Supermarktes »Match«. Sie brauchte nur etwa zehn Minuten, bis ihr Einkaufswagen völlig überfüllt war. Der Wagen war kaum noch zu lenken. An der Kasse stieß sie gegen einen französischen Soldaten, der vor ihr wartete. Drei ihrer Baguettes fielen auf den Boden.

»Entschuldigung«, stammelte sie mit rotem Kopf.

Der Soldat bückte sich, hob die Baguettes auf und reichte sie ihr. Dabei blickte er auf ihren vollen Einkaufswagen und sagte in fast akzentfreiem Deutsch: »Sie müssen wohl eine Großfamilie versorgen?«

Sie antwortete nicht, sondern versuchte die Baguettes zurückzulegen, wobei ihr erneut eine Stange auf den Boden fiel.

Der Soldat hob das Brot wieder auf und sagte: »Ich glaube, ich helfe Ihnen besser.«

Er zahlte und blieb neben ihrem Wagen stehen, bis sie ebenfalls gezahlt hatte. Dann nahm er wie selbstverständlich die drei Baguettes und begleitete Carola bis zu ihrem Auto.

Sie bedankte sich mehrmals. Als sie vor dem BMW standen, musterte sie den Mann kurz. Er war sehr schlank und hatte den für französische Soldaten typischen Stoppelhaarschnitt. Seine Gesichtszüge waren sehr markant. Ihr fielen seine haselnußbraunen Augen auf, die sie unentwegt fixierten, wenn er mit ihr sprach.

»Bitte, Ihre Baguettes. Kaufen Sie oft hier ein?«

»Jede Woche, wie viele Pfälzer. Man könnte fast meinen, es gäbe drüben keine Supermärkte. Aber das Angebot hier ist eben einfach gut.«

»Vor allem der Wein!« Er grinste und deutete auf die zwei Burgunderkisten.

»Meine Eltern sind vernarrt in Burgunderweine«, erklärte sie verlegen und verstaute die Einkäufe wahllos im Kofferraum.

Der Soldat beobachtete sie und fragte: »Sie kommen aus Pirmasens, wie ich dem Nummernschild entnehme?«

»Einem Vorort. Waren Sie schon mal dort?«

»Einmal, an einem Wochenende. Eine ganz nette Stadt.«

»Finden Sie?« Carola klappte den Kofferraumdeckel zu und schob den Einkaufswagen zurück.

Er ging neben ihr her. »Ich war eine Zeitlang in der Pfalz stationiert und habe dort auch Deutsch gelernt. In Kaiserslautern, um genau zu sein. Die Holtzendorff-Kaserne gibt es aber inzwischen nicht mehr.«

»Sie waren in der Holtzendorff-Kaserne? Das ist ja interessant!« rief Carola überrascht aus.

»Warum?«

Sie erzählte ihm von ihrer freien Zeitungstätigkeit und ihrer geplanten Serie, woraus sich ein längeres Gespräch entwickelte. Irgendwann sah er auf die Uhr. »Es tut mir sehr leid, aber ich muß zum Dienst.« Seine Stimme klang enttäuscht. »Aber vielleicht können wir unser Gespräch ein anderes Mal fortsetzen?«

»Ja, vielleicht.« Carola schob den Einkaufswagen in die Reihe der anderen, zog ihr Geldstück heraus und wandte sich zum Gehen.

»Wie heißen Sie überhaupt?« fragte er.

»Linn.« Pause. »Carola Linn«, ergänzte sie. Sie erwartete, daß jetzt kommen würde: »Oh, das ist aber ein hübscher Name«, doch er sagte nur: »Ich heiße Roger. Roger Dupont.«

Sie gingen zum Wagen. Als sie die Fahrertür öffnete, sagte er: »Um auszuschließen, daß aus unserem Gespräch nichts wird, würde ich Sie gern anrufen. Geben Sie mir Ihre Telefonnummer?«

Carola stieg ein. Der Franzose blieb an der offenen Tür stehen. Sie zögerte. Warum eigentlich nicht? dachte sie. Sie griff in ihre Handtasche, zog einen kleinen Notizblock heraus, kritzelte Name und Telefonnummer darauf, reichte ihm den Zettel und sagte: »Die Vorwahl von Frankreich nach Deutschland weiß ich leider nicht.«

Er sah flüchtig über das Geschriebene und steckte den Zettel in eine seiner vielen Uniformtaschen. »Pas de problème, Mademoiselle Linn.« Es war der erste französische Satz, den er zu ihr sprach.

Sie verabschiedeten sich, und Carola fuhr los. Sie sah in den Rückspiegel und stellte mit Befriedigung fest, daß er ihr noch eine Zeitlang nachsah.

Mademoiselle Linn, dachte sie, als sie Bitsch verließ. Das hatte nicht schlecht geklungen. Es war schade, daß sie fast ihre ganzen Französischkenntnisse aus der Schulzeit vergessen hatte.

Sie gab Gas. Sollte sie vielleicht doch ihre Serie mit der Holtzendorff-Kaserne beginnen? Sie schüttelte den Kopf. Non, Monsieur le militaire. Sie würde erst mal warten, ob er tatsächlich anrief.

Die Holtzendorff-Kaserne hatte noch Zeit. Münchweiler war geeigneter für den Beginn der Serie.

VIER

Gercks Briefkasten war so voll, daß kein Blatt mehr durch den Schlitz ging. Die Aufforderung zur Altkleidersammlung lag auf dem Boden. Dem Überbringer war es offensichtlich egal gewesen, ob sie beim Empfänger ankam oder nicht.

Auf der vorletzten Stufe des Treppenhauses stand ein Teller mit zwei Stück russischem Zupfkuchen. Zwischen den Schnitten hing ein Zettel: »Guten Appetit. Erna Friedrich«.

Der Kuchen duftete und fühlte sich noch warm an. Vor der Wohnungstür konnte er sich nicht mehr beherrschen und biß in den hellen Teig.

Dabei fiel ihm das Sammelsurium an Umschlägen, Prospekten und Karten auf den Boden. Fluchend bückte er sich und hob alles auf.

Nachdem er mühsam die Tür aufgeschlossen hatte, warf er den Poststapel auf den Eßzimmertisch, hängte seine Jacke an die Holzgarderobe und zog seine Stiefel aus.

Er ging in die Küche, um Teewasser aufzusetzen. Während der silberne Wasserkessel die ersten Geräusche von sich gab, überflog er den Inhalt des Briefkastens. Mit drei Griffen fischte er die Prospekte und Reklameschreiben heraus und schmiß sie zum Altpapier. Übrig blieben eine Rechnung über zweihundert Mark von Adlers Garage, die er ebenfalls am liebsten zum Altpapier geworfen hätte, und eine Ansichtskarte aus Acapulco von Rudi Heinrich, der sich auf seine restlichen Urlaubstage freute.

Wie in den Jahren zuvor hatte er sich auch diesmal große Mühe bei der Auswahl seiner Karte gegeben. Zwei barbusige Mädchen in knappen Tangas strahlten Gerck an: beide braungebrannt und beide mit einem eisgekühlten Getränk in der Hand.

Fehlt bloß der fahle Urlauber in der Mitte, dachte Gerck. Er überlegte, wie viele ähnliche Karten er schon von seinem Kollegen bekommen hatte. Letztes Jahr eine aus Fuerteventura, das Jahr davor gleich zwei aus Ibiza und noch ein Jahr früher eine aus Bibione, oder war es Rimini gewesen?

Der pfeifende Wasserkessel ließ ihn hochfahren. Er legte die Karte beiseite, holte einen Becher aus dem Schrank und ließ zwei Teelöffel kräftige Ostfriesenmischung ziehen. Dann setzte er sich an den Küchentisch und beobachtete eine Weile die Dampfschwaden.

Er nahm das Teesieb aus dem Becher und trank einen Schluck. Die Flüssigkeit blieb einen Moment in seiner Mundhöhle, bevor sie sich in warmen Wellen in seinem Bauch ausbreitete. Zu stark, dachte er. Der Tee schmeckte fast schon bitter, woran auch ein weiterer Löffel Zucker nichts änderte. Er hatte ihn zu lange ziehen lassen. Mit verzogenen Mundwinkeln schüttete er den mißlungenen Versuch einer aromatischen Ostfriesenmischung in den Ausguß.

Anschließend stand er unschlüssig mit dem Becher in der Hand vor der Spüle stehen und überlegte, ob er sich zuerst an seinen Artikel setzen oder die geplanten Telefonate erledigen sollte.

Er blickte auf die Uhr. Es würde sicher noch einige Zeit dauern, bis Freddy anrief, um ihm zu sagen, was mit seinem Auto los war. Kurz entschlossen griff er zum Telefonbuch, das neben dem Schrank lag, und schrieb sich mehrere Nummern heraus.

Der Gedanke war ihm vorhin in der Redaktion gekommen, als Bion ihn nach dem Ergebnis seines Besuchs in Vinningen gefragt hatte. Hatte Frenz ein Auto?

Gercks Finger wanderten über die Wähltasten. Er war gespannt, was bei den Anrufen herauskam.

Eine Dreiviertelstunde später lehnte er sich zufrieden zurück.

Eigentlich hätte der Pfalzblick die Kosten zu tragen. Doch das kümmerte ihn jetzt wenig. Schließlich hatten sich die Anrufe gelohnt. Gedankenverloren fuhr er sich mit der Hand durchs Haar. Plötzlich verspürte er Durst. Er nahm ein Glas aus dem Schrank, füllte es mit Wasser und trank gierig.

Es klingelte.

»Wer ist denn das schon wieder?« Er griff erneut nach dem Hörer.

»Bei Ihnen ist ja dauerbesetzt«, sagte Brix, und noch bevor Gerck etwas erwidern konnte: »Wir hatten ausgemacht, daß ich mich bei

Ihnen wegen unseres Trainings melde. Haben Sie heute Lust? Bei mir würde es gehen.«

Gerck überlegte einen Moment. Ein bißchen Sport würde ihm sicher guttun. Seinen Artikel konnte er auch noch später schreiben. »Gut. Wann?«

»In einer Stunde?«

Gerck seufzte. »Leider wird mein Wagen gerade repariert. Ich will aber versuchen, ihn noch zurückzukriegen. Sie können ja schon mal vorausfahren. Möglicherweise wird es bei mir etwas später.«

»Ist recht«, sagte Brix. »Bei mir könnte es auch etwas später werden. Ich muß vorher noch ein paar Einkäufe bei Melanie vorbeibringen, damit sie kochen kann. Melanie und ich essen heute gemeinsam zu Abend. Wir treffen uns also direkt im Studio.«

»In Ordnung.« Gerck legte auf und ging direkt ins Schlafzimmer, um seine Sporttasche aus dem Schrank zu holen.

»Adlers Garage« war nur ein paar Straßen entfernt. Als Gerck vor dem schmiedeeisernen Tor stand, suchte er auf dem Hof vergeblich nach dem schwarzen Porsche. Sein Wagen war offenbar noch nicht fertig, denn in der Werkstatt brannte noch Licht.

Das fängt gut an, dachte Gerck, als er vorsichtig den Hof betrat. Mit lautem Kläffen und hängender Zunge kam Bodo um die Ecke gerannt.

Bodo war klein, schwarz, zottelig und wie immer wütend. Freddy ließ den Zwergschnauzer meist frei herumlaufen und begrüßte jeden Neuankömmling mit den Worten: »Der tut nichts.«

Bodo scherte sich jedoch einen Dreck um diese Beteuerungen.

Schon unzählige Male hatten sich Besucher mit einem Satz vor die Pforte in Sicherheit bringen müssen, nachdem ihre Schuhe Bekanntschaft mit Bodos spitzen Zähnen gemacht hatten. Auch Gerck hatte sie bereits zu spüren bekommen. Seine Stiefel waren seitdem von zwei deutlichen Abdrücken gezeichnet.

»Ruhig, Bodo. Ich bin's nur«, versuchte er, den Hund zu besänftigen. Doch seine Worte schienen Bodo auch heute nicht im geringsten zu beeindrucken.

Der Zwergschnauzer bellte, was sein kleiner Körper hergab, und schaffte es immerhin, daß Freddy seinen schwarzen Wuschelkopf aus der Werkstattür streckte.

»Komm her, Bodo! Kommst du jetzt her!« rief er.

Nur widerwillig ließ der Hund von Gerck ab. Unter lautem Protest wurde der Zwergschnauzer anschließend von Freddy ins Gebäude gedrängt.

»Entschuldige, Adrian, aber ich war noch mit deinem Wagen beschäftigt und habe dich nicht kommen hören.« Freddy fuhr sich mit dem Rücken seiner ölverschmierten Hand über die Stirn.

Er war höchstens einen Meter fünfundsechzig groß und paßte rein äußerlich zu Bodo, wenn auch sein Wesen völlig anders war.

Freddy war immer freundlich.

Allerdings war er absolut unzuverlässig. Termine und Absprachen kümmerten den kleinen Mechaniker grundsätzlich nicht. Dennoch hielten ihm Kunden wie Gerck die Treue – nicht zuletzt wegen der vergleichsweise humanen Preise.

»Was war es diesmal?« fragte Gerck genervt.

»Der Anlasser«, sagte Freddy. »Das Ding hat keinen Mucks mehr von sich gegeben. Trotz guter Worte.« Er machte ein betrübtes Gesicht. »Ich mußte ihn austauschen. Gab leider keine andere Möglichkeit.«

Gerck schwante Schlimmes. »Wieviel, Freddy?«

»Na ja. Ganz billig ist so ein Ding leider nicht.«

»Wieviel, Freddy?« Gercks Stimme wurde lauter.

»Dreihundert. Weil du es bist. Die Arbeitszeit inklusive.«

Gerck zog sich der Magen zusammen. »Dreihundert? Verdammt. Das darf doch nicht wahr sein.«

Freddys Miene wurde noch ernster. »Tut mir echt leid, Adrian. Wirklich. Ich hätte den Anlasser nicht ausgebaut, aber dann hättest du spätestens morgen wieder bei mir auf der Matte gestanden.«

»Das tue ich doch sowieso«, bemerkte Gerck sarkastisch.

Freddy nickte. »Ein seltener Gast bist du tatsächlich nicht.« Er klopfte auf die Motorhaube und betrachtete nachdenklich den alten Porsche. »Aber ich glaube, jetzt kann nicht mehr viel passieren. Es wurde so gut wie alles ausgetauscht. Von den Reifen angefangen über die Stoßdämpfer bis hin zum Getriebe.«

»Und zahlreichen anderen Kleinigkeiten«, fügte Gerck schlechtgelaunt hinzu. Er lehnte sich gegen die Autotür und starrte auf den Boden. »Es hat wirklich schon Augenblicke gegeben, in denen ich mich gefragt habe, ob ich nicht einen Fehler gemacht habe«, fuhr er fort. »Irgendwie ist die Kiste ein Faß ohne Boden. Wenn ich mir überlege, wieviel ich in den Wagen schon reingesteckt habe. Und trotzdem macht er weiter Mucken.«

»Und wenn du ihn verkaufst?« fragte Freddy. »Den kriegst du doch spielend los, so wie der aussieht.«

Gercks Miene blieb ernst. »Danke. Das Thema hatten wir schon öfter. Du weißt doch, daß ich an dem alten Porsche hänge und ihn deshalb nicht verkaufen möchte – auch wenn es vielleicht verrückt klingt.«

Freddy schwenkte sofort um. »Du hast recht. Das würde ich auch nicht machen. Das wäre einfach schade. Außerdem kann schließlich kaum noch etwas kaputtgehen.« Sein Hand fuhr sanft über den Kotflügel.

Gerck nickte hoffnungsvoll und wünschte sich in diesem Moment nichts sehnlicher, als daß Freddy recht behielt.

Brix stand vor dem Waschbecken in seinem Büro, knöpfte den obersten Knopf seines Hemdes zu und zog den Krawattenknoten enger. Er blickte in den Spiegel, fand, daß er ziemlich blaß aussah, und freute sich auf das Training. Er hatte lange am Schreibtisch gesessen und viel telefoniert. Sein Körper verlangte nun nach Bewegung. Er zog sich den Mantel über, ging zum Schreibtisch und griff nach der Einkaufstüte.

Der Abend versprach ganz nett zu werden. Ein bißchen Training und anschließend das Essen mit Melanie. Sie konnte gut kochen. Ihre Kochkünste vermißte er seit ihrer Trennung fast ebenso wie ihre Herzlichkeit und ihr Organisationstalent.

Versonnen betrachtete er die verpackten Hühnchenschlegel in der Tüte. Was würde sie wohl daraus zaubern? Vielleicht eine Art Coq au vin? Es würde ihm auf jeden Fall schmecken, wie alle ihre Gerichte.

Er knipste das Licht aus und prallte an der Tür mit Frey zusammen.

»Entschuldigen Sie!« rief Frey.

Brix schaltete das Licht wieder an. »Können Sie nicht anklopfen?« Er rieb sich den Arm.

Frey entschuldigte sich noch einmal und drückte sich an Brix vorbei ins Zimmer. »Ich weiß, daß Sie heute etwas früher Feierabend machen wollten, aber es ist wichtig.« Er wedelte mit einem Schnellhefter.

Brix seufzte und setzte sich, ohne den Mantel auszuziehen.

»Schmude und Reichlings Witwe haben offenbar ein Verhältnis miteinander«, sagte Frey. »Eine Krankenschwester hat die beiden letzte Woche händchenhaltend auf dem hinteren Parkplatz gesehen – im Dunkeln. Romantisch nicht? Sonst scheinen sie allerdings sehr bemüht zu sein, ihr Verhältnis geheimzuhalten. Die Krankenschwester ist die einzige, die davon weiß. Und sie hat es bislang für sich behalten – behauptet sie jedenfalls. Außerdem gibt es Neuigkeiten von Frenz. Er wurde gesehen.«

»Wo?«

»In einem Ford vor der Klinik. Am Montag abend – nachdem Reichling ermordet wurde.«

Brix vergaß, daß er spät dran war und Melanie auf die Schlegel wartete. Alle Abgespanntheit fiel von ihm ab. »Wer behauptet das?«

»Ein Mann, dessen Frau stationär in der Psychiatrie behandelt wird. Er kennt Frenz vom Sehen und hat ihn spät vom Parkplatz fahren sehen. Allein. Er hat sich noch darüber gewundert, sich aber zunächst nichts dabei gedacht. Durch die Suchmeldung im Radio wurde er wieder daran erinnert. Er hat vorhin angerufen.« Frey zögerte und fügte dann hinzu: »Bei Ihnen war besetzt, deshalb habe ich mit ihm gesprochen.«

Brix begann, in seinem Mantel zu schwitzen, trotzdem behielt er ihn an. »Wo hat er den Wagen her? Sein eigener kann es nicht gewesen sein. Er besitzt kein Auto.«

»Ist bislang noch unklar. Aber Matheis und zwei andere Kollegen versuchen, das gerade herauszufinden. Es wird hoffentlich nicht allzu lange dauern.«

Brix schlug mit der Hand auf den Tisch, stand auf und starrte aus dem Fenster in die Dunkelheit hinaus, ohne sie richtig wahrzunehmen. »Frenz fuhr also mit einem Auto. Warum? Er war sonst immer zu Fuß unterwegs. Das haben mir alle aus dem Krankenhaus bestätigt, mit denen ich gesprochen habe.«

Frey schwieg.

Brix drehte sich zu ihm um. »Weil er geplant hatte, Reichling umzubringen und deshalb ein Auto brauchte? Hat er sich deshalb einen Mietwagen besorgt?«

»Das ist möglich.«

Brix setzte sich wieder und knetete seine Finger. Sie knackten. »Das bedeutet, daß wir ab sofort bei der Suche nach ihm noch aktiver werden müssen. Ich werde Daun bitten, mir mehr Beamte zur Verfügung zu stellen. Wir müssen ihn finden. Sollte er wirklich etwas mit dem Mord zu tun hat, liegt Schmude mit seiner Einschätzung jedenfalls ganz schön daneben. Wie hat er noch gesagt? ›Frenz ist harmlos!‹ Oder hat er uns aus einem bisher unbekannten Grund belogen? Was seine Beziehung zu Katja Reichling betrifft, hat er das schließlich getan. Vielleicht lügt er auch sonst?«

»Was meinen Sie?«

»Schmude ist ein sehr cholerischer Mensch. Das habe ich heute von verschiedenen Leuten erfahren. Von einer Sekunde auf die nächste aufbrausend. Vielleicht hat er sich in einem solchen Moment vergessen und Reichling umgebracht? Aber warum? Um seine Freundin ganz für sich zu haben? Die hätte sich doch von ihrem Mann trennen können. Er hat sie doch sowieso nur betrogen. Vielleicht wollte Schmude ihr aber auch nur helfen, weil er wußte, daß sie ihren Mann haßte und auf seine Lebensversicherung scharf war?«

Sie überlegten gemeinsam weiter, kamen jedoch zu keinem vernünftigen Ergebnis. Schließlich sagte Brix: »Ich rufe jetzt Matheis an. Vielleicht sind sie schon fündig geworden und haben sich nur noch nicht gemeldet.«

Er wählte eine kurze Nummer. »Hallo Matheis. Hier ist Brix. Sie sind ja auch im Dauereinsatz. Haben Sie den Wagen schon gefunden? Was?« Er sah zu Frey und stellte den Apparat auf Mithören.

»Frenz hat sich am Montag nachmittag einen Ford Mondeo von Europcar in Pirmasens geliehen«, hörten sie Matheis hohe Stimme. »Er hat das Auto gestern morgen wieder zurückgebracht. Der Wagen wurde leider bereits gereinigt und weitervermietet.«

Brix gab ein paar Anweisungen und legte auf. Als er eine Viertelstunde später das Büro verließ, vergaß er seine Einkaufstüte, die neben dem Schreibtisch lag.

Der Neuffer-Sportpark in Pirmasens war groß und geräumig. Eingebettet in die Halle einer ehemaligen Schuhfabrik bot er nicht nur zahlreichen Trainingsgeräten Platz, sondern beherbergte auch verschiedene Saunen, einen Spiegelraum, in dem sich Tag für Tag beinschwingende Aerobic- und Jazz-Tänzerinnen fast bis zur Besinnungslosigkeit verausgabten, sowie ein ungemütliches Bistro, in dem sich selten jemand längere Zeit aufhielt.

Das Fitneßstudio hatte im Gegensatz zu anderen Einrichtungen in der Region einen großen Vorteil: Es war nie überfüllt. Gerck und Brix hatten sich vor zwei Jahren dort kennengelernt. Seitdem trainierten sie so oft zusammen, wie es ihre gemeinsame Zeit zuließ.

Brix kam mit noch größerer Verspätung als üblich.

Gerck sah ihn durch die Tür eilen, bekleidet mit einer anthrazitfarbenen Jogginghose und einem hellgrauen T-Shirt, das wie maßgeschneidert saß.

»Na, schon warm gemacht?« fragte Brix, ohne auf seine Verspätung einzugehen.

»Ich bin seit einer Dreiviertelstunde hier«, prustete Gerck und strampelte weiter auf dem Fahrrad. »Und ich dachte, ich wäre zu spät.«

»Es ist einiges dazwischengekommen«, erwiderte Brix und betrachtete einen durchtrainierten Mann, der nicht weit von ihnen seinen Oberkörper in kurzen Zeitabständen vom Boden wegdrückte. »Ich schwing mich auch schnell auf ein Rad«, sagte Brix. »Danach können wir beginnen.«

Er schlenderte zu einem schwarzen Metallgestell, schnappte sich im Vorbeigehen von einem Tisch eine Illustrierte, ließ sich auf den harten Sattel fallen und begann, voller Elan zu treten. Während der nächsten Minuten bewegten sich seine Beine wie die Kolben eines Zylinders.

»Ich bin in den letzten drei Wochen zu wenig gefahren«, japste er anschließend.

Gerck nickte mitfühlend und dachte an seine eigene Kondition, mit der er ebenfalls nicht zufrieden war.

Brix legte sich auf die gepolsterte Bank und starrte auf die daumendicke Stange, die in Kopfhöhe über ihm hing. Gerck hatte beide Seiten mit mehreren Gewichten beschwert.

»Ich hoffe, das ist nicht zuviel«, sagte Gerck und stellte sich hinter Brix. Dann beugte er sich erwartungsvoll vor. »Na, packen wir's? Wenn Sie fertig sind, muß ich Ihnen dringend etwas erzählen.«

»Ich beeile mich.« Brix umklammerte die lange Hantel mit beiden Händen, holte tief Luft und befreite sie mit einem Ruck aus der Haltevorrichtung. Seine Arme streckten und beugten sich.

»Eins, zwei, drei.« Gerck zählte leise mit. »Vier, fünf, sechs.«

Brix begann zu keuchen.

»Sieben, acht. Zwei schaffen Sie noch. Neun und zehn. Na also.«

Mit hochrotem Kopf stand Brix auf, stemmte seine Arme in die Hüften und ging schwer atmend einige Schritte auf und ab.

»Nicht schlecht«, lobte Gerck und klopfte ihm anerkennend auf die Schulter. »Zehn Wiederholungen mit fünfundfünfzig Kilo. Ich hoffe, Sie sind noch aufnahmebereit.«

Brix blieb stehen, und seine Atemzüge wurden langsamer. »Sie machen mich aber wirklich neugierig.«

Gerck sah sich um, ob auch niemand mithören konnte.

»Es geht um Frenz. Ich habe mich erkundigt. Er hat sich ein Auto geliehen. Und nun raten Sie mal, wann.«

Brix zog nur eine Augenbraue hoch und erwiderte: »Am Montag nachmittag.« Er berichtete von den letzten zwei Stunden. Als er am Ende angelangt war, sagte er: »Der Wagen wird jetzt von unseren Experten nach Spuren durchsucht. Aber im Moment sieht es nicht danach aus, daß Reichling jemals in dem Auto gesessen hat. Auch von Frenz fehlt nach wie vor jede Spur.« Er wartete, bis ein älterer Mann an ihnen vorbeigeschlendert war, und fuhr mit gedämpfter Stimme fort: »Unsere Nachforschungen haben noch etwas anderes ergeben.« Brix erzählte Gerck von Schmude und Katja Reichling. »Bei den Recherchen kam auch heraus, daß Schmude sein Auto gestern morgen waschen ließ – innen und außen.«

»Das kann aber ein Zufall sein«, bemerkte Gerck.

»Sicher. Genauso wie Frenz' Spritztour mit dem Leihwagen.«

Gerck lehnte sich gegen die Stange, weil sein Genick vom langen Runtersehen zu schmerzen begann. Er ließ seine Schultern kreisen, um sich zu lockern, und sagte: »Wie gehen Sie jetzt weiter vor?«

»Wir suchen nach Frenz und beschatten Frau Reichling wie bisher. Wir lassen sie noch in dem Glauben, daß wir über ihre Beziehung nichts wissen. Sofern sie und eventuell Schmude tatsächlich in den Mordfall verwickelt sind, verraten sich die beiden vielleicht eher, wenn sie denken, daß die Polizei völlig ahnunglos ist.« Brix stand auf und wies auf die leere Bank: »Wollen Sie jetzt weitermachen?«

Gerck nahm Platz. »Wurden das Messer oder der Hammer inzwischen gefunden?«

»Nein.«

Gercks Hände umfaßten das Metall. Er zog die Hantel aus der Halterung und raunte: »Mal sehen, wieviel ich schaffe.«

Das Metallgestell gab einen knarrenden Laut von sich, als er die Hantel von seiner Brust wegdrückte.

»Entschuldigung, heißt einer von Ihnen Brix?« fragte plötzlich ein junger Mann mit großen Augen, langen Haaren und einer viel zu weiten Hose.

»Ja, ich«, antwortete Brix. »Warum?«

»Telefon für Sie. Ein Herr Fey oder May.«

Brix folgte ihm zügig.

Es dauerte nicht lange, bis er wieder zurück war. Er machte ein ernstes Gesicht.

»Ich muß leider gehen. Es gibt einen weiteren Toten.«

Gerck wurde blaß. »Wer?«

»Ein Arzt aus dem Krankenhaus. Er wurde an einem Waldweg in der Nähe der Klinik gefunden.«

»Auch ein Psychiater?«

»Weiß ich nicht. Ich muß sofort hin.«

»Das hört sich nach einem langen Abend mit viel Arbeit an.« Gerck seufzte. »Aber als Reporter kann ich mir das wohl kaum entgehen lassen. Kann ich mitkommen?«

Brix schüttelte den Kopf. »Tut mir leid, das geht nicht. Ich weiß nicht, wer außer Frey noch am Tatort ist, und ich möchte im Präsidium nicht unnötig für Gesprächsstoff sorgen, weil ich mit einem Pressemenschen angerückt bin. Ich kann Sie natürlich nicht zwingen hierzubleiben, aber ich verspreche Ihnen, mich heute noch zu melden, so daß Sie genug Zeit für Ihren Bericht haben werden.«

Der Tote lag seltsam verdreht auf dem Boden.

Sein Oberkörper war halb zum abendlichen Himmel gerichtet, seine Beine waren gekreuzt. Der Kopf oder vielmehr das, was davon noch übrig war, hing schlaff zur Seite und war über und über mit Blut verschmiert. Dem Mann war der Schädel eingeschlagen worden.

Obwohl er furchtbar entstellt war, erkannte Brix ihn im Licht seiner Taschenlampe sofort wieder. Vor ihm lag der Mercedesfahrer, dessen Wagen sie beinahe auf dem Parkplatz des Krankenhauses gerammt hatten. Er trug immer noch den grünen Lodenmantel, der jetzt mit großen roten Flecken übersät war.

»Der sieht aus, als wäre er vor irgend etwas weggerannt«, murmelte Frey, ohne seine qualmende Ducal aus dem Mund zu nehmen.

»Er war aber zu langsam«, sagte Brix. Er zog fröstelnd den Reißverschluß seiner Jacke höher, die er sich eilig über den Jogginganzug gezogen hatte. Er ärgerte sich, daß er seinen warmen Mantel in der Annahme zu Hause gelassen hatte, daß er ihn für den kurzen Weg vom Auto bis in den Umkleideraum des Fitneßstudios nicht brauchen würde. »Wer hat ihn gefunden?«

»Ein Spaziergänger, der mit seinem Hund Gassi war«, antwortete Frey. »Ist ziemlich fertig. Ich habe ihn bereits vernommen. Er hat niemanden gesehen. Sein Hund hat plötzlich wild gebellt und wie verrückt an der Leine gezogen, bis er fast über den Toten gestolpert ist. Er hat anschließend mit seinem Handy die Polizei verständigt.«

Brix starrte eine Zeitlang auf die Leiche. Am Morgen hatten sie den Mann noch lebend gesehen. Frey riß ihn aus seinen Gedanken.

»Die Fotografen sind jetzt fertig. Mein Gott, das muß ein Verrückter gewesen sein«, sagte er.

»Wie kommen Sie darauf?«

»Sehen Sie sich doch die Wunde an. Da hat jemand immer wieder zugehauen.« Freys Hand schwang durch die Luft. »Kein schöner Anblick.«

Er kramte in seiner Tasche, zog eine Schachtel raus und zündete sich eine frische Zigarette an.

»Wie lange liegt er schon hier?« fragte Brix.

»Fünf, sechs Stunden vielleicht. Nageln Sie mich aber nicht fest.«

»Also etwa seit Mittag. Wissen Sie schon, womit der Kerl«, Brix stockte, »oder die Frau zugeschlagen hat? Mit einer Metallstange oder einem Stock?«

»Läßt sich auch noch nicht genau sagen. Bisher haben wir nichts gefunden. Müssen wohl erst die Obduktion abwarten.« Frey zog tief an seiner Zigarette. »Dem armen Teufel wurde ebenfalls die Kehle durchgeschnitten. Und unsere Jungs sind überzeugt, daß er hier gestorben ist. Schon wegen der riesigen Blutlache.«

Seine Zigarettenspitze wies auf den Fleck, der sich schattenhaft zu beiden Seiten der Leiche abzeichnete, und dann auf die Schuhe des Toten. »Im Profil sind außerdem Reste von Walderde. Das heißt also, er muß bis hierher gelaufen sein.«

Brix betrachtete die Kleidung des Toten, die einen teuren Eindruck machte. »Kommt eventuell Raubmord in Betracht?«

Frey blies zwei Rauchkringel in die Luft. »Kaum. Wir haben über dreihundert Euro in seinem Portemonnaie gefunden. Außerdem trägt er eine goldene Armbanduhr am Handgelenk.«

Brix trat von einem Fuß auf den anderen. Langsam arbeitete sich die Kälte nach oben. Er sah zu seinen Turnschuhen und bewegte vorsichtig die Zehen, was jedoch nicht viel nützte.

»Gibt es sonst irgendwelche Spuren?« fragte er zitternd.

»Die Spurensicherung ist noch nicht ganz fertig, aber bisher sieht es eher mager aus«, erwiderte Frey.

»Wissen Sie wenigstens, wie der Mann heißt?«

Frey winkte mit seiner Taschenlampe einen Beamten in Zivil herbei, der in der Nähe stand und dicke Winterstiefel, eine lange Daunenjacke und Handschuhe trug. Der Beamte drückte ihm einen schwarzen Geldbeutel in die Hand. Frey zog einen halbzerfledderten Führerschein sowie eine Visitenkarte heraus.

»Der Tote heißt Waldemar Metzger und ist Psychiater hier am Krankenhaus. Er wohnt in Vinningen. Hier stehen noch eine Telefon-, eine Handy- und eine Faxnummer. Alles, was man heute eben so braucht.«

Brix vergaß für einen Augenblick die Kälte. »In Vinningen, sagten Sie?«

»Ja. Ich kann Ihnen sogar den Straßennamen sagen: Im Brühl. Hier, sehen Sie selbst.«

Brix trat neben seinen Kollegen und betrachtete aufmerksam das gelbe Kärtchen. »Stecken in dem Portemonnaie mehrere solcher Karten?«

»Ein ganzer Stapel. Wollen Sie eine haben?«

Brix nickte.

Frey wühlte sich mit seinem Handschuh durch verschiedene Fächer und zog ein Bündel heraus. Dabei fielen ihm einige Zettel und Papiere vor die Füße, die aus dem vorderen Teil des Geldbeutels herausrutschten.

»So 'n Mist«, schimpfte er, als ihm beim Versuch, die Papiere aufzufangen, seine Zigarettenschachtel hinunterfiel. »War ja auch nicht anders zu erwarten, bei dem ganzen Kram, der hier drinsteckt.«

Er bückte sich umständlich, um alles wieder aufzulesen, und rannte fluchend hinter einem karierten Blättchen her, das eine Windböe tanzend vor sich her trieb.

Brix bückte sich ebenfalls und sammelte ein paar Tankbelege und Parkscheine auf. Zwischen zwei Zetteln lugte ein Foto hervor, auf dem mehrere Köpfe zu sehen waren. Er schnappte danach und pfiff leise durch die Zähne.

»Das ist ja interessant«, rief er, als Frey wieder neben ihm stand.

»Ach! Schleppt der auch noch sein Fotoalbum mit? Das ist wirklich toll.« Frey schüttelte verständnislos den Kopf. »Was ist denn das für ein Foto?«

Brix reagierte nicht.

Freys Hand griff nach dem Bild. »Darf ich mal?«

Auf dem Foto waren fünf bekannte Gesichter zu sehen. Das eine gehörte Reichling, das zweite dem Toten vor ihnen. Neben ihm stand Schmude, Schulter an Schulter mit Sylvia Hartwig, der Arzthelferin. Die unscheinbare Frau neben Reichling war Margitta Preiser, die Krankenschwester.

»Lustige Gesellschaft«, murmelte Frey, während er die bunten Papierhüte auf den fünf Köpfen betrachtete. Er gab Brix das Foto zurück. »Zwei von den Herrschaften leben leider nicht mehr.«

»Offenbar eine Betriebsfeier«, sagte Brix. »Sieht fast so aus, als würden Reichling und Metzger um die Arzthelferin buhlen.«

»Die sehen eher aus, als hätten sie das gar nicht nötig«, entgegnete Frey. »Schauen Sie sich doch bloß die Gesichter der beiden Männer an. Die strahlen, als würden sie dafür bezahlt. Oder was meinen Sie?« Freys Feuerzeug glimmte auf und entfachte eine hohe Flamme, die er an eine Zigarette hielt.

»Kann schon sein«, sagte Brix und betrachtete erneut das Bild. »Aber mir fällt noch etwas anderes auf.«

Frey sah ihn an. »Ich weiß nicht, was Sie meinen.«

Brix tippte erneut gegen das Foto. »Dann achten Sie doch mal ganz genau auf den glücklichen Gesichtsausdruck von Frau Preiser. Fällt Ihnen gar nichts auf?«

Frey betrachtete aufmerksam die schmale Frau an Reichlings Seite. Die Krankenschwester lächelte als einzige nicht. Sie wirkte sogar äußerst mißmutig.

»Die hat sich offenbar nicht sehr über die Aufnahme gefreut. Na ja. Irgendeinen Grund wird es dafür wohl geben. Vielleicht wollte sie mit einem der Ärzte anbändeln und hat sich gerade einen Korb eingefangen?«

Brix schwieg.

Im Hintergrund waren immer noch die Geräusche von den Beamten der Spurensicherung zu hören, die jeden Millimeter im Umkreis der Leiche unter die Lupe nahmen. Die Lichter ihrer Taschenlampen schossen wie Blitze durch die Dunkelheit, während der eisige Wind die kahlen Äste der Laubbäume über ihren Köpfen knarren ließ.

Es war sinnlos, dachte er. Sie würden nichts finden – ebensowenig wie bei Reichling. Er dachte an die Obduktion, deren Ergebnis lauten würde, daß Reichling und Metzger mit dem gleichen Hammer und dem gleichen Messer getötet wurden.

Wer konnte dafür verantwortlich sein? Frau Reichling? War es Rache oder Haß gewesen? Doch Haß worauf? Er wußte es nicht.

Ihn ergriff das ungute Gefühl, daß seine bisherige Theorie vielleicht doch nicht stimmte und er sich möglicherweise auf dem Holzweg befand.

»Wir sind da drüben fertig, haben aber nichts gefunden«, hörte er einen Beamten zu Frey sagen, woraufhin dieser erwiderte: »Dann machen sie auf der anderen Seite weiter.«

Durch Nachdenken allein würde er auch keine Antworten bekommen. Zuerst mußten alle Fakten auf den Tisch. Brix legte die Hand auf Freys Schulter und sagte: »Ich möchte das Obduktionsergebnis so schnell wie möglich. Am besten noch heute abend. Ansonsten spätestens morgen früh. Kümmern Sie sich bitte darum.«

Frey machte ein langes Gesicht. »Das dürfte nicht so leicht sein. Sie wissen doch, wie schwierig es um diese Zeit ist, noch jemanden an die Strippe zu bekommen.«

Als er jedoch Brix' entschlossene Miene sah, nickte er. »Ich werde es versuchen.«

Eine Stunde später stand Brix in der warmen Eingangshalle des Krankenhauses. Er fror immer noch und hoffte inständig, daß er sich nicht erkältet hatte. Er fühlte sich in seinem Trainingsanzug unbehaglich. Er hatte noch nie verstanden, wie manche Leute den ganzen Tag in Sportklamotten herumlaufen konnten. Zwei Kripobeamte befragten gerade eine Gruppe von Patienten, die wild auf sie einredeten.

»Kann ich wieder auf mein Zimmer, Herr Kriminalkommissar?« fragte eine ältere Frau mit ungekämmtem Haar, die in einem bunt gemusterten Bademantel steckte.

»Haben Sie schon mit den Beamten dort gesprochen?« fragte Brix zurück.

»Nein, die sind ja beschäftigt.«

»Dann müssen Sie sich noch einen Augenblick gedulden. Es dauert aber sicher nicht mehr lange.«

Brix sah ihr nach, wie sie zu der Sitzgruppe zurückschlurfte und Platz nahm. Im Eingangsbereich tauchte Frey auf. Er sah sich suchend um und winkte, als er Brix entdeckte. Als er neben ihm stand, sagte er:

»Begeistert waren sie nicht gerade. Aber sie machen sich gleich an die Arbeit, wenn die Leiche da ist. Wenn wir Glück haben, liegt in zwei Stunden das Obduktionsergebnis vor. Wie weit sind Sie hier gekommen?«

»Nicht sehr weit«, sagte Brix. »Niemand hat etwas gesehen oder gehört. Nach Aussage einer Krankenschwester hatte Metzger am Mittag eine Verabredung, zu der er angeblich überhaupt keine Lust hatte. Mit wem er sich treffen wollte, weiß sie allerdings nicht. Sie ist anscheinend auch die letzte, die ihn lebend gesehen hat.«

»Hm«, murmelte Frey. »Was ist mit Schmude?«

»Der ist auf dem Weg hierher und müßte gleich kommen. Ich habe ihn unterwegs in seinem Auto erreicht. Er war offenbar auf dem Heimweg und vorher den ganzen Tag über in der Klinik. Haben Sie den Bankangestellten eigentlich noch erreicht?«

Frey griff in seine Parkatasche. »Gut, daß Sie mich daran erinnern. Das hätte ich wegen dieser neuen Geschichte beinahe vergessen. Er hat mir das hier gegen Abend gefaxt.« Er reichte Brix ein zusammengefaltetes Blatt. »Schauen Sie es sich mal an. Klingt interessant.«

Brix überflog die wenigen Zeilen und verstaute das Blatt in der Hosentasche seiner Trainingshose.

»Gute Arbeit. Ich bin gespannt, was Schmude dazu sagen wird. Wenn ich mich gleich mit ihm unterhalte, sollten Sie den beiden Kollegen dort ein wenig zur Hand gehen. Ich glaube, die können Hilfe gebrauchen.« Brix wies auf die Gruppe, die sich inzwischen deutlich vergrößert hatte.

Frey seufzte und ging.

Brix nahm den Fahrstuhl. Er hatte sich mit Schmude vor dessen Bürotür verabredet. Er mußte nicht lange warten. Schmude erschien am Ende des langen Gangs und kam mit forschen Schritten auf ihn zu. Seine dicke Hornbrille rutschte nach vorn, als er abrupt vor Brix zum Stehen kam.

»So schnell hätte ich Sie nicht wieder erwartet«, keuchte er und setzte seine Brille ab, um ein gestreiftes Taschentuch aus der Hosentasche zu ziehen, mit dem er den feuchten Belag von den Gläsern entfernte. »Gehen wir in mein Büro«, sagte er ernst.

In seinem Zimmer warf er einen gehetzten Blick in den Spiegel, bevor er seinen Mantel an die Garderobe hängte und auf die Sitzgruppe wies. »Bitte, Herr Kommissar.« Nachdem sie sich gesetzt hatten, sagte er: »Das mit Metzger kann doch nicht wahr sein. Wie konnte das geschehen? Ihr Mitarbeiter sagte, er sei …«

»… ermordet worden«, ergänzte Brix. »Ja, wie Ihr Kollege Reichling.«

»Mein Gott!« Schmude öffnete den obersten Knopf seines Kragens und lockerte den Krawattenknoten. »Wissen Sie, wer ihn …?«

»Nein. Ich dachte, Sie könnten uns helfen.«

Schmudes Augen wurden groß. »Ich? Wie kann ich Ihnen helfen? Glauben Sie vielleicht, daß ich etwas damit zu tun habe? Das ist doch völliger Blödsinn. Wie kommen Sie nur darauf? Wir haben gut zusammengearbeitet.« Auf seiner Stirn bildeten sich Schweißperlen.

»Wo waren Sie heute zwischen eins und halb zwei, Dr. Schmude?« fragte Brix.

«Da war ich«, der Psychiater zögerte, »hier in der Klinik. Was soll die Frage?«

»Kann das jemand bezeugen?«

»Meine Kollegen natürlich und verschiedene Krankenschwestern und Pfleger.«

»Die sagen alle, daß sie Sie in dieser Zeit nicht gesehen haben.«

Schmude sprang auf. »Aber ich war hier. Ich hatte mich für eine halbe Stunde in mein Büro zurückgezogen, um einige Akten zu studieren.«

»Und zufällig war Ihre Sekretärin in dieser Zeit nicht nebenan?«

»Nein, sie hatte Mittagspause. Ich frage Sie jetzt noch mal: Was soll das? Beschuldigen Sie mich wirklich, Metzger umgebracht zu haben?« Er stockte. »Und am Ende wohl auch noch Reichling?«

Brix schwieg, woraufhin Schmude kreidebleich in seinen Sessel zurücksank. »Sie sind ja verrückt!«

Jetzt stand Brix auf. Er begann im Zimmer umherzugehen. An der Tür blieb er stehen und lehnte sich dagegen. Er sah Schmude lange an. Schließlich sagte er: »Dr. Schmude, warum haben Sie uns angelogen?«

»Bitte?«

»Sie haben ein Verhältnis mit Katja Reichling. Uns haben Sie dagegen erzählt, Sie würden sich nur flüchtig kennen. Wahrscheinlich wissen Sie dann auch kaum etwas über ihre Vermögensverhältnisse; daß sie zum Beispiel zwei Lebensversicherungen über insgesamt neunhunderttausend Mark ausgezahlt bekommt; Geld, das Sie, Herr Schmude, gut gebrauchen könnten, weil Sie sich mit dem Neubau Ihres Bungalows völlig übernommen haben.« Brix zog das Blatt, das Frey ihm gegeben hatte, aus der Trainingshose, warf es auf den Schreibtisch und rief: »Oder wollen Sie das auch bestreiten?«

Schmude war in sich zusammengesunken. Er schluckte mehrmals, setzte seine Brille ab und wieder auf und starrte vor sich hin. Er atmete schwer. Nach einer Weile nickte er kaum merklich mit dem Kopf und sagte leise:

»Sie haben recht. Wir haben ein Verhältnis. Aber es ist nicht so, wie Sie jetzt vermuten.« Er stützte sich auf seine Arme, die auf dem Schreibtisch lagen und fuhr mit stockender Stimme fort: »Unser Verhältnis dauert noch nicht sehr lange. Wir haben vieles gemeinsam. Ich bin allein, und Katja ist es auch. Nicht erst, seitdem ihr Mann ermordet wurde. Sie war es schon, als er noch lebte, denn er hat sich nie um sie gekümmert. Wir haben unsere Beziehung nicht an die große Glocke gehängt, um allem Tratsch hier im Haus aus dem Weg zu gehen. Es war natürlich dumm von uns, Ihnen das nicht gleich zu erzählen, aber wir hatten Angst, daß Sie uns verdächtigen würden«, er zeigte auf das Blatt, das vor ihm lag, »und so falsch lagen wir damit ja auch nicht.«

Schmude griff nach dem Blatt, las es, strich es glatt und legte es wieder zurück. »Ja, ich habe mich mit meinem Haus übernommen. Ein Architektenfehler. Die Kosten sind fast doppelt so hoch, wie ursprünglich angenommen. Wir liegen deshalb im Rechtsstreit. Ich weiß auch, daß Katja nach Ulis Tod viel Geld kriegt.« Er sah hoch. Brix bemerkte, daß seine Lippen zitterten. »Aber Geld hat in unserer Beziehung nie eine Rolle gespielt, verstehen Sie? Es ist mir völlig egal, ob Katja reich oder arm ist. Wir lieben uns. Das müssen Sie mir einfach glauben. Mein Gott, Herr Kommissar. Wir könnten beide niemanden umbringen. Es hätte auch keinen Grund gegeben, Uli zu töten. Er wußte von unserem Verhältnis und hat es geduldet – vielleicht weil er dadurch seine vielen Seitensprünge im nachhinein als moralisch gerechtfertigt ansah, obwohl beides kaum miteinander zu vergleichen ist.«

Brix stieß sich von der Tür ab und kam langsam zum Schreibtisch zurück. Er nahm das Blatt, faltete es wieder zusammen und steckte es in die Hosentasche. Dann fragte er: »Waren Sie Montag abend mit Frau Reichling zusammen?«

Ein Kopfschütteln.

Brix zog das Foto aus Metzgers Portemonnaie hervor und hielt es Schmude hin. »Erklären Sie mir bitte, was es mit diesem Bild auf sich hat!«

Schmude griff nach dem Foto und hielt es näher an seine Augen. »Wo haben Sie das denn ausgegraben?«

»Es steckte in Metzgers Brieftasche. Sie kennen die Aufnahme?«

Schmude wischte sich mit dem Ärmel über die verschwitzte Stirn. »Natürlich. Das wurde vor einem Jahr während unserer Weihnachtsfeier aufgenommen. Jeder von uns hat damals einen Abzug bekommen.« Er leckte über seine trockenen Lippen und sah Brix unsicher an. »Was stört Sie an dem Bild?«

»Reichling, Metzger, Sie und auch die Sprechstundenhilfe scheinen sich gut amüsiert zu haben«, erwiderte Brix vage.

»Das ist bei einer Feier doch nicht ungewöhnlich, oder?«

Brix lächelte. »Nein. Das ist nicht ungewöhnlich. Waren beide hinter ihr her?« Als er Schmudes verständnisloses Gesicht sah, fügte er erläuternd hinzu: »Ich meine, ob die Arzthelferin auch mit Metzger ein Verhältnis hatte?«

Schmude verzog das Gesicht. »Er wäre zwar wohl auch gern so ein Charmeur wie Reichling gewesen, aber er hatte nicht dessen Kaliber. Nein, ich würde sagen, er hatte bei ihr keine Chancen.« Aus seinen Worten klang Schadenfreude.

Brix zeigte auf das Gruppenfoto. »Wenn Sie das Bild kennen, können Sie sicher auch sagen, warum Frau Preiser darauf als einzige so verbissen guckt.«

Schmude warf einen flüchtigen Blick auf die Aufnahme und setzte erneut die dicke Brille ab, um mit dem Taschentuch über die Gläser zu wischen.

»Ich kann natürlich keine Gedanken lesen«, sagte er langsam, während er bedächtig an den Gläsern rieb. »Aber eine mögliche Erklärung kann ich Ihnen geben.« Das Horngestell landete wieder auf der Nase. »Reichling wie auch Metzger waren der Damenwelt nicht gerade abgeneigt«, begann er umständlich. »Obwohl ich mich nicht weiter darum gekümmert habe, weiß ich, daß sie mehrere Liaisons hatten. Unter anderem«, er zögerte erneut, »mit der Tochter von Frau Preiser.«

»Sie hat eine Tochter? Arbeitet die etwa auch hier?«

»Nicht mehr.« Schmude stockte und sagte dann leise. »Sie hat sich vor etwa acht Monaten das Leben genommen.«

»Fahren Sie bitte fort«, sagte Brix tonlos.

»Es wurde nie richtig klar, warum sie das getan hat«, sagte Schmude. »Sie litt offenbar unter sehr schweren Depressionen. Es gab aber einige Stimmen, die meinten, sie hätte es hauptsächlich aus Liebeskummer getan.«

»Wegen Reichling oder wegen Metzger?«

»Wegen Metzger. Er hatte eine Zeitlang ein Verhältnis mit ihr. Ernste Absichten hatte er aber offenbar nie.«

»Woher wissen Sie das?«

»Er hat es mir selbst erzählt.«

»Ist er verheiratet?«

»Nein. Zum Glück nicht«, sagte Schmude lapidar. »Isabell jedenfalls, so hieß die junge Frau, hatte sich anscheinend mehr von der Beziehung versprochen und war alles andere als erfreut über das Auftauchen von Sylvia ...«

»... die bei Metzger wie eine Bombe einschlug«, ergänzte Brix.

Der Psychiater nickte stumm.

»Und warum brachte Reichling seine Sprechstundenhilfe überhaupt hierher? Er hatte doch selbst Interesse an ihr!«

Schmude zuckte mit den Schultern. »Reichling mußte sich immer aufs neue beweisen, wie toll er ankam und daß er jeden Widersacher ausstechen konnte.«

Brix strich nachdenklich über seine Trainingshose. »Wie hat Frau Preiser reagiert, als Metzger plötzlich von ihrer Tochter nichts mehr wissen wollte?«

»Soviel ich mitbekommen habe, war sie zunächst nur enttäuscht. Sie wurde aber zornig, als sie merkte, daß Isabell nicht darüber wegkam, und versuchte fortan, Metzger aus dem Weg zu gehen.«

»Versuchte?«

»Die Abteilung ist nicht so groß, daß man sich völlig aus dem Weg gehen kann. Eines Abends bekam ich dann einen Anruf von einem Mitarbeiter. Isabell hatte in ihrer Wohnung eine Überdosis Schlaftabletten geschluckt. Leider wurde sie zu spät gefunden. Eine schreckliche Geschichte.«

Brix machte sich einige Notizen auf einem Schmierzettel und ärgerte sich, daß er sein Oktavheft nicht dabeihatte. »Wie verhielt sich Frau Preiser danach?«

»Sie war ziemlich fertig und fiel einige Wochen aus. Aber sie ist zum Glück eine starke Frau. Irgendwann hatte sie sich gefangen und arbeitete wieder in der Klinik. Seitdem verhält sie sich fast so, als wäre nichts geschehen.«

»Und Metzger?«

»Ging ihr ebenfalls aus dem Weg.«

»Was glauben Sie denn persönlich, war der Grund für den Selbstmord?«

Schmude verzog das Gesicht und seufzte. »Ich bin mir nicht ganz sicher. Ich habe nur gehört, daß Isabell angeblich ein Kind von ihm erwartet haben soll, das abgetrieben wurde. Das hat sie anscheinend nicht verkraftet.«

»Und für ihre Mutter war Metzger an allem schuld?«

»Ja.«

Brix sah den Psychiater ernst an. »Trauen Sie ihr einen Mord zu?«

Es dauerte lange, bis Schmude antwortete. »Kurz nach dem Tod ihrer Tochter hätte ich das für möglich gehalten«, sagte er steif. Und als ob er sich der Bedeutung seiner Worte plötzlich bewußt würde, fügte er rasch hinzu: »Aber später nicht mehr. Nein, sie hatte sich wieder im Griff.«

Das Verhör dauerte noch eine Viertelstunde, in der Brix nicht mehr viel Neues erfuhr. Er ließ Schmude in dessen Büro zurück und fuhr mit dem Fahrstuhl zurück ins Erdgeschoß. Nachdem er sich mit Frey ausgetauscht hatte, ging er in eine relativ ruhige Ecke der Eingangshalle und rief wie verabredet Gerck von seinem Handy aus an. Er erzählte ihm so viel, daß es für einen Zeitungsartikel reichte. Über den Selbstmord der jungen Krankenschwester und über Margitta Preiser verlor er kein Wort.

Anschließend rief er Melanie an, um ihr mitzuteilen, daß es mit ihrem Essen am Abend endgültig nichts werden würde.

FÜNF

Gerck nahm zwei teure Weinflaschen aus dem Regal und ging damit zur Kasse. Er verlangte nach einer Tüte und verließ den Supermarkt in Richtung Redaktion. Er hatte keine Ahnung, ob Carola der Wein schmecken würde. Er wußte jedoch, daß sie gern Rotwein trank und wollte sich deshalb heute abend bei dem Treffen, um das sie ihn gebeten hatte, nicht die Blöße geben, nur einen halbtrockenen Riesling im Haus zu haben.

Auf halbem Weg fiel ihm ein, daß er die beiden Flaschen eigentlich schon ins Auto legen konnte. Also drehte er um und ging in Richtung des Parkplatzes, der sich auf dem Gelände des früheren Pfalztheaters befand. Schon von weitem sah er das schwarze Dach des Porsches. Den Blick auf die beiden Flaschen gerichtet, ging er um das Auto herum, um die Beifahrertür aufzuschließen. Wie erstarrt blieb er stehen. Über die ganze Beifahrerseite zog sich ein schmaler, weißer Strich. Er fuhr mit dem Finger über den aufgekratzten Lack und begann laut zu fluchen. »So eine Schweinerei!« Er stellte die Flaschen auf den Boden und lief um das Auto herum, immer den Strich im Auge, der sich über den Kofferraumdeckel bis zur Fahrerseite zog.

Voller Wut rannte er zu einer jungen Frau, die mit verschränkten Armen neben einer offenen Wagentür stand und auf jemanden zu warten schien. »Stehen Sie schon länger hier?« fragte Gerck.

»Schon eine ganze Weile«, erwiderte die Frau. Sie sah ihn teilnahmslos an, während er mühsam beherrscht berichtete, was er entdeckt hatte.

»Haben Sie vielleicht jemanden sehen, der sich an meinem Wagen zu schaffen gemacht hat?« Er zeigte auf den Porsche.

»Nein.« Die Frau stutzte. »Doch warten Sie. Jetzt wo Sie es sagen: Da stand vorhin eine ganze Zeitlang ein Kerl herum und hat hier so blöd rübergeguckt. Irgendwann war er verschwunden. Ich habe mir deshalb nichts weiter dabei gedacht.«

»Wissen Sie, wie er aussah?«

»Ich glaube, er trug einen dunklen Mantel. Ich bin mir aber nicht sicher. Ich habe ihn mir nicht genau betrachtet. Tut mir leid, wenn ich Ihnen nicht weiterhelfen kann.« Es war ihr deutlich anzumerken, daß sie keine Lust hatte, womöglich als Zeugin auszusagen.

Gerck ließ sie stehen und ging zu seinem Wagen. Er verstaute die Weinflaschen hinter dem Sitz und fuhr die wenigen Meter zur Redaktion. Er parkte den Porsche im Halteverbot und ging grußlos an dem neuen Volontär vorbei, der ihm im Eingangsbereich entgegenkam.

Im Büro warf er seine Jacke über die Stuhllehne und setzte sich. Er reagierte nicht, als Bion in die Tür kam und ihm »Guten Morgen« wünschte.

»Was ist denn mit dir los?« fragte Bion. »Schlechte Laune? Dir müßte es doch glänzend gehen. Westrich ist mir eben freudestrahlend begegnet, weil er so glücklich über deinen Artikel ist, und du machst so ein langes Gesicht. Mensch, wir sind die ersten, die über den neuen Mord berichten. Klasse, Adrian. Und Frenz hast du auch gut eingebunden. Stimmt es wirklich, daß sie ihn jetzt mit einem Großaufgebot suchen?«

Gerck berichtete von seinem zerkratzten Auto. »Das war volle Absicht. Irgendein Arschloch lacht sich jetzt ins Fäustchen. Wenn ich nur wüßte, was ich dem Kerl getan habe?« Er stutzte, weil Bions Miene plötzlich sehr ernst geworden war.

»Vorhin hat jemand hier angerufen und wollte dich sprechen«, sagte Bion. »Er wollte auch wissen, ob du immer noch den schwarzen Porsche fährst, was ich natürlich bejaht habe. Er klang sehr sympathisch. Ob das dieser Typ war?«

Gerck sah ihn entgeistert an. »Ich gehe zur Polizei und erstatte Anzeige!« rief er aufgebracht. Er stand auf und zog sich seine Jacke über. »Ich muß sowieso ins Präsidium. Die geben heute morgen eine Pressekonferenz. Sag Westrich, daß ich schon unterwegs bin. So ein verfluchter Kerl, verdammt noch mal!«

Er rannte schimpfend aus dem Zimmer.

Brix betrachtete skeptisch die Unterlagen für die Pressekonferenz. Er hatte keine Lust, sich der Meute von Journalisten zu stellen, aber

Polizeipräsident Daun hatte ihn dazu verdonnert, weil er nach seiner Ansicht als Verantwortlicher für die Aufklärung der Morde am wenigsten Gefahr lief, Details preiszugeben, die nicht an die Öffentlichkeit durften, da sie für die weiteren Ermittlungen wichtig waren.

Brix war völlig übermüdet. Er hatte in der letzten Nacht nur drei Stunden geschlafen. Er leerte seine dritte Tasse Kaffee an diesem Morgen und ging zwei Stockwerke tiefer, um sich über den Stand der Suchaktion nach Frenz zu erkundigen. Während er die Treppe hinunterlief, betrachtete er durch die Glasscheibe den Eingangsbereich, auf den soeben zwei Kamerateams zusteuerten.

Die haben mir noch gefehlt, dachte er, während seine Schritte schneller wurden. Er überlegte, ob es noch eine Möglichkeit gab, die Pressekonferenz jemand anderem aufs Auge zu drücken. Vielleicht Frey? Er verwarf den Gedanken jedoch wieder. Dauns Worte waren eindeutig gewesen.

»Was Neues?« fragte er den Diensthabenden, doch der schüttelte nur den Kopf. »Drei Wagen sind allein in Vinningen unterwegs. Aber bis jetzt gibt es keinen Hinweis auf den Gesuchten.«

Brix ging in Freys Büro und kämpfte sich durch eine Wand aus Rauch und abgestandener Luft. »Darf ich das Fenster öffnen?« fragte er.

Frey nickte, während er mit einer Hand den Telefonhörer gegen das Ohr drückte und in der anderen Hand eine brennende Zigarette hielt. »In Ordnung. Rufen Sie mich bitte an, wenn er bei Ihnen auftaucht. Vielen Dank.« Frey legte auf und drückte seine Zigarette in den Aschenbecher, der bereits überquoll.

»Nichts«, sagte er. Er klang ebenfalls müde. »Frenz ist und bleibt verschwunden. Ich habe mir den Obduktionsbericht noch einmal durchgelesen. Es würde passen. Frenz ist Linkshänder, und die Messerstiche in Metzgers Brust und Reichlings Rücken stammen vermutlich von einem Linkshänder. Außerdem hat er gegen beide Ärzte wüste Drohungen ausgestoßen. Er muß sehr sauer darüber gewesen sein, daß die beiden ihn nicht entlassen wollten. Aber trotzdem hält ihn Schmude für harmlos. Merkwürdig.«

»Ich werde aus diesem Chefarzt nicht schlau«, sagte Brix. »Denken Sie nur an die Aussage von Margitta Preiser. Sie hat auf die Frage, wer für sie als Mörder in Frage kommt, spontan Schmude genannt.«

Frey nickte. »Ich weiß. Weil er sich angeblich nie gegen die beiden durchsetzen konnte und Metzger auf seinen Posten scharf gewesen sein soll. Ein etwas schwaches Motiv. Außerdem hat bis jetzt keiner ihre Aussagen bestätigt. Auch von den Krächen, die es angeblich zwischen den drei Ärzten gab, weiß offenbar niemand etwas. Vielleicht hat sie das alles nur erfunden, um von sich abzulenken? Immerhin hat sich ihre Tochter nach der Abtreibung des Kindes, das sie von Metzger erwartete, umgebracht. Und sie gibt ja auch zu, daß sie mehrmals daran dachte, ihn zu töten.«

»Aber sie bestreitet, daß sie es getan hat«, erwiderte Brix. »Und wenn, käme sie allenfalls als Auftraggeberin in Frage. Der Täter muß ein Mann sein, vergessen Sie das nicht. Aber ich glaube nicht an einen Auftragsmord. Was haben die Recherchen über Reichling und Metzger ergeben? Im Pfalzblick steht heute, daß auch Metzger kommunalpolitisch sehr aktiv war und ebenfalls im Planungsausschuß für psychiatrische Einrichtungen saß.«

»Wurde bereits überprüft. Das ist richtig. Aber es bringt uns bislang nichts.«

»Trotzdem ist das ein interessanter Aspekt, mit dem wir uns weiter beschäftigen müssen. Vielleicht stoßen wir auf etwas, das wir noch nicht wissen. Irgendein gemeinsamer Widersacher, was weiß ich.« Brix stand auf. »Ich werde mich jetzt den Presseleuten stellen. Bis später.«

Als er auf dem Weg ins Besprechungszimmer an einer großen Glasscheibe vorbeikam, überprüfte er routinemäßig den Sitz seiner Krawatte und seiner Frisur. Fernsehkameras und Fotoapparate waren schonungslos. Vor der Tür traf er Gerck, der ihn um ein Gespräch unter vier Augen nach der Pressekonferenz bat.

Die Pressekonferenz war so grauenvoll, wie er es sich vorgestellt hatte. Die Journalisten waren unersättlich und stellten immer wieder die gleichen Fragen: »Wieso glauben Sie, daß es ein Mann war? Warum gehen Sie von einem Einzeltäter aus? Welche Spuren verfolgen Sie? Gehen Sie davon aus, daß der Mörder noch einmal zuschlägt?«

Brix beantwortete alles geduldig und gab im Anschluß an die

Pressekonferenz noch zwei längere Fernseh- und drei Radiointerviews, die niemals in der vollen Länge gesendet werden würden. Entsprechend knapp waren auch seine Formulierungen.

Nachdem er die Prozedur überstanden und mit einem Glas Wasser in der Hand den Besprechungsraum wieder verlassen hatte, sah er Gerck, der am oberen Treppenabsatz auf ihn wartete.

»Ich habe Sie nicht beneidet«, sagte Gerck. »Aber Sie haben sich ganz gut verkauft.«

»Danke, aber jetzt bin ich ziemlich kaputt. Sie wollten mich noch sprechen?«

»Ich werde es kurz machen.« Gerck erzählte von seinem zerkratzten Auto, dem Anruf in der Redaktion, seiner Anzeige gegen Unbekannt und schilderte seine Vermutung.

Als er geendet hatte, kratzte sich Brix am Kopf. »Und Sie glauben wirklich, daß die Sache in Zusammenhang mit Ihrem heutigen Artikel steht?«

»Es ist doch komisch, daß sich ausgerechnet an dem Tag, an dem ich erstmals über einen Mordverdächtigen berichte, jemand nach meinem Wagen erkundigt und das Auto kurz danach zerkratzt wird.«

»Vielleicht haben Sie noch andere Gönner? Journalisten sind nicht immer bei allen beliebt. Außerdem: Was sollte Frenz davon haben?«

»Vielleicht will er mir Angst machen?« meinte Gerck.

»Mit Erfolg?«

»Nein.« Gerck machte eine Pause. »Aber ich habe ein ungutes Gefühl.«

Gerck ärgerte sich den ganzen Tag über den Vorfall. Als er gegen Abend die Redaktion verließ, ertappte er sich dabei, wie er sich unsicher nach allen Seiten umsah, bevor er zu seinem Wagen ging. In Rodalben brachte er den Porsche bei Freddy vorbei, der versprach, daß er sich so schnell wie möglich an die Arbeit machen würde.

In seiner Wohnung schaltete er das Radio ein und hörte Nachrichten. Aufmacher war immer noch der Mord an dem Arzt. Neue Informationen gab es allerdings nicht. Auch die Regionalnachrichten des Südwestfernsehens und von SAT 1 brachten nichts Neues. Sie hatten Brix' Interview auf zwei Sätze gekürzt: »Wir verfolgen verschiedene Spuren. Eine heiße ist noch nicht dabei«, erklärte ein fahl aussehender Brix. Es folgten nichtssagende Aufnahmen von der Pressekonferenz, auf denen auch Gerck zu sehen war.

Gerck wunderte sich wie schon oft über den großen Aufwand, der für einen wenige Minuten dauernden Fernsehbeitrag betrieben wurde. Wie einfach war dagegen ein Zeitungsbericht umzusetzen.

Er ging zum Schlafzimmerschrank, zog ein sauberes Hemd heraus, legte es zusammen mit einer frischgebügelten Hose aufs Bett und duschte. Anschließend rasierte er sich noch gründlicher als sonst und zog sich an. Als er komplett fertig war, war es erst halb sieben. Er hatte also noch eine halbe Stunde Zeit, bis Carola vor der Tür stehen würde.

Er freute sich auf ihren Besuch und war aufgeregt. Sollte er sie vielleicht zum Abendessen einladen? Sieben war genau die richtige Zeit, um Essen zu gehen. Vielleicht sollten sie über die Grenze ins benachbarte Frankreich fahren? Bei einem Rotwein in einer netten Auberge ließ es sich bestimmt angenehm plaudern. Oder sollte er sie lieber fragen, ob sie in seiner Wohnung bleiben wollten? Schließlich hatte er extra Wein gekauft, und sein übriger Getränkevorrat war nicht schlecht. Aber warum zerbrach er sich jetzt darüber den Kopf? Sollte sie nachher entscheiden, wo sie den Abend verbringen sollten.

Er setzte sich an den Küchentisch und begann aus Langeweile, in seinen Notizen zu blättern.

»Polizei durchsucht Wohnung von Frenz«, stand dick unterstrichen am Rand einer Seite. Wo mochte Frenz nur stecken? Seine Verwandten waren alle tot, und Freunde schien er keine zu haben. Das letzte Mal hatten ihn Nachbarn vor etwa drei Wochen gesehen, als er zusammen mit einem Pfleger, der ihm beim Tragen half, seine Wohnung aufgesucht hatte, um sich ein paar frische Hemden, Pullover und Schuhe für die Klinik mitzunehmen.

In Vinningen war nichts von seiner Krankheit und auch nichts von seinem Aufenthalt in Pirmasens bekannt. Einem Nachbarn hatte er lediglich erzählt, daß er einen längeren Kuraufenthalt vor sich habe.

Gercks Finger blieb an der nächsten Zeile hängen. »Zimmer wirkten sehr ungepflegt« – ja, so hatte sie der Polizist am Telefon beschrieben. Er las weiter. »Frenz sammelt Jagdmesser.«

Gerck hob den Kopf. Weshalb sammelte Frenz Jagdmesser? Hatte er mit einem der Messer seinen Porsche zerkratzt? Die Mordwaffe war auf jeden Fall nicht in der Wohnung entdeckt worden. Aber außer einem etwas unscharfen Bild von Frenz, hatte die Polizei sowieso nicht viel Verwertbares gefunden.

Er sah erneut zur Uhr: Es war zwanzig vor sieben. Für einen Espresso reichte die Zeit noch. Er stand auf, ging an den Schrank und holte den silberfarbenen Kaffeekocher heraus. Er hatte gerade das Espressopulver eingefüllt, als es klingelte.

Er ging zur Tür.

Carola sah unverschämt gut aus.

Ihre kupferroten Haare hingen offen über ihre Schultern. Die schlanken Beine steckten in einer schmalen Pepita-Hose, deren Bund ein hautenger Rolli säumte. Darüber trug sie einen schwarzen Blazer.

Carola lächelte. Sie war wie immer dezent geschminkt. So dezent, daß ihre Sommersprossen kaum verdeckt waren.

»Guten Abend, Adrian. Ich bin ein paar Minuten zu früh«, begrüßte sie ihn.

»Macht doch nichts. Komm rein. Möchtest du etwas trinken? Ich bin gerade dabei, Espresso zu machen. Oder möchtest du lieber etwas anderes?«

»Ein Espresso wäre nicht schlecht.« Schweigend folgte sie ihm in die Küche.

Während Gerck sich um den Kaffee kümmerte, musterte er Carola verstohlen. Sie hatte sich auf den alten Lehnstuhl gesetzt, auf dem er sonst immer saß. Ihre Beine hielt sie von sich gestreckt, so daß die Hose etwas hochrutschte und er ihr nacktes Fußgelenk sehen konnte, das ein schmales Goldkettchen zierte. Nervös wandte er sich ab.

Niemand sagte etwas. Nur der Kessel fing an, leise zu blubbern.

»Wie geht es dir?« fragte Gerck, als ihm das Schweigen zu lange dauerte.

»Gut. Danke. Aber ich brauche deinen Rat, Adrian. Deshalb wollte ich mich auch mit dir treffen!«

»Meinen Rat? Natürlich. Wie kann ich dir helfen? Du sagtest, du wolltest einige persönliche Dinge mit mir besprechen.«

Sie schien zu überlegen, wie sie anfangen sollte. »Das war vielleicht etwas ungeschickt ausgedrückt«, sagte sie zögernd. »Es geht um mein Studium. Du weißt, daß ich schon eine ganze Weile studiere. Meine Eltern waren immer dagegen. Es hat mich einige Mühe gekostet, bis ich sie davon überzeugen konnte, daß das keine vergeudete Zeit ist.« Sie machte eine Pause. »Mittlerweile bin ich mir aber nicht mehr so sicher, ob ich tatsächlich weitermachen soll. Das Studium zieht sich unendlich hin. Ich brauche mindestens noch zwei Jahre. Kurz: Ich habe einfach keine Lust mehr und wollte dich fragen, ob du mir helfen könntest, ein Volontariat beim Pfalzblick zu bekommen?«

Das war also der Grund für ihren Besuch. Gerck war enttäuscht, versuchte jedoch, sich nichts anmerken zu lassen. »Wieviel Zucker?« fragte er.

»Einen Löffel, bitte.«

Er füllte die beiden Espressotassen auf, reichte ihr eine und fragte: »Glaubst du denn, daß dir ein Volontariat bei uns wirklich Spaß machen würde?«

Sie nahm die Tasse und behielt sie in der Hand, ohne zu trinken. Sie schien irritiert. »Natürlich. Außerdem hast du mir doch erzählt, daß dies der Königsweg für einen angehenden Journalisten sei. Oder hast du deine Meinung geändert?«

Vorsichtig nippte Gerck an seiner Tasse. »Nein, ich bin mir nur nicht sicher, ob der Pfalzblick das ist, was du dir vorstellst.«

»Wie meinst du das?«

»Als Volontär wirst du bei uns ausgenutzt«, sagte er leise. »Bei uns gibt es keine Schulungen, keine Pläne, keine Ausbilder, gar nichts. Es gibt zwar viele schöne Worte. Die sind jedoch nach wenigen Wochen vergessen. Am Ende sitzt du nur noch vorm Bildschirm und schreibst, bis dir die Finger wehtun. Das dürfte ich dir eigentlich gar nicht erzählen, ist aber leider die Wahrheit.«

Carola nahm einen kräftigen Schluck. »Das hört sich ja nicht toll an.«

»Nein.« Er leerte seine Tasse, stand auf und fragte höflich: »Willst du auch noch einen?«

»Ja.«

Sie machte einen enttäuschten Eindruck. Gerck beschlich Mitleid mit ihr. Obwohl seine Stimmung deutlich gesunken war, verspürte er den Wunsch, Carola aufzubauen. Er sagte: »Warum willst du jetzt alles hinschmeißen, nachdem du schon so viel Zeit in das Fernstudium investiert hast? Irgendwann würdest du es sicher bereuen. Ich hätte mir selbst sicher leichter getan, wenn ich studiert hätte. Ich habe verdammt viel Glück gehabt, daß ich überhaupt eine Stelle bekommen habe.« Er mußte husten. »Ich mache dir einen anderen Vorschlag«, fuhr er fort. »Beende zuerst dein Studium und wenn du danach immer noch Lust hast, bei uns ein Volontariat zu machen, rede ich mit Westrich. Falls du allerdings das Studium unbedingt abbrechen willst, können wir auch gemeinsam überlegen, ob es Alternativen zum Pfalzblick gibt.«

Im silbernen Metallbehälter begann es zu brodeln.

Gerck füllte ihre Tasse auf. Er goß so viel nach, daß die dunkelbraune Flüssigkeit fast über den Rand schwappte.

»Paß doch auf!« rief Carola, als ihr einige heiße Tropfen über die Finger liefen.

»Entschuldige«, stammelte er und ließ kaltes Wasser über ein Küchentuch laufen, das er ihr reichte. »Tut es sehr weh?«

Carola schüttelte den Kopf. »Ist noch mal gutgegangen.«

Er tätschelte ihre Hand und hielt sie einen Moment länger fest als nötig. Als es in seinen Fingerspitzen zu kribbeln begann, ließ er sie abrupt los.

»Vielleicht hast du recht«, sagte sie. »Vielleicht sollte ich mir wirklich alles noch mal reiflich überlegen. Es drängt ja nicht. Es ist auch gut, daß ich mit meinen Eltern noch nicht über meine Überlegungen gesprochen habe. Die würden glatt durchdrehen.«

Gerck rang sich ein schwaches Lächeln ab. Er nahm seine leere Tasse und stellte sie in den Ausguß. »Dann war unser Gespräch also nicht verkehrt.« Um das Thema zu wechseln, fragte er: »Wie kommst du mit deiner Serie voran?«

Carola stöhnte. »Geht so. Bei mir zu Hause liegt ein riesiger Papierberg, vollgestopft mit Zahlen und Erläuterungen. Ich habe verschiedene Ministerien angeschrieben, die mich mit Informationen bombardiert haben. Ich werde wohl mit der früheren US-Kaserne in Münchweiler beginnen. Das alte Lager steht schon so lange leer, daß es bereits Moos ansetzt.« Sie schüttelte den Kopf. »Dabei galt es immer als Vorzeigeobjekt. Komisch, daß sich bisher kein Käufer dafür gefunden hat.«

»Ich kenne die alte Kaserne«, sagte Gerck und fügte hilfsbereit wie immer hinzu: »Wenn du willst, kann ich dir ein paar Artikel darüber besorgen. In unserem Archiv liegt eine ganze Sammlung.«

Carola trank den Espresso aus.

»Das wäre natürlich sehr lieb von dir. Ich habe mir zwar schon einige faxen lassen, aber die geben inhaltlich leider nicht sehr viel her.« Sie stand auf. »Ich möchte dich aber nun nicht länger aufhalten. Sicher hast du noch etwas vor, so wie du aussiehst. Ich wollte gar nicht so lange bleiben.«

Gerck lächelte höflich. »Was machst du heute noch?«

Carola zögerte einen Augenblick. »Ich bin verabredet. Ich fahre doch einmal wöchentlich nach Bitsch zum Einkaufen. Gestern war ich wieder dort, und da hat mir ein französischer Soldat beim Tragen geholfen. Wir treffen uns nachher.«

Gerck nickte und dachte: Na, klasse! Er sagte jedoch: »Dann wünsche ich dir einen schönen Abend. Wo trefft ihr euch?«

Sie zuckte mit den Schultern. »Wieder in Bitsch. Ich muß ihn allerdings noch anrufen. Sag mal, könnte ich das vielleicht gleich von hier aus machen?«

»Natürlich. Du weißt ja, wo das Telefon steht.«

Das Tippen der Wähltasten nahm kein Ende.

Er setzte sich auf den Stuhl, auf dem Carola eben noch gesessen hatte, und überlegte, ob er sich die Hände vor die Ohren halten sollte. Er wollte nicht auch noch mitbekommen, was sie zu bereden hatten. Aber als er sah, daß sie die Tür einen Spalt offengelassen hatte, blieb er nur regungslos sitzen.

»Wo? ... Ja, ich weiß, wo das ist ... Nein, ich habe Zeit ... Ja, ich habe verstanden. Der Tisch ist auf den Namen Roger Dupont reserviert ... Bis später.« Klicken.

Carola strahlte wie ein Diamant im Sonnenlicht, als sie zurückkam. »Vielen Dank, Adrian. Was kriegst du dafür?«

»Das geht auf Kosten des Hauses«, sagte er bitter.

»Na, dann wünsche ich dir ebenfalls noch einen schönen Abend. Und vielen Dank für deinen Rat.« Sie schien es auf einmal eilig zu haben.

»Wiedersehen, Carola.«

Als die Tür hinter ihr zufiel, wartete Gerck, bis er den Motor ihres Wagens hörte.

Er ging in die Küche und öffnete eine Flasche des teuren Weines. Dann nahm er sich eines seiner besten Gläser, füllte es fast bis an den Rand und trank es aus.

Dabei dachte er: Was bist du doch für ein Idiot!

Carola zog im Rückspiegel die Konturen ihres Lippenstiftes nach, bevor sie den Motor startete. Sie gab Gas und fuhr über Pirmasens in Richtung Grenze.

Das Gespräch mit Gerck hatte ihr gutgetan, wenngleich sie wieder einen Moment lang das Gefühl gehabt hatte, daß er irgendwie Interesse an ihr hatte. Sie überlegte, ob es vielleicht ein Fehler gewesen war, von ihm aus bei Roger Dupont anzurufen? Aber sie hatte in diesem Augenblick nicht darüber nachgedacht. Und im nachhinein war sowieso nichts mehr daran zu ändern. Schließlich wollte sie Gerck auf keinen Fall verletzen. Deshalb war sie froh, daß sie nicht allzuviel über ihre neue Bekanntschaft erzählt hatte.

Sie dachte an das Telefongespräch vom Nachmittag: »Salut Mademoiselle Linn. Hier spricht Roger Dupont. Ich hatte doch versprochen, mich zu melden. Haben Sie Lust, heute abend mit mir essen zu gehen?«

Sie hatte nur kurz gezögert und dann spontan zugesagt. Erst hinterher hatte sie überlegt, ob sie nicht etwas vorschnell gewesen war. Aber die Blöße eines Rückziehers wollte sie sich nicht geben. Außerdem war sie auf das Treffen gespannt. Dieser Roger hatte wirklich eine sehr angenehme Stimme.

Sie drehte das Autoradio lauter und sang den Refrain von »One moment in time« mit.

In Bitsch parkte sie direkt vor dem Hôtel Strasbourg. Sie wußte von Bekannten, daß das Essen in dem Restaurant gut war.

Roger erwartete sie bereits an einem gedeckten Tisch mit brennender Kerze. Wäre es in Deutschland gewesen, hätte sie vielleicht gleich kehrtgemacht, weil ihr die Szenerie zu eindeutig war. Aber Roger war nicht aufdringlich, sondern äußerst dezent. Er stand auf, begrüßte sie mit einem charmanten Lächeln, rückte ihren Stuhl zurecht und erkundigte sich, ob sie bequem saß.

Er trug einen dunklen Anzug und ein weißes, offenes Hemd, das ihm gut stand.

Sie bestellten jeder einen Aperitif.

»Vielen Dank, daß Sie gekommen sind«, sagte er und prostete ihr zu.

»Hatten Sie nicht damit gerechnet?«

»Ich hatte es gehofft.«

Sie kamen ins Gespräch. Sie redeten über ihr Studium, ihre Eltern, die Pfalz, die französische Armee und ihre letzten Urlaubsreisen. Sie vergaßen dabei fast zu bestellen, bis der Ober vornehm hüstelte.

Roger beriet sie bei der Weinwahl und der Menüfolge. Carola entschied sich für Perlhuhnbrust mit Crevettensalat als Vorspeise, flambierte Entenbrust als Hauptgang und Crème brûlée als Dessert.

Während des Essens, das köstlich schmeckte, vertiefte sich ihr Gespräch, bis sie schließlich bei ihrem jeweiligen Single-Dasein landeten.

Sie redeten noch beim Kaffee darüber. Mittlerweile waren sie die einzigen Gäste. Roger ergriff irgendwann Carolas Hände, ohne etwas zu sagen.

Sie zog sie nicht zurück. Seine Hände waren warm.

Es lag eine Spannung in der Luft, die auch er zu spüren schien.

Sie zahlten und verließen das Restaurant. Vor der Tür legte Roger wie selbstverständlich den Arm um sie, und sie drückte sich gegen seine Schulter.

Sie fuhren in ihrem Wagen zu seiner Wohnung und verbrachten die Nacht zusammen.

Für Carola war es die schönste Nacht seit langem.

Brix schreckte hoch. Um ihn herum drehte sich alles. Verschwommen sah er die Umrisse seines leeren Schreibtisches. Er warf einen Blick zum Schreibtisch gegenüber, auf dem sich Berge von Papier stapelten. Dann betrachtete er die aufgeschlagene Seite des Notizbuches, das vor ihm lag. Sie war am oberen Rand geknickt. Offenbar hatte er sich mit einem Ellenbogen darauf abgestützt. Er streckte sich und fuhr sich anschließend mit der Hand über seinen schmerzenden Nacken. Er mußte kurz eingeschlafen sein.

Erst jetzt bemerkte er das Läuten des Telefons, das ihn aus dem Schlaf gerissen hatte. Es dauerte zwei weitere Klingelzeichen, bis er in der Lage war, den Hörer abzunehmen.

»Brix!«

Stille. Am anderen Ende hörte er ein Keuchen. »Herr Brix. Sind Sie es?« fragte eine Frauenstimme.

Er hatte das Gefühl, als schütte ihm jemand einen Eimer mit kaltem Wasser über. »Ja! Wer ist denn da?«

Wieder das schwache Keuchen. »Margitta Preiser.«

Er war hellwach. »Frau Preiser? Wie spät ist es denn?«

»Kurz nach elf.« Margitta Preiser atmete heftig. »Sie müssen entschuldigen, daß ich mich so spät melde, aber Sie hatten mir Ihre Privat- und auch Ihre Büronummer für den Fall gegeben, daß mir noch etwas einfällt. Zu Hause habe ich Sie nicht erreicht, deshalb dachte ich mir, daß Sie vielleicht noch im Büro sind. Herr Brix, ich muß Sie sprechen.«

»Worum geht es?«

»Wir müssen uns treffen. Es ist dringend.«

Er rieb sich die Augen. »Sofort?«

Wieder Stille. »Nein. Nicht sofort. Morgen früh ist besser. Können wir uns auf dem hinteren Parkplatz des Krankenhauses treffen. So gegen sieben?«

»Aber wenn es so dringend ist, wäre es dann nicht besser, wenn wir uns heute noch träfen? Soll ich zu Ihnen in die Wohnung kommen?«

»Nein, nein. Morgen früh. Morgen früh um sieben auf dem Parkplatz. Ich kann mich auf Sie verlassen?«

»Natürlich.«

»Also, bis dann.« Sie legte auf.

Brix verharrte mit dem Hörer am Ohr. Was konnte Frau Preiser um diese Zeit noch von ihm gewollt haben? Ihre Stimme hatte aufgeregt geklungen. Es mußte sich also um etwas Wichtiges handeln. Warum hatte sie ihn dann aber nicht heute abend noch treffen wollen? Er legte auf und rieb sich abermals die Augen. Es war müßig, weiter darüber nachzudenken. Morgen früh würde er es wissen.

Sein Blick fiel auf den Wandkalender. Morgen hatte er auch den Termin beim Chef. Den Ablauf des Gesprächs mit Polizeipräsident Daun konnte er sich bereits vorstellen: »Wie weit sind Sie, Brix? Noch niemanden verhaftet? Noch nicht mal kurz davor? Lassen Sie sich was einfallen. Ich will Erfolge sehen.«

»Das möchte ich auch«, würde er antworten und sich über das sinnlose Gerede seines Vorgesetzten ärgern.

Brix zog die Schultern hoch. Es war kalt und ungemütlich in dem Zimmer. Das schwache Licht seiner kleinen Schreibtischlampe warf einen Riesenschatten an die Wand. Er sah zu Edrichs Wecker, der auf die Sekunde genau ging und dem Polizisten immer vor Augen halten sollte, daß er für Überstunden nicht bezahlt wurde.

Es war inzwischen Viertel nach elf.

Sein knurrender Magen erinnerte Brix daran, daß er den ganzen Tag außer einer Scheibe Toast noch nichts gegessen hatte. Er dachte an die Tüte mit den Hühnchenschlegeln, die er am Morgen hatte wegschmeißen müssen, weil sie unangenehm gerochen hatten. Wie gern hätte er jetzt Hühnchenschlegel gegessen!

Früher hatte ihm Melanie selbst um diese Zeit noch etwas zubereitet, wenn er hungrig und mit dem Versprechen zu Hause erschienen war, daß sich an seinen Arbeitszeiten bald einiges ändern würde. Aber seit der Trennung trafen sie sich nur noch einmal im Monat. An allen übrigen Tagen wartete niemand mehr auf ihn, außer manchmal Pietro, der Neapolitaner, der in der Pizzeria gegenüber immer noch gutgelaunt vor seinem Ofen stand, wenn es wieder mal spät geworden war. Manchmal war es allerdings so spät, daß nicht einmal Pietro mehr wartete. Brix seufzte und griff nach seinem Mantel.

Mit Wehmut dachte er an die gemütlichen Abende, die er bei Kerzenschein und leiser Musik mit Melanie verbracht hatte. In den ersten Jahren ihrer Ehe hatte es viele dieser Abende gegeben. Melanie hatte immer eine romantische Ader gehabt, und er hatte es genossen – bis zum bitteren Ende. Vielleicht hätte er sich auch so einen Wecker auf seinen Schreibtisch stellen sollen?

Er schnappte sich das Oktavheft und ließ es in der Innentasche seines Mantels verschwinden. Bevor er den Lichtschalter seiner Lampe ausknipste und sich in völliger Dunkelheit bis zur Tür vortastete, sah er noch einmal zu Edrichs überladenen Schreibtisch hinüber und dann zu seinem eigenen, aufgeräumten Platz. Irgendwie machte er etwas falsch. Auch Pietro würde heute wahrscheinlich nicht mehr auf ihn warten. Aber vielleicht war das auch ganz gut so. Er hatte sowieso in letzter Zeit ein wenig angesetzt. Deshalb hatte er sich auch fest vorgenommen, in Zukunft noch mehr Sport zu treiben. Es war nur fraglich, ob er dazu kommen würde.

Brix verließ das Büro und ging langsam die Stufen des leeren Treppenhauses hinunter. Wenigstens mußte er Melanie nicht mehr erklären, warum es wieder so spät geworden war.

Vor allem aber mußte er ihr nicht mehr vorlügen, daß sich an seinen Arbeitszeiten jemals etwas ändern würde.

Als Brix am nächsten Morgen von der Landauer Straße abbog und den rückwärtigen Parkplatz des Pirmasenser Krankenhauses ansteuerte, stieß er einen Fluch aus. Ein dünner Schmierfilm auf der Scheibe bot den Wischblättern hartnäckig Paroli.

Er ließ die Wischerblätter erneut über das schmutzige Glas wandern und betrachtete ärgerlich das dünne Rinnsal, das träge über die Windschutzscheibe des Dienstwagens floß. Offenbar war der Wasserbehälter leer.

Als er fast nichts mehr sehen konnte, fuhr er rechts ran.

Ungehalten stieg er aus und versuchte, mit einem Papiertaschentuch die Scheibe zu reinigen, ohne daß sich ein sichtbarer Erfolg abzeichnete.

Vergeblich suchte er zuerst in seinen Hosentaschen und dann in den Seitenablagen des Wagens nach weiteren Tüchern, bevor er zu den wenigen, hellerleuchteten Fenstern des roten Gebäudes blickte. Was sollte es? Die paar Meter mußte es eben langsamer gehen. Er stieg wieder ein, drehte das Seitenfenster runter, streckte den Kopf raus und fuhr vorsichtig weiter.

Trotz der frühen Stunde standen auf dem großen Parkplatz schon einige Autos. Brix lenkte seinen Wagen neben einen alten Käfer und stellte den Motor ab, bevor er das Seitenfenster wieder hochkurbelte. Es war ungemütlich und kühl. Außer der Scheibenwaschanlage schien auch die Heizung des Wagens nicht richtig zu funktionieren. Wie bei Gercks altem Porsche, dachte er grimmig. Mehrmals hauchte er über seine kalten Hände. Die Uhr im Armaturenbrett zeigte kurz vor sieben.

Mit einem Ruck öffnete er die Tür, stieg aus und lugte über die Dächer der Blechreihe, deren Anfang der Käfer bildete. Von Margitta Preiser war weit und breit noch nichts zu sehen.

Er hörte ein Motorengeräusch und drehte sich um. Ein großer Audi kam gerade auf den Parkplatz gefahren. Der Wagen bog in die nächste Parkreihe ein und kam mit einem leisen Brummen zum Stehen. Die Spitze eines Hutes war das erste, was hinter der Wagentür zum Vorschein kam. Es folgte ein zerknittertes Männergesicht.

Die Tür der Limousine schwang leise zu. Der Fahrer kramte sekundenlang in den Taschen seiner Daunenjacke nach irgendeinem Gegenstand, den er offenbar nicht finden konnte. Mit einem Kopfschütteln ging er schließlich zum Eingang und zog dabei sein linkes Bein nach.

Brix vernahm Schritte. Er drehte sich zur Seite und sah aus den Augenwinkeln heraus schemenhaft eine Gestalt, die sich rasch vom Parkplatz entfernte. Die Gestalt lief den Weg zurück, auf dem er selbst gerade gekommen war. Sie wurde immer kleiner, bis sie endgültig hinter der Biegung verschwand.

Es war inzwischen zehn nach sieben und immer noch dunkel. Um die Kälte zu vertreiben, ging Brix bis zum Ende der Parkreihe und bog in die nächste ein.

Er lief an mehreren Autos vorbei und stutzte plötzlich.

Irgend etwas hatte eben nicht gestimmt.

Neugierig ging er ein paar Meter zurück und blieb vor einem zerbeulten, dreckigen Renault mit angelehnter Fahrertür stehen, dessen Rücklichter mit Lehmspritzern übersät waren. Dem würde ein bißchen Wasser auch nicht schaden, dachte Brix.

Er betrachtete die angelehnte Tür und schüttelte den Kopf. Offenbar hatte es da jemand sehr eilig gehabt. Sein Blick fiel auf das Nummernschild mit Pirmasenser Kennzeichen. Er überlegte, ob er die Tür einfach zudrücken sollte. Bestimmt würde ihm der Besitzer dafür dankbar sein.

Langsam ging er auf die Fahrertür zu und spähte durch die schmutzige Scheibe. Zuerst konnte er nichts sehen, doch dann wich er erschrocken zurück. Im Inneren des Wagens waren deutlich die Konturen eines Menschen zu sehen, der einen leblosen Eindruck machte.

Hastig riß Brix die Tür auf und starrte auf die blutverschmierten Sitzbezüge.

Ihr Körper lehnte mit dem Rücken an der Innenseite der Beifahrertür, während ihr rechter Arm schlaff herabbaumelte. Aus einer klaffenden Wunde am Hals rann frisches Blut.

Brix blieb an der offenen Wagentür stehen und hielt sich am Rahmen fest. Er beugte sich vor und fühlte ihren Puls, obwohl das sinnlos war.

Es gab keinen Zweifel. Die Frau vor ihm war tot.

Innerhalb kurzer Zeit hatte sich der Parkplatz hinter dem Krankenhaus mit Schaulustigen gefüllt. Die Nachricht, daß eine Krankenschwester tot in ihrem Auto gefunden worden war, hatte sich in Windeseile in der Klinik herumgesprochen. Ein gutes Dutzend Männer und Frauen in Bademänteln und Pantoffeln stand vor zwei Polizisten, die sie nur mit Mühe auf Distanz halten konnten.

»Treten Sie bitte zurück«, brüllten die Beamten zum wiederholten Mal. »Nein, hier gibt es nichts zu sehen. Bleiben Sie bitte hinter der Absperrung.«

Dr. Schmude und Schwester Gertrud standen zusammen mit weiteren Ärzten, Pflegern und Krankenschwestern vor der Absperrung und starrten betreten auf den dunkelroten Renault, in dem bis vor wenigen Minuten die Leiche gelegen hatte.

Schmude war sehr blaß. Hinter seinen dicken Brillengläsern traten die weit aufgerissenen Augen hervor.

Schwester Gertrud zeigte kaum eine Regung. Allerdings hatten ihre Augenlider heftig gezuckt, als der Körper aus dem Auto gezogen worden war.

Brix hatte sie nicht gerufen. Sie waren von sich aus gekommen, angelockt durch das Blaulicht und die Sirenen: erst der Chefarzt, mit wehendem Kittel, dann zwei weitere Ärzte, gefolgt von den Schwestern und Pflegern und schließlich, langsam und schwerfällig, Schwester Gertrud. Keiner hatte sich getraut, Brix zu fragen, was denn genau passiert sei. Sie hatten gewartet, bis er es ihnen erzählte. Nach dem ersten Schock hatten sie dann tonlos seine Fragen beantwortet.

Ja, sie waren alle schon sehr früh in der Klinik gewesen. Nein, niemand von ihnen hatte etwas gesehen oder gehört. Niemand hatte die Frau seit vorgestern getroffen. Niemand konnte sagen, ob sie gestern noch mal in der Klinik gewesen war. Eigentlich wußte überhaupt niemand etwas Genaues über sie.

Margitta Preiser? Eine sympathische Frau und Kollegin. Ihre Art? Nett. Vielleicht manchmal ein bißchen zu gesprächig. Aber keinesfalls verkehrt. Mir ihr konnte im Grunde jeder gut auskommen. Ihr Privatleben? Darüber hat sie nie viel gesprochen. Und nach dem Tod ihrer Tochter schon gar nicht mehr. Aus Rücksichtnahme sei dieses Thema auch bewußt von jedem ausgeklammert worden. Er wisse doch vom Tod ihrer Tochter? Eine schreckliche Geschichte. Die arme Frau.

Brix sah der Gruppe nach, die langsam zum Eingang zurückkehrte. Er dachte an den Audi-Fahrer. Kam er als Mörder in Frage? Nein. Der Wagen war erst viel später gekommen. Dann fielen ihm wieder die Schritte ein, die sich rasch entfernt hatten. Ein Mann? Eine Frau? Er wußte es nicht und ärgerte sich, daß er der Gestalt nicht nachgelaufen war, auch wenn er zu diesem Zeitpunkt keinen Grund dafür gesehen hatte. Ihm ging Frau Preisers Anruf durch den Kopf. Sie hatte ihm etwas Dringendes sagen wollen. Aus irgendeinem Grund hatte sie ihn jedoch nicht in ihrer Wohnung empfangen wollen. Nun war sie tot. Ermordet, wie Reichling und Metzger.

»Der Typ hat ihr das Messer in den Hals gerammt«, sagte Frey, während er auf seiner Zigarette herumkaute. »Da sich die Wunde auf der linken Halsseite befindet und Margitta Preiser auf dem Beifahrersitz saß, muß der Kerl auf dem Fahrersitz gesessen haben. Wir müssen also nur nach jemandem suchen, dem sie vertrauensvoll ihren Wagen überließ.«

Er suchte vergeblich in seinen Taschen nach einem Streichholz. Ein Beamter, der neben ihm stand, bemerkte dies und ließ sein Feuerzeug aufglimmen.

»Danke«, brummte Frey. »Also im Grunde eine kinderleichte Sache«, fügte er sarkastisch hinzu. »Die Klinge dürfte übrigens in etwa die Ausmaße haben, die wir schon kennen. Leider fehlt dieses verdammte Messer auch diesmal.«

Brix nickte nur stumm.

»Also anscheinend wieder derselbe Täter«, fuhr Frey fort. »Ein Streifenwagen ist bereits den Weg abgefahren, den Ihr Unbekannter benutzt haben muß, als er vorhin vom Parkplatz lief.«

»Und?«

«Bisher nichts. Sie sind aber noch unterwegs. Mehrere Beamte kämmen zudem die ganze Gegend nach Spuren ab.«

Brix schloß die Augen. Drei Morde innerhalb weniger Tage. Es war einfach unglaublich. Er versuchte, an etwas anderes zu denken. Ihm fiel allerdings nur sein Gespräch mit Polizeipräsident Daun ein, dem er nachher Rede und Antwort stehen mußte. Er sah auf den Zettel, den ihm Frey vorhin überreicht hatte. Er kam erst jetzt dazu, ihn zu lesen. Als er fertig war, sagte er: »Was heißt das: Reichling und Metzger haben sich in letzter Zeit besonders für den Erhalt der Klinik hier in Pirmasens stark gemacht? Das haben sie doch immer getan. Was ist das Besondere daran?«

Frey nahm einen tiefen Zug, bevor er antwortete: »Ich habe mit einem Referatsleiter aus dem Gesundheitsministerium gesprochen. Es gibt wohl einen Brief an das Ministerium, in dem auf die beengte Situation hier in Pirmasens verwiesen und deshalb ein Anbau oder Umzug angeregt wird.«

»Von wem stammt dieser Brief?«

»Von Schmude.«

»Was?«

Frey nickte. »Es sieht so aus, als ob es im Gegensatz zu dem, was er behauptet, doch Differenzen zwischen den drei Ärzten gab. Ich kenne allerdings noch nicht die genauen Hintergründe. Wie sollen wir jetzt weiter vorgehen?«

Brix faltete den Zettel zusammen und steckte ihn in die Manteltasche: »Wir nehmen Schmude mit ins Präsidium und verhören ihn dort und zwar so lange, bis er uns alles erzählt hat. Ich habe langsam die Nase voll von seinen Halbwahrheiten. Er hat übrigens auch für heute morgen kein Alibi. Er sagt, er sei auf dem Weg hierher gewesen – natürlich allein.«

»Glauben Sie wirklich, daß er es war?«

Brix zuckte mit den Schultern. »Zumindest hat die Krankenschwester sich vorstellen können, daß er die beiden Ärzte umgebracht hat. Offenbar wußte sie zuviel, vielleicht über Schmude?« Er überlegte: »Es deutet zwar alles darauf hin, daß es in allen drei Fällen ein und derselbe Täter war: Trotzdem sollten wir ganz auf Nummer Sicher gehen. Am Ende hatte er eine Helferin, die diesmal für ihn die Drecksarbeit erledigt hat. Was ist mit Frau Reichling? Wo ist die?«

»In ihrer Wohnung. Sie hat das Haus seit gestern abend nicht mehr verlassen. Sie kann es nicht gewesen sein, falls Sie darauf hinauswollen.«

Brix schwieg. Er fragte sich, warum Leute wie Edrich es immer wieder schafften, von derartigen Fällen verschont zu bleiben.

Wenige Stunden später lag alles fein säuberlich aufgereiht auf Brix' Schreibtisch: das Obduktionsergebnis, das besagte, daß Frau Preiser mit großer Wahrscheinlichkeit tatsächlich mit demselben Messer umgebracht worden war, das sie seit Reichlings Tod wie verrückt suchten; ein erstes Ergebnis des Spurendienstes, der nur Margitta Preisers Fingerabdrücke im Wagen gefunden hatte, zugleich aber auch Blutspuren unter ihren Fingernägeln, die nicht von ihr stammten; alle schriftlichen Aussagen von Frau Preisers Klinikkollegen sowie die Aussage einer Nachbarin der Toten, derzufolge die Ermordete das Haus heute morgen offenbar allein verlassen hatte.

Beschwören wollte die Frau das allerdings nicht.

Frey hatte sich außerdem noch mit einem anderen Nachbarn unterhalten. Ihm hatte Frau Preiser einmal von ihrem Freund erzählt, den sie leider nur manchmal treffe und der niemals bei ihr übernachten würde.

Gesehen hatte der Nachbar diesen Mann allerdings nie. Auch in der Wohnung der Krankenschwester gab es keinerlei Hinweise auf einen Freund, was Frey zu der Vermutung veranlaßte, daß der Nachbar entweder etwas falsch verstanden hatte oder Frau Preiser ihm nur deshalb von ihrem Freund erzählt hatte, um von ihm in Ruhe gelassen zu werden.

Margitta umzubringen war ihm schwer gefallen.

Nun war sie tot, und er fühlte sich einsam und ausgebrannt.

Er saß schon über eine Stunde auf dem Sofa, trank Rotwein, obwohl er sich sonst nichts aus Alkohol machte, und dachte nach. Über sich, Margitta und ihr letztes Treffen.

Er betrachtete den Rotwein. Er ekelte ihn plötzlich an. Seine dunkle Farbe erinnerte ihn an ihr Blut, das über ihre Hand gelaufen war, während sie ihn entsetzt angestarrt hatte. Diesen Blick würde er nie vergessen. Ihre Fingernägel hatten sich in seinen Arm gekrallt, und er hatte sich die Lippe blutig gebissen.

Er betrachtete die tiefen Abdrücke an seinem Unterarm, stellte das Glas angewidert auf den Tisch und schob es weit von sich weg.

Es war viel schlimmer gewesen als bei Reichling und hundertmal schlimmer als bei Metzger, dessen Tod ihn ziemlich kaltgelassen hatte. Ihm war schleierhaft, wie es ihm überhaupt gelungen war, die Klinge des Messers zu reinigen, das inzwischen wieder im Karton in der hintersten Ecke unter dem Sofa lag.

Er schüttelte zum wiederholten Male traurig den Kopf. Sie hätte beinahe alles verdorben. Er hatte sie nie schlecht behandelt. Er hatte ihr sogar viel häufiger als jeder anderen Frau vor ihr gesagt, daß er sie mochte.

Aber trotzdem hatte sie ihn hintergangen und zu dieser Reaktion gezwungen.

Vor seinen Augen spielte sich erneut die Szene im Auto ab.

Voller Panik war er anschließend aus dem Renault gesprungen und beinahe diesem Mann in die Arme gelaufen, den er zum Glück noch rechtzeitig genug gesehen hatte, um sich hinter einem anderen Auto verstecken zu können. Dann war er gerannt. So lange, bis er keine Luft mehr bekommen hatte. Hinter der ersten Kurve hatte er sich übergeben und Glück gehabt, daß ihm der Typ nicht nachgelaufen war. Er war nun mal ein schlechter Läufer.

Mit letzter Kraft hatte er es anschließend bis nach Hause geschafft, wo er zwei Stunden lang wie ein kleines Kind geweint hatte.

Er stand auf, nahm das Rotweinglas und schüttete den Inhalt in den Ausguß. Anschließend lief er ins Schlafzimmer. Er sah lange zum Nachtschrank, auf dem immer noch ihr umgedrehtes Bild stand. Er nahm das Bild, ohne es anzusehen, und legte es in die Schublade, die er schnell wieder zuschob.

Dann fiel er aufs Bett und begann wieder zu weinen.

SECHS

Der Rentner beobachtete den Mann schon eine ganze Weile. Irgendwo hatte er das Gesicht schon einmal gesehen. Das hätte er schwören können. Aber sein Gedächtnis ließ ihn im Stich.

Der ungepflegte Mann stand bereits über eine Viertelstunde vor dem Zeitungsregal des Supermarktes in Münchweiler und tat sich offenbar mit der Auswahl schwer. Seine dünnen Lippen zuckten, als seine Augen über die Titelseiten wanderten. Unschlüssig griff er nach einer Zeitung, um sie gleich wieder zurückzustecken. Schließlich griff er nach einer Illustrierten und blätterte sie flüchtig durch, bis er stutzte. Eine Seite schien plötzlich sein Interesse geweckt zu haben.

Die fettigen Haare des Mannes standen strähnig vom Kopf ab und sein Kinn war übersät mit Stoppeln. Er war blaß, hager, mittelgroß und schätzungsweise Anfang Fünfzig. Er trug dunkelblaue Jeans, die ein bißchen zu kurz waren und den Blick auf ein paar graublaue Wollsocken freigaben. Über seinen breiten Schultern hing eine spekkige grüne Jacke, deren Reißverschluß er ständig nervös auf- und zuzog.

Obwohl sein Anblick alles andere als anziehend war, konnte der Rentner seine Augen nicht von dem Mann abwenden.

»Können Sie bitte ein Stück zur Seite gehen?« Ein junger Angestellter im weißen Kittel versuchte, sich mit drei Orangenkisten an dem Rentner vorbeizudrücken.

»Selbstverständlich. Entschuldigen Sie bitte.«

Wortlos schlurfte der Angestellte weiter.

Der Rentner blickte ihm nach, bis er hinter einem Regal verschwunden war. Als er sich wieder umdrehte, war der Mann weg. Suchend spähte der Rentner zur Theke der Bäckerei, die sich an das Zeitungsregal anschloß, konnte ihn aber nicht entdecken. Der schmuddelige Typ schien sich in Luft aufgelöst zu haben. Hastig eilte er zum Ausgang und sah die Straße hinunter.

»Entschuldigen Sie, aber ist hier eben ein Mann in einer grünen Jacke rausgekommen?«

Die ältere Frau, die ihm mit ihrem Einkaufskorb entgegenkam, schüttelte verständnislos den Kopf. Er wollte schon wieder zurückgehen, als er den Mann auf der gegenüberliegenden Straßenseite entdeckte. Er hatte seine Hände tief in den Hosentaschen vergraben und bummelte den Bürgersteig entlang. Unschlüssig blieb der Rentner zunächst stehen, folgte ihm dann jedoch, ohne genau zu wissen, warum.

Die Schritte des Mannes wurden schneller. Der Rentner mußte sich sputen, um den Anschluß nicht zu verlieren. Der Mann vor ihm drehte sich nicht einmal um, sondern ging unaufhaltsam weiter. Er lief an der Feuerwehr vorbei, bog von der Fritz-Claus-Straße in die Pirminiusstraße ein und hielt an der Schule, wo er einen Moment stehenblieb, um einige spielende Kinder auf dem Pausenhof zu beobachten.

Der Rentner wartete angelehnt am Pfosten eines Gartenzauns und hoffte, daß der Besitzer dies nicht bemerkte und herauskam, um mit ihm ein Schwätzchen zu halten.

Nach endlosen Minuten setzte sich der Mann wieder in Bewegung. Er sah zu den Fassaden der Häuser hinauf und blieb ab und zu vor dem einen oder anderen Gebäude stehen. Am Ende der Friedhofstraße machte er einen längeren Halt und ging dann weiter.

Der Rentner blieb an der Ecke stehen und wartete, bis der Mann sich ein gutes Stück entfernt hatte. Er sah, wie der Mann sich plötzlich bückte und irgend etwas vom Boden aufhob. Es mußte eine Münze oder etwas Ähnliches sein. Prüfend drehte er sie zwischen Daumen und Zeigefinger in der Sonne, wobei sein Kopf wie ein Pendel hin und her schwang. Schließlich warf er seinen Fund in die Luft, fing ihn mit der linken Hand sicher wieder auf und ließ die Beute in seiner Hosentasche verschwinden.

Er war jetzt am Ende der Kolpingstraße angelangt und bog rechts in die Römerstraße ein.

Die Füße des Rentners schmerzten. Er bereute seinen Entschluß, ausgerechnet heute ein fast neues Paar Schuhe angezogen zu haben. Vor allem sein linker großer Zeh tat weh. Er folgte dem Mann noch bis zur nächsten Einmündung, blieb stehen und sah ihm ungläubig nach. Es bestand kein Zweifel: Der Kerl ging schnurstracks auf die alte Kaserne zu.

Was wollte er dort? Das Lager stand leer, und wie ein ehemaliger Soldat, der in Erinnerungen schwelgte, sah der Mann nicht gerade aus. Der Rentner seufzte und blickte zu den Häusern am Rand der Straße, deren Schornsteine zarte Rauchschwaden ausspuckten.

Als er wieder zur Kaserne sah, war der Mann verschwunden. Was bist du doch für ein Trottel, schimpfte er mit sich selbst, während er humpelnd umkehrte und sich fragte, warum er diesem Menschen überhaupt die ganze Zeit nachgelaufen war.

Eine Stunde später wußte er zumindest, wo er ihn schon einmal gesehen hatte, als ihm zufällig eine Zeitung vom Wochenende in die Hände fiel und er das Gesicht auf einem Fahndungsfoto der Polizei wiedererkannte.

»Warum geht denn da niemand dran?« rief Westrich und rannte zum Telefon, das auf Gercks Schreibtisch stand.

Er hatte den Hörer bereits abgenommen, als Bion ins Zimmer gerannt kam. »Ich habe das Klingeln zu spät gehört«, rief er und verstummte, weil Westrich abwinkte.

»Ja, bitte?«

Der Anrufer schnaubte so heftig, daß Westrich den Hörer etwas vom Ohr weghielt. »Kann ich Ihnen helfen?« fragte er höflich.

»Ja, das können Sie«, erwiderte der Anrufer. »Sie haben doch dieses Fahndungsfoto in die Zeitung gesetzt! Das von dem Typen mit dem dünnen Bärtchen und den schmierig zurückgeklatschten Haaren. Ich habe ihn gesehen. Die ganze Zeit bin ich hinter ihm hergelaufen. Jetzt habe ich den Fuß voller Blasen, und der Kerl ist verschwunden.«

»Verschwunden? Was meinen Sie damit?«

Die Stimme überschlug sich fast. »Na weg. Ausgebüxt. Abgehauen. Verstehen Sie nicht?«

Westrich griff nach einem Notizblatt und einem Kugelschreiber und setzte sich auf Gercks abgewetzten Drehstuhl. Der schnaufende Anrufer sprach von Frenz. »Wo haben Sie ihn gesehen?« fragte Westrich.

»Hier in Münchweiler. Ist munter durch den Ort spaziert und hat sich unser schönes Dorf angesehen.«

»Sind Sie sicher, daß es das Gesicht vom Foto war?«

Es folgte ein kurzes Lachen. »Junger Mann, ich habe vielleicht Blasen an den Füßen und bin nicht mehr ganz so fit wie vor ein paar Jahren, aber meine Augen arbeiten noch tadellos. Das war dieselbe Visage. Das können Sie mir glauben. Unrasiert und ungewaschen, aber dasselbe Gesicht.«

»Wann war das?«

»Ist noch nicht lange her.«

»Und wo genau?«

Der Rentner schilderte seine Beobachtung.

Westrich machte sich Notizen und fragte. »Haben Sie gesehen, daß er in die Kaserne gegangen ist?«

»Nein, nicht direkt. Aber der ist mit Sicherheit da rein. Wo soll er denn sonst hin sein?«

Westrich antwortete nicht, sondern sagte nur: »Können Sie mir Ihre Adresse und Telefonnummer geben?«

Es dauerte einen Moment, bis er sich alles notiert hatte. Nachdem er sich bedankt hatte, legte er auf und verharrte in Gedanken versunken am Schreibtisch.

»Was ist los?« fragte Bion.

»Da will einer Frenz gesehen haben.«

»Schon wieder? Das ist heute schon der Dritte. Ein guter Wochenstart! In Kaiserslautern, Landstuhl, Zweibrücken: Überall wurde Frenz angeblich gesehen, und jedesmal war es falscher Alarm. Er kommt mir fast schon wie Nessie vor. Ist aber auch kein Wunder bei diesem undeutlichen Fahndungsfoto. Ich würde ihn bestimmt nicht mehr erkennen, wenn ich ihm begegnen würde, obwohl er damals ab und zu in der Redaktion war.«

Westrich schüttelte den Kopf und stand auf. »Diesmal hörte es sich glaubwürdiger an.« Er berichtete, was der Rentner ihm erzählt hatte, und sagte: »Wir müssen auf jeden Fall die Polizei verständigen. Ich habe allerdings gleich den Termin beim Bürgermeister. Könntest du im Präsidium anrufen? Hier ist der Zettel mit der Adresse des Anrufers.«

Bion nahm den Zettel, warf einen Blick darauf und sagte: »Ich kümmere mich darum.«

Brix lenkte den dunkelblauen Opel an den langen weißen Häuserreihen vorbei.

Die weiten Rasenflächen davor wirkten ebenso trist wie die leeren, dreistöckigen Gebäude selbst. Brix fuhr im Schrittempo, seitdem sie das Tor passiert hatten.

»Können Sie sich vorstellen, daß es hier jemand auch nur einen Tag aushält?« fragte Gerck und versuchte, die Karte zu glätten, die er auf seinem Schoß ausgebreitet hatte.

»Nein«, knurrte Brix, der Mühe hatte, wegen des heftig einsetzenden Regens die Straße im Auge zu behalten. »Wo sollen wir anfangen? Sie müßten sich doch hier auskennen!«

»Ich muß Sie enttäuschen. Ich bin heute zum ersten Mal hier.« Als er Brix' verwundertes Gesicht sah, ergänzte er. »Wir haben jede Menge freie Mitarbeiter, die sich darum schlagen, jedem Lokalpolitiker an den Fersen zu kleben, wenn eine Besichtigung ansteht. Aber ich kenne die Geschichte des Lagers ganz gut und kann Ihnen vielleicht doch helfen.«

»Das hoffe ich«, murmelte Brix, während er das Tempo der Scheibenwischer erhöhte. »Im Moment könnte ich allerdings eher einen Scout gebrauchen.« Er trat auf die Bremse. »Ich glaube, wir warten besser erst den Wolkenbruch ab, bevor wir aussteigen.«

Gerck kurbelte das Seitenfenster einen Spaltbreit runter. »Halten Sie hier einfach rechts vor dem Gebäude. Es sind keine Politessen in Sicht.«

Brix lächelte dünn und lenkte den Wagen auf den schmalen asphaltierten Streifen. Als er den Zündschlüssel umdrehte und den Motor abstellte, hämmerten die Regentropfen wie Stahlkugeln auf das Dach. Das Wasser floß in Strömen von den Scheiben und bildete einen blickdichten Vorhang.

»Schön«, sagte Brix. »Genau das richtige Wetter für eine Suchaktion. Haben Sie zufällig einen Schirm dabei?«

Gerck spähte durch die Scheibe auf die nasse Straße. »Nein, tut mir leid. Wir werden wohl nicht ganz trocken aus der Sache rauskommen.«

Minutenlang saßen sie schweigend nebeneinander und versuchten, durch das Dickicht der Wassermassen nach draußen zu sehen.

Brix starrte auf die Karte, die immer noch ausgebreitet auf Gercks Schoß lag. »Wo sind wir denn?«

Gerck deutete mit dem Zeigfinger auf eine rote Markierung. »Wir stehen genau hier an der Ecke. Wenn wir jedes Gebäude durchsuchen wollen, liegt ein ganz hübsches Stück Arbeit vor uns.« Er musterte Brix. »Warum beteiligen sich Ihre Kollegen nicht an der Suche? Wäre es nicht besser, wenn wir mehr wären?«

»Natürlich. Aber ich will erst einmal sehen, ob an dem, was dieser Rentner erzählt hat, überhaupt etwas dran ist. Wenn ich gleich mit einer ganzen Hundertschaft hier anrücke, könnte das unser Freund unter Umständen mitkriegen und, noch bevor wir das merken, das Weite suchen.«

Er zögerte und fügte hinzu. »Wenn er überhaupt hier ist.« Seine Hand verschwand in der Tasche und zog ein Handy heraus. »Aber keine Angst«, fuhr er fort. »Unsere Leute stehen abrufbereit. Ein kurzer Anruf, und sie sind gleich da. Außerdem habe ich Sie nicht aufgefordert, mich zu begleiten. Sie wollten schließlich unbedingt mit.«

Gerck betrachtete die großen Pfützen auf der glänzenden Straße. »Der Regen scheint etwas nachzulassen.«

Brix nickte. »Zum Glück. Warten wir noch einen Augenblick, und dann lassen Sie uns losgehen.«

Er nestelte an der Innentasche seines Mantels herum und zog ein dickes Ledermäppchen raus. »Diese Schlüssel hat mir der Bürgermeister gegeben. Hoffentlich sind das auch alle.« Er sah zu den Häusern auf der linken Seite, deren weiße Umrisse sich wieder deutlich am Horizont abzeichneten, und sagte: »Ich glaube, wir können starten.«

Mit einem Ruck riß er die Tür auf, stieg aus, schlug den Mantelkragen hoch und warf einen strafenden Blick zu den Wolken, als könnte er sie dadurch bewegen, ihr Wasser zurückzuhalten.

Auch Gerck zog fröstelnd seinen breiten Jackenkragen hoch, als mehrere Tropfen erst in seinen Nacken und dann über seinen Rücken rannen. »So ein Sauwetter!«

Sie ließen das Auto zurück und marschierten am Haus entlang bis zu den beiden ersten Balkonreihen, die den Eingang und die darüberliegende, von Glasbausteinen gesäumte Außenwand des Treppenhauses einrahmten. Gerck stellte sich auf die Zehenspitzen und versuchte, durch die Balkontür im ersten Stock in das dunkle Gebäude zu sehen. Er konnte jedoch nichts erkennen.

»Wir laufen am besten erst die Häuser ab«, sagte Brix. »Vielleicht haben wir Glück. Ein Licht, eine Kerze, irgend etwas. Notfalls ...«, er zuckte mit den Schultern, »... müssen wir eben später mit Hilfe der anderen alle Wohnungen einzeln abklappern.«

Sie liefen über die nasse Rasenfläche und sahen sich immer wieder nach allen Seiten um, ohne etwas Auffälliges zu entdecken.

Nach einer Weile sagte Brix: »So kommen wir kaum voran. Wir sollten uns trennen. Sie nehmen sich die drei linken Gebäude vor, ich die andere Seite. Ganz am Ende da hinten«, er zeigte auf einen Baum, »treffen wir uns wieder. Falls Sie etwas sehen, rufen Sie mich von Ihrem Handy aus an. Ich bin zwar in der Nähe, aber es ist besser, wenn wir hier nicht rumbrüllen. Wenn er hier ist, könnte er uns sonst hören.«

Sie trennten sich.

Gerck sah, wie Brix hinter dem Gebäude verschwand. Auf einmal fühlte er sich unwohl. Was war, wenn ihm Frenz plötzlich gegenüberstand, dazu noch bewaffnet? Er selbst hatte keine Waffe. Würde Brix sein Rufen überhaupt hören? Er blickte unruhig zu den Fenstern und dann zu den Bäumen auf der anderen Seite. Warum hatten sie nicht daran gedacht?

Mit gemischten Gefühlen ging er weiter. Er war froh, als er das Ende des ersten Gebäudes erreicht hatte.

Er blieb kurz stehen und sah sich mehrmals um, bevor er langsam weiterging, jeden Moment damit rechnend, daß Frenz von irgendwoher auf ihn zusprang. Er atmete auf, als er auch die nächsten zwei Fensterreihen hinter sich gelassen hatte.

Nach etwa zwanzig Metern blieb er erneut stehen. War da nicht ein Licht?

Reflexartig griff er in die Tasche und fühlte das Handy. Sollte er gleich anrufen? Nein. Er mußte erst sicher sein. Zögernd trat er näher an das Fenster und stellte fest, daß er sich von einer Lichtspiegelung an der Scheibe hatte täuschen lassen.

Er sah sich wieder um. Er wurde das Gefühl nicht los, daß ihn ständig jemand beobachtete. Aber er mußte sich täuschen, denn es war weit und breit niemand zu sehen. Er meinte, sein Herz schlagen zu hören, aber das war wohl ebenfalls eine Täuschung.

Er umging eine Pfütze und trat in eine andere, die er zu spät entdeckte. Seine Ledersohlen waren aufgeweicht. Er konnte fühlen, wie die Nässe seine Socken erreichte. Warum hatte er nicht ein paar Schuhe mit Gummisohlen angezogen?

Plötzlich hörte er jemanden rufen und fuhr zusammen. Die Stimme war nicht zu erkennen gewesen. Trotzdem dachte er sofort an Brix. Gerck wandte sich um. Er konnte nicht sagen, woher der Ruf gekommen war. Er lief ein paar Meter zurück und hörte die Stimme wieder. Diesmal gab es keinen Zweifel. Sie kam eindeutig von vorn. Gerck begann zu rennen. Frenz! schoß es durch seinen Kopf. Brix mußte Frenz entdeckt haben. Er mußte ihm helfen!

Gerck rannte bis zur nächsten Biegung und dann an der Hauswand vorbei bis zur freien Fläche zwischen den Häuserblöcken. Er sah von weitem, wie sich jemand auf dem Rasen nach unten beugte. Er konnte die Person nicht erkennen, weil sie ihm den Rücken zudrehte, aber dem Mantel nach zu schließen, mußte es Brix sein.

Noch während er lief, rief er laut Brix' Namen.

Als er ihn endlich atemlos erreicht hatte, fragte er nicht mehr, warum Brix gerufen hatte.

Vor ihnen lag neben einer leeren Whiskyflasche ein lebloser schlammverschmierter Körper.

Der Tote war Hermann Frenz, der Mann, den sie seit Tagen vergeblich gesucht hatten. Allerdings war das auf den ersten Blick nicht unbedingt zu erkennen. Seine Haare waren viel länger als auf dem Fahndungsfoto. Schwarze Stoppeln hatten sich über Wangen und Kinn ausgebreitet. Er wirkte äußerst ungepflegt. Frenz hatte, vom Regen einmal abgesehen, offenbar seit längerer Zeit wenig Kontakt mit Wasser gehabt.

Gerck betrachtete den Toten, dessen dunkle Augen weit aufgerissen waren. Er wich einen Schritt zurück.

Brix ging um die Leiche herum und betrachtete sie von allen Seiten. »Es sieht so aus, als wäre er von dem Balkon gefallen.« Er zeigte nach oben zu einer offenen Balkontür.

Gerck wischte sich flüchtig über sein nasses Gesicht. »Aber da ist doch ein Geländer dran.«

Brix antwortete nicht, sondern stapfte über den morastigen Boden auf den Eingang zu. Gerck sah, wie er das Ledermäppchen mit den Schlüsseln aus der Tasche zog, und folgte ihm. Wortlos öffnete Brix die Tür, die nach leichtem Druck aufschwang. Im Treppenhaus roch es nach abgestandener Luft. Sie atmeten tief durch und gingen in den dritten Stock hinauf.

Die Tür zur Wohnung mit der offenen Balkontür war nur angelehnt, so als wäre der Bewohner mal eben kurz in den Keller gegangen. Vorsichtig schob Brix sie ganz auf, woraufhin ihnen ein muffiger Alkoholdunst entgegenströmte. Der Geruch wurde stärker, als sie den linoleumbezogenen Flur durchquerten und schließlich das Balkonzimmer erreichten. Auf dem Boden lagen zwei zerknüllte Decken und ein verschlissener Armee-Schlafsack. Daneben stand eine halbleere Flasche Jim Beam und ein Teller mit einem angebissenen Brötchen. Über einem Stuhl hingen ein buntes Holzfällerhemd und ein paar dreckige Socken. Darunter lagen zwei ungeputzte Stiefel und ein einsamer Filzpantoffel. Das Gegenstück war nirgends zu sehen.

Gerck lehnte sich gegen den Stuhl und betrachtete angewidert den kleinen Klapptisch mit den drei dreckigen Gläsern und dem schmutzigen Besteck. Eine große Sporttasche, ein Kulturbeutel, ein kleines Taschenradio sowie ein aufgeschlagener Reiseführer über das Elsaß: Das schienen alle Habseligkeiten von Frenz zu sein. Eigentlich zu wenig zum Leben, offenbar aber doch genug, denn er hatte sich anscheinend längere Zeit hier aufgehalten. Zumindest deuteten die zerknitterten Ausgaben von einigen Bild-Zeitungen der letzten Tage daraufhin.

Als Brix niederkniete, um die genauen Daten zu entziffern, zog er plötzlich drei Fotos aus den zusammengefalteten Zeitungen hervor. Während er sie aufmerksam betrachtete, stieß er einen überraschten Pfiff aus. Die Fotos zeigten einen braungebrannten Ulrich Reichling, der sich in einem Liegestuhl räkelte, Waldemar Metzger, mit einem dicken Schal um den Hals und Margitta Preiser, die auf einem Baumstamm saß.

Wortlos reichte Brix die Fotos weiter, bevor er auf den Balkon ging und sich an das feuchte Geländer lehnte.

Eine Weile stand er regungslos da und sah hinunter auf den Rasen, auf dem immer noch der tote Frenz lag. Von seinem durchnäßten Mantel tropfte Wasser auf seine nicht minder nassen Hosen, deren Bügelfalten deutlich gelitten hatten. Er schien das jedoch gar nicht wahrzunehmen. »Runtergesprungen oder gestürzt, was glauben Sie?« fragte er.

Gerck legte die Bilder auf den Tisch, trat neben ihn und hielt sich am Geländer fest, das ihm auf einmal gar nicht mehr so hoch vorkam.

»Verdammt glatt der Boden«, murmelte er und sah ebenfalls auf den Rasen hinunter. »Sieht eher aus wie gestürzt. Aber das kann auch täuschen.«

Brix nickte. »Eben. Das kann auch täuschen. Wie alles hier. Alles perfekt«, sagte er. »Der Unterschlupf – wer hätte ihn schon hier in diesem abgelegenen Nest gesucht, noch dazu in der alten Kaserne? Die Fotos – wenn auch unklar ist, woher er sie hat. Und schließlich der verdächtige Ausreißer, der leider nichts mehr sagen kann. Paßt alles prima zusammen. Es sieht wirklich so aus, als ob wir den Mörder gefunden hätten – wenn auch zu spät.« Er kräuselte die Stirn.

Gerck musterte ihn fragend. »Hört sich nicht sehr überzeugt an.«

»Bin ich auch nicht. Warum, zum Beispiel, ist Frenz mitten durch Münchweiler stolziert?«

»Vielleicht hat er das schon öfter gemacht, nur hat ihn niemand erkannt. Das Foto war nicht gerade atemberaubend.«

»Mag sein. Warum hat er sich aber Münchweiler ausgesucht? Und wieso ausgerechnet dieses gottverlassene Lager?«

»Schlecht war das Versteck nicht. Wenn er nicht zufällig gesehen worden wäre, hätte ihn hier niemand gesucht, geschweige denn gefunden.«

Brix nickte zustimmend. »Ja, auch das hört sich gut an. Aus einem ruhigen Schlupfwinkel heraus konnte er losschlagen und sich sicher sein, daß ihn niemand finden würde. Aber wo zum Teufel sind das

Messer und der Hammer? Und wie ist er immer nach Pirmasens gekommen? Oder haben Sie eine Fahrkarte entdeckt?«

»Vielleicht ist er mit einem Taxi gefahren oder getrampt?« erwiderte Gerck. »Im Grunde könnte er sogar zu Fuß gelaufen sein. Gut, das sind zwar ein paar Kilometer. Aber es wäre immerhin möglich. Und das Messer und den Hammer kann er irgendwo weggeschmissen haben.«

Brix nickte wieder. »Auch das kann alles sein.« Er starrte auf den Toten und fuhr fort: »Fehlt also nur noch das Motiv. Warum hat er es getan?« Er sah Gerck an. »Na los. Sie sind doch gerade so gut am erklären! Nennen Sie mir das Motiv! Warum hat er drei Leute umgebracht?«

Gerck betrachtete die gegenüberliegende Häuserfront mit den dunklen Zimmern hinter den gardinenlosen Fenstern. »Er war krank. Das wissen wir doch«, sagte er leise.

Brix verzog das Gesicht. »Reicht das als Erklärung? Denken Sie an das, was Schmude erzählt hat: Er ist überzeugt, daß Frenz keinem Menschen wirklich etwas antun kann.«

»Auch ein Arzt ist nur ein Mensch. Er kann sich irren.«

»Sicher kann er das. Aber wir uns auch.«

Brix fuhr mit der flachen Hand über das feuchte Leder seiner Schuhe. »Hoffentlich kriege ich die noch mal glatt«, seufzte er. Er lehnte sich mit dem Rücken gegen das Geländer: »Es ist schon seltsam. Ein Mensch, der so gezielt und geplant mordet, stürzt einfach von einem Balkon. So ein Pech.« Er rutschte plötzlich weg. Erschrocken griff er nach dem Geländer und konnte sich im letzten Moment noch abfangen.

Gerck hatte reflexartig mit beiden Händen Brix' rechtes Handgelenk gepackt. »Passen Sie auf, daß Sie nicht auch noch runterfallen«, sagte er. »Das kann schnell passieren.«

Brix war leichenblaß. »Vielen Dank«, stammelte er. »Das hätte auch schiefgehen können. Es ist wirklich verdammt glatt hier auf den nassen Fliesen.« Er sah an sich hinunter und faßte an seine triefende Hose. »Sehr angenehm.« Er rieb sich das Bein. Offensichtlich hatte er sich wehgetan. »Es könnte also tatsächlich ein Unfall gewesen sein«, fuhr er mit etwas verkniffenem Gesicht fort. »Der betrunkene

Frenz tritt auf den Balkon, rutscht aus, verliert das Gleichgewicht und fällt über die Brüstung.« Er blickte nach unten. »So könnte es durchaus gewesen sein, oder?«

Gerck strich über seine nassen Haare. »Warum zweifeln Sie immer noch daran?«

»Ich weiß nicht. Es paßt eben einiges zu gut und anderes überhaupt nicht zusammen.« Er warf einen Blick auf die Uhr. »Es wird auf jeden Fall langsam Zeit, daß wir die Kollegen anrufen. Auf die wartet noch ein bißchen Arbeit. Außerdem muß ich zum Auto, bevor die hier alle auftauchen und ich keine Ruhe mehr habe.«

Er zog sein Handy aus der Tasche und gab ein paar Anweisungen durch. Dann verließen sie gemeinsam den Balkon und das Zimmer und gingen zum Wagen zurück, wo Brix aus dem Handschuhfach sein Oktavheft holte, um sich wie gewohnt seine Notizen zu machen.

Gerck sah schweigend zu und versuchte vergeblich, Brix' unleserliche Schrift zu entziffern. Er sah aus dem Fenster. Von weitem waren Motorengeräusche zu hören, die sich näherten.

Fast sehnsüchtig dachte er an seine gemütliche Wohnung, an sein gut beheiztes Wohnzimmer und an das Frühstück von Frau Friedrich, auf das er merkwürdigerweise gerade jetzt Appetit gehabt hätte. Allerdings währte der Hunger nur so lange, bis der tote Frenz wieder vor seinem geistigen Auge stand, um ihn in die Wirklichkeit zurückzuholen.

Ihm fiel etwas ein. Woher hatte Frenz die Schlüssel für die Wohnung gehabt? Daß sie immer offenstand, war kaum anzunehmen, und nach einem Einbruch hatte es nicht ausgesehen.

Er sah wieder zu Brix hinüber, der immer noch eifrig schrieb. Sollte er ihm das gleich erzählen? Nein. Es war besser, ihn im Moment nicht abzulenken. Während der Rückfahrt würde er noch genügend Zeit haben, um ihn darauf aufmerksam zu machen – wenn er sich diese Frage nicht schon selbst gestellt hatte.

Von der Fensterscheibe kullerten ein paar Wasserperlen.

Gerck zog fröstelnd die Schultern hoch und dachte erneut an Frenz, der ein paar hundert Meter weiter auf dem Rasen lag und dem Nässe und Kälte nichts mehr ausmachten.

Frey hatte die Ärmel bis zu den Oberarmen hochgekrempelt. Sein Hemd war verschwitzt. In einer Hand hielt er einen Pappbecher mit Kaffee. Er kam Brix im zweiten Stock des Präsidiums entgegen und blieb direkt vor ihm stehen.

»Haben Sie das schon gelesen?« fragte Brix und deutete auf den Schnellhefter.

»Den Abschlußbericht des Spurendienstes? Nein, dazu bin ich noch nicht gekommen. Was steht drin?«

»Nicht so sehr viel, aber vielleicht hilft er uns doch weiter. In unmittelbarer Nähe des Krankenhausparkplatzes hat sich jemand übergeben, der offenbar leicht blutete. War ziemlich frisch. Es muß also in etwa zu der Zeit passiert sein, als ich die Leiche fand. Vielleicht war es die Person, die ich vom Parkplatz habe weglaufen sehen? Ich habe bereits veranlaßt, daß geprüft wird, ob ein genetischer Fingerabdruck erstellt werden kann. Wenn das der Fall ist, sollten wir uns auf jeden Fall von Schmude eine Speichelprobe besorgen. Was ist bei seinem Verhör rausgekommen?«

»Er hat ein paar interessante Details erzählt. Er hat sich tatsächlich einige Male mit Reichling und Metzger gestritten.« Frey nahm einen kurzen Schluck und berichtete von dem Verhör. Als er geendet hatte, sagte er: »Daun möchte Sie sehen. Er hat vorhin angerufen.«

Brix nickte. »Ich gehe gleich bei ihm vorbei. Auf meinem Schreibtisch liegt übrigens schon das Obduktionsergebnis von Frenz. Die werden immer schneller. Sie können es sich holen. Ich brauche es im Moment nicht.« Brix gab noch weitere Anweisungen und ging auf direktem Weg zum Büro des Polizeipräsidenten.

Max Daun thronte wie ein Buddha hinter seinem gläsernen Schreibtisch. Er war fast zwei Meter groß und auch im Sitzen eine imposante Erscheinung. Er war völlig kahl und trug einen kurz gestutzten, eisgrauen Vollbart. Sein fülliges Gesicht war voller Furchen. Die stechenden Augen, die stets in Bewegung waren, musterten Brix.

»Hallo Brix«, grüßte er im Plauderton. »Sehe ich Sie auch mal wieder!« Der kräftige Kopf wies auf einen Stuhl vor dem Glastisch. »Sie sind kaum anzutreffen. Ich bin ja richtig froh, daß ich Sie endlich erwischt habe.«

»Tut mir leid«, entgegnete Brix, während er der Aufforderung folgte und Platz nahm. »Aber es ist zur Zeit viel los. Sie wissen ja, daß Edrich noch in Urlaub ist und erst übernächste Woche wiederkommt. Mallorca, Last Minute.«

Daun grinste. »Ich weiß. Hoffen wir, daß er sich dort gut erholt. Doch ich habe Sie nicht hergebeten, um mich mit Ihnen über den Urlaub Ihres Kollegen zu unterhalten.« Er zeigte auf einen Stapel Zeitungen, die vor ihm ausgebreitet auf dem Tisch lagen. »Alle von den letzten Tagen. Sie lesen doch Zeitung?« Sein Blick flackerte.

»Sie sprechen von den Mordfällen?«

»Ja, die Presse ist voll davon. Und nicht nur die Blätter aus unserem Raum. Auch andere haben sich darauf gestürzt.«

Er griff in den Stapel, fischte wahllos eine Ausgabe heraus und begann, laut zu lesen: »Unbekannter schlägt Arzt Schädel ein – nicht gerade originell, aber es entspricht zumindest den Tatsachen. Oder hier: Wahnsinniger im Blutrausch.« Der Polizeichef verzog den Mund: »Schön reißerisch, paßt gut zu dem Käseblatt.«

Seine fleischige Hand schlug gegen die nächste Titelseite. »Unsere Lokalzeitung klingt dagegen vergleichsweise harmlos: Toter Arzt gibt Polizei Rätsel auf. Langweilig, finden Sie nicht auch?«

Er legte die drei Zeitungen auf den Tisch zurück, faltete die Hände und warf Brix einen forschen Blick zu. »Stimmt das denn? Gibt er uns noch Rätsel auf?«

Brix machte gar nicht erst den Versuch, sich in vagen Andeutungen zu verlieren. »Sie wissen, daß wir Frenz auf dem Rasen des alten US-Hospitals gefunden haben?«

Daun nickte. »Was hat es damit auf sich?«

»Das kann ich noch nicht sagen. Wir wissen bisher weder, wie er in das Lager kam, noch wie er starb.«

»Liegt das Obduktionsergebnis schon vor?«

»Ja, aber es bringt uns nicht weiter.«

»Wieso nicht?«

»Frenz hat sich beim Sturz das Genick gebrochen. Sonst hat er keine weiteren Verletzungen. Wir wissen also nicht, ob er sich selbst vom Balkon gestürzt hat, ausgerutscht ist oder gestoßen wurde.«

Daun verschränkte die Arme vor seinem Bauch, was ihn noch

mächtiger wirken ließ, und fragte: »Welche Variante halten Sie für die wahrscheinlichste?«

Brix schüttelte den Kopf. »Ich bin mir darüber noch nicht im klaren.« Er sah Dauns verständnislose Miene und sagte: »Einiges spricht für einen Selbstmord. Der Mann war in psychiatrischer Behandlung und auf Medikamente angewiesen, die er schon seit Tagen nicht mehr bekam – zumindest soviel wir wissen. Vielleicht hat er sich in einem erneuten Anfall vom Balkon gestürzt. Es kann aber auch ein Unfall gewesen sein. Der Balkon war naß und spiegelglatt. Ich habe das am eigenen Leib erfahren. Und Frenz war zudem betrunken. Kommen wir zur dritten Variante: Jemand hat ihn gestoßen. Auch das könnte sein. Es würde nämlich erkären, warum wir bei ihm keinen Schlüssel für die Haustür fanden, die angeblich immer verschlossen ist. Natürlich ist es kein Problem, auf das Gelände zu kommen, weil das Tor meistens offensteht. Unsere Experten sind der Ansicht, daß es auch möglich ist, ohne Schlüssel in die Wohnung zu gelangen. Zumindest für Leute, die sich mit solchen Dingen auskennen.«

»Zum Beispiel Einbrecher?«

»Genau. Aber soviel uns bekannt ist, war Frenz keiner. Er hat allerdings zu Beginn seines Berufslebens mal eine Schlosserlehre begonnen, die er abbrach. Darum läßt sich auch nicht ausschließen, daß er vielleicht doch ohne Schlüssel reingekommen wäre – obwohl ich nicht daran glaube.«

Daun schwieg einen Moment, der Brix sehr lange vorkam und ihn aus einem unerfindlichen Grund nervös machte, wenngleich er die Reaktion, die nun folgte, erwartet hatte.

»Klingt alles nachvollziehbar«, sagte der Polizeichef zustimmend. »Nur hilft es uns nicht weiter. Ein ›könnte sein‹ oder ›durchaus möglich‹ wird leider von keinem Gericht akzeptiert. Was wir brauchen, sind Beweise.«

Er deutete erneut auf die Zeitungen. »Ich könnte wetten, daß die morgen voll sein werden mit Mutmaßungen über das Ableben dieses Mannes. Ich hatte heute schon drei Anrufe von äußerst hartnäckigen Reportern. Ich bin gespannt, wie viele sich bis heute abend noch melden werden.«

Er wippte mit dem Stuhl und faltete in aller Seelenruhe die Hände. »Sie wissen ja, was die Leute von unserem Präsidium zu Recht erwarten.«

Brix hätte die nächsten Worte des Polizeipräsidenten im Schlaf aufsagen können.

»Exzellente Leistung, mein Guter. Und vor allen Dingen schnelle Arbeit.« Launs Stimme wurde wie immer ganz leise, als er auf das Präsidium zu sprechen kam. »Das soll auch in Zukunft so bleiben. Jedenfalls solange ich hier etwas zu sagen habe. Also kümmern Sie sich darum, daß von Ihren drei Varianten nur eine übrigbleibt.« Er machte eine kurze Pause. »Glauben Sie denn, daß Frenz die beiden Ärzte und diese Krankenschwester umgebracht hat?« fragte er wieder lauter.

»Nein«, antwortete Brix spontan. »Alle Ärzte, die wir in der Klinik gefragt haben, hielten ihn zwar für krank, aber harmlos.«

Der Polizeipräsident machte ein skeptisches Gesicht. »Aber was ist mit den drei Fotos, die Sie bei ihm gefunden haben? Das ist doch sehr merkwürdig.«

»Eben. Ich glaube, daß er den Mörder kannte und die Fotos von ihm hatte.«

Daun kräuselte die Stirn. »Dann war er Ihrer Ansicht nach also sein Komplize?«

»Oder sein Opfer; jemand, auf den der Verdacht gelenkt werden sollte.«

Daun betrachtete beiläufig seinen Terminkalender. »Wenn es Frenz nicht war, wer dann? Haben Sie jemand anderen im Visier?«

»Ja und nein.«

»Ich verstehe nicht.«

»Das ist auch nicht so einfach.« Brix berichtete von dem Streit zwischen Schmude und den beiden Ärzten. »Wir wissen inzwischen, worum es ging. Schmude wollte, daß die Psychiatrie in ein wesentlich größeres Gebäude kommt. Ihm schwante das alte US-Hospital von Münchweiler vor – die Kaserne in der wir Frenz fanden. Reichling und Metzger hatten aber andere Vorstellungen. Sie hatten sich gemeinsam vor einiger Zeit ein Grundstück neben dem Pirmasenser Krankenhaus gekauft und machten sich für einen Anbau stark, der ihnen viel Geld eingebracht hätte. Sie hatten natürlich nicht so viel Einfluß, um das durchzusetzen. Sie haben aber zumindest erreicht, daß Schmudes Pläne vorerst auf Eis liegen. Natürlich reicht das nicht als Motiv. Wir prüfen deshalb, ob Schmude persönliche Vorteile von einem Umzug hätte. Bisher sind wir allerdings noch nicht fündig geworden. Wir wissen nur, daß er sich mit seinem Hausbau übernommen hat.«

»Und was ist mit der Krankenschwester? Warum sollte er die umgebracht haben?«

»Auch das ist noch unklar. Diese Frau Preiser war aufgrund ihrer langjährigen Tätigkeit für das Pirmasenser Krankenhaus in vieles eingeweiht, und sie galt nicht gerade als sehr verschwiegen. Sie muß etwas gewußt haben, das für den Mörder sehr gefährlich war.«

Brix kratzte sich versonnen am Kinn, während er weitersprach. »Schmude behauptet allerdings, daß er sich trotz der Meinungsverschiedenheit mit seinen beiden Mitarbeitern gut verstanden hat.«

»Haben Sie das überprüft?«

»Ja.«

»Und?«

»Es gab wohl sonst keine größeren Differenzen.«

Daun sah nicht sehr zufrieden aus. »Sie sollten diesem Schmude noch einmal auf den Zahn fühlen«, brummte er. »Irgendwo muß es da einen Zusammenhang geben. Kurz nachdem die Krankenschwester ihren Chef des Mordes verdächtigt hat, wird sie umgebracht. Das ist doch oberfaul.«

Brix wollte etwas erwidern, schwieg jedoch, weil Daun nach einer Zeitung griff.

»Also«, sagte der Polizeichef. »Dann brauche ich Ihnen ja nicht weiter zu erklären, was Sie tun müssen. Nehmen Sie Schmude noch mal genau unter die Lupe! Ich bin sicher, daß dabei etwas herauskommen wird. Ich wünsche Ihnen viel Erfolg.«

Das Gespräch war beendet.

Brix stand auf und ging. An der Tür drehte er sich noch einmal um und betrachtete seinen zeitungslesenden Vorgesetzten. Wenigstens hatte der heute nicht nur Phrasen gedroschen.

Das war schon ungewöhnlich.

SIEBEN

Carola Linn hatte ihre warme Daunenjacke bis zum obersten Knopf geschlossen. Trotz der Kälte zog sie ihre Handschuhe aus, weil das dicke Leder sie beim Fotografieren behinderte.

Sie hatte ihren Wagen neben dem Zaun der Kaserne geparkt und stand mit dem Apparat in der Hand auf einer Bodenerhebung am Rand der Straße. Vor ihr reihten sich die flachen weißen Gebäude aneinander. Sie sahen aus, als seien sie gerade frisch gestrichen worden. Carola hatte ihr größtes Objektiv auf die Kamera montiert und machte ein Foto nach dem anderen, bis sie alle Gebäude durchhatte.

Danach hängte sie sich den Fotoapparat um und lief zum Auto. Sie wechselte den Film und fuhr zur anderen Seite des alten Militärlagers. Unterwegs begegnete sie einem Streifenwagen, in dem zwei uniformierte Beamte saßen, die sie musterten. Wie immer, wenn sie Polizisten sah, hatte sie das Gefühl, irgendein Gesetz übertreten zu haben. Aber das Polizeiauto fuhr weiter und verschwand in einer Seitenstraße des angrenzenden Wohnviertels von Münchweiler.

Carola wartete, bis sie den Streifenwagen nicht mehr sehen konnte, stieg aus und verknipste, während sie am Zaun entlanglief und ab und zu stehenblieb, einen weiteren Film. Als sie wieder im Auto saß, beschloß sie, noch eine Runde um das eingezäunte Gelände zu drehen.

Sie fuhr sehr langsam. Ihr Kopf war dem Zaun zugewandt, weil sie hoffte, noch weitere geeignete Motive zu entdecken, was jedoch nicht der Fall war.

Deshalb konnte sie den Wagen nicht sehen, der in einiger Entfernung am Straßenrand stand. Der Mann hinter dem Steuer hatte ein Fernglas vor den Augen und beobachtete sie.

Als sie ihre Runde beendet hatte und das weitläufige Gelände hinter sich ließ, blieb er in ihrem Windschatten und verfolgte sie bis zu ihrem Wohnhaus in Rodalben, ohne daß sie es merkte.

Carola wartete mit laufendem Motor vor dem elektrischen Hoftor der Villa, das sich langsam öffnete. Sie fuhr nach einem Blitzstart in die Hofeinfahrt und bremste scharf. Sie stieg aus dem Wagen, packte ihren Fotoapparat und ihre Tasche und klingelte Sturm, bis die Haushälterin an der Tür erschien.

»Hallo, Gunhild«, grüßte sie und lief an der Frau mit der weißen Schürze vorbei, die ihr verständnislos nachsah.

Carola lief in ihr Zimmer, setzte sich vor ihren Computer und rief drei E-Mails ab, die alle von Roger Dupont stammten. In der letzten teilte er ihr mit, daß er früher als geplant zum Manöver nach Südfrankreich aufbrechen mußte und sich erst nächste Woche wieder bei ihr melden werde.

Sie las die Nachrichten noch zweimal, bevor sie den Computer wieder ausschaltete. Sie sah zum Nachtschrank neben ihrem Bett, wo die Haushälterin die an sie gerichtete Post deponiert hatte. Sie überflog die Absender. Das meiste war nur Werbung. Ein Brief erweckte jedoch ihre Aufmerksamkeit. Er war vom Gesundheitsministerium. Sie öffnete ihn und las das Schreiben, auf das sie gewartet hatte. Sie ging zum Schreibtisch und zog aus einer Schublade das Zeitungsbündel heraus, das Gerck ihr besorgt hatte.

Sie blätterte so lange, bis sie den richtigen Artikel gefunden hatte. Mit einem Textmarker unterstrich sie mehrere Zeilen und las noch einmal den Brief des Ministeriums. Zufrieden stand sie danach auf und ging ins Wohnzimmer, wo ihre Mutter wie üblich auf dem Sofa lag und las.

Margarete Linn hatte sie offenbar nicht kommen hören. Carola blieb neben der Tür stehen. Sie wunderte sich, wie ihre Mutter es schaffte, einen Großteil jedes Tages mit Nichtstun zu verbringen. Sie wollte schon wieder rausgehen, doch die Stimme ihrer Mutter hielt sie zurück.

»Du mußt nicht denken, daß ich Dich nicht bemerkt habe.« Margarete Linn drehte sich zur Seite und schielte über den Rand des Buches. »Du machst seit kurzem so einen beschäftigten Eindruck.«

»Ich arbeite an meiner Soziologie-Hausarbeit und außerdem an der Zeitungsserie, das weißt du doch«, erwiderte Carola. »Das braucht eben Zeit. Ich komme übrigens gerade aus Münchweiler. Ich habe das alte US-Hospital fotografiert. Sieht ziemlich trostlos aus. Ich glaube, auf den Bildern kommt das ganz gut raus.«

»Hast du dort nichts bemerkt?« fragte ihre Mutter.

»Nein, warum?«

»Sie haben in Münchweiler heute eine Leiche gefunden. Es soll sich um diesen Mann handeln, der aus der Klinik in Pirmasens verschwunden ist. Kam vorhin in den Nachrichten.«

»Deshalb auch der Streifenwagen«, sagte Carola. »War wahrscheinlich schon alles vorbei, als ich da war. Was haben sie sonst noch gemeldet?«

»Nicht viel. Nur, daß es offenbar ein Selbstmord war. Ich werde mir nachher die Landesschau ansehen. Vielleicht bringen die etwas darüber.« Frau Linn schlug eine Seite ihres Buches um und murmelte, »ob er wirklich diese Morde begangen hat, wie in den Zeitungen steht? Das wäre ja eine fürchterliche Geschichte.«

Carola betrachtete den P.D. James-Band in der Hand ihrer Mutter und lächelte. Offenbar hatte der Krimi mal wieder ihre Phantasie angeregt.

»Kommst du mit deiner Serie gut voran?« fragte Margarete Linn, nachdem sie genug über den Selbstmord nachgedacht zu haben schien.

»Ich bin zufrieden. Ich habe heute eine wichtige Information aus Mainz erhalten. Genauer gesagt handelt es sich eigentlich um eine Bestätigung.« Carola setzte sich auf eine Sessellehne. »Für die alte Kaserne gibt es offenbar konkrete Nutzungspläne. Es wird daran gedacht, dort eine psychiatrische Klinik einzurichten.«

»Wirklich?«

»Spruchreif ist das Ganze natürlich noch nicht«, fuhr Carola fort. »Aber das Gesundheitsministerium ist anscheinend dabei, einen entsprechenden Vorschlag wohlwollend zu prüfen. Nachdem dieses riesige Hospital schon so lange leersteht, soll jetzt endlich was damit geschehen. Der Vorschlag kommt übrigens aus der Pirmasenser Psychiatrie. Die müssen dort ziemliche Platzprobleme haben. Ich bin neugierig, was die in der Redaktion dazu sagen. Soviel ich weiß, ist darüber noch nichts bekannt.«

Margarete Linn schob ihre Brille näher an die Augen: »Da bin ich ja mal gespannt.«

Brix warf den Hörer auf die Gabel. »In diesem Rathaus ist auch wirklich immer besetzt«, schimpfte er. »Was die wohl die ganze Zeit zu telefonieren haben?« Er wartete einen Augenblick und betrachtete flüchtig den kleinen Wandkalender. »Kurzbesuch aus Norddeutschland« stand zweimal unterstrichen unter dem heutigen Datum. Heute würde er auf keinen Fall Überstunden machen.

Brix nahm den Hörer wieder in die Hand und versuchte, Frey zu erreichen, der nicht in seinem Büro war. Schließlich wählte er eine dritte Nummer. Es wurde abgenommen.

»Hier ist Brix. Sagen Sie Rupert, sind die Beamten aus Münchweiler schon zurück? Ja, ich warte.« Es dauerte einige Sekunden, bis Rupert wieder am Telefon war.

»Und?« fragte Brix. »Nichts? Das habe ich mir doch gedacht. Niemand hat Frenz in den letzten Tagen in Münchweiler gesehen. Und auch die beiden Whiskyflaschen wurden in keinem Geschäft dort gekauft, weil niemand die Sorten führt. Danke, Rupert.« Er legte auf und wählte gleich wieder. Diesmal war nicht besetzt.

»Sekretariat Bürgermeisteramt Münchweiler«, meldete sich eine monotone Frauenstimme.

»Polizeipräsidium Westpfalz, Kriminalkommissar Brix. Ich möchte Bürgermeister Hüter sprechen. Ja, danke.«

Es dauerte eine Weile, bis der Bürgermeister am Apparat war.

»Hier ist die Kriminalpolizei, Brix. Herr Hüter, ich wollte mich noch mal nach den Wohnungsschlüsseln erkundigen. Sind sie mittlerweile aufgetaucht? In Ordnung, ich warte.«

Brix hörte, wie der Bürgermeister aufstand und in einen Nebenraum ging.

»Frau Wylliett!« rief Hüter. »Wo sind die Schlüssel, um die ich Sie gebeten hatte? Die hängen doch normalerweise immer hier im Kasten!«

Es folgte ein klopfendes Geräusch. Brix schwang seine Füße auf den Schreibtisch, was er normalerweise nie tat, zumindest nicht, wenn Edrich in der Nähe war. Anscheinend gibt es selbst in dem gut geführten Rathaus Unordnung, dachte er. Obwohl er sie nicht kannte, begann ihm die Sekretärin leid zu tun, denn von weitem hörte er den Bürgermeister brüllen.

»Das gibt es doch nicht! Die müssen doch irgendwo sein! Sehen Sie noch mal in Ihrer Schublade nach!« Die Stimme des Bürgermeisters wurde durchdringender. »Haben Sie sie gefunden?«

Es folgte ein unverständliches Gemurmel. Dem Klang war jedoch zu entnehmen, daß dem Bemühen der Sekretärin kein Erfolg beschieden war. Die Sucherei ging weiter. Es klapperten mehrere Schubladen, die aufgerissen und mit Schwung wieder zugeschoben wurden.

Brix begann, zaghaft mit dem Finger auf den Tisch zu klopfen. Die Beschäftigung nahm ihn so gefangen, daß er nicht merkte, wie der Geräuschpegel im Hintergrund rapide sank. Hüters Worte schreckten ihn auf.

»Sind Sie noch da?« fragte der Bürgermeister.

»Ja«, antwortete Brix. Er nahm seine Füße vom Tisch. »Haben Sie die Schlüssel?«

Es klimperte. »Hier sind sie. Meine Sekretärin hatte sie offenbar verlegt. Soweit ich das beurteilen kann, fehlt keiner. Das hätte ich mir auch nicht anders vorstellen können. Bei uns verschwindet nie etwas.«

»Das glaube ich Ihnen gern«, erwiderte Brix wenig überzeugt. »Wann haben Sie die Schlüssel zuletzt in der Hand gehabt?«

»Hm. Das muß vor zwei Wochen vor der Gemeinderatssitzung gewesen sein. Ich hatte mir überlegt, ob ich sie in die Sitzung mitnehmen soll, um den Freien Wählern klarzumachen, wie viele Gebäude es in dem Lager gibt und wie schwierig es ist, dafür einen Käufer zu finden. Aber ich habe es dann doch gelassen. Die hätten den Wink sowieso nicht verstanden.«

»Zu teuer?«

Hüter seufzte: »Eher zu groß. Viel zu groß, um genau zu sein. Dieses Lager hat mich schon unzählige schlaflose Nächte gekostet. Keiner kann damit richtig was anfangen. Über hundert Anfragen hatten wir schon. Alles Schwätzer: Windparks, Seniorenheime, Hotelanlagen, Krankenhäuser, Kulturtempel, Kinoparadiese, Schwimmbäder. Alles mögliche wollten die hier schon auf die Beine stellen. Nichts ist bisher dabei rausgekommen.« Der Bürgermeister hatte sich in Rage geredet. »Wenn ich nur daran denke, daß unsere Gemeinde die alte Kaserne dem Bund abgekauft hat, um sie selbst zu vermarkten. So eine Schwachsinnsidee! Aber auf mich wollte ja keiner hören. Und jetzt können wir zusehen, wie wir sie wieder losbekommen.«

Brix fürchtete, daß der Bürgermeister noch weiter ausholen würde. Er unterbrach ihn, indem er sagte: »Gut, Herr Hüter. Ich komme dann wie besprochen morgen vorbei. Wenn Sie so freundlich wären, die Akten raussuchen zu lassen? Ja, alle. Vielen Dank.«

Er beeilte sich mit dem Verabschieden und legte auf. Anschließend streckte er sich und stand auf. Er rieb sich den Hals. Er hatte das Gefühl, daß eine Erkältung im Anflug war. Ausgerechnet heute, wo er Besuch erwartete, dachte er. Er würde mit Sicherheit erst spät ins Bett kommen.

Er bereitete die Unterlagen für die Pressekonferenz zum Tod von Frenz vor. Die Pressekonferenz dauerte genau eine halbe Stunde. Danach fühlte er sich noch unwohler.

Er holte seinen Besuch wie verabredet vom Kaiserslauterer Bahnhof ab. Es waren zwei Freunde aus seiner alten Heimatstadt Alfeld, die beide auf Geschäftsreise waren und seit langem versprochen hatten, ihn bei passender Gelegenheit in der Pfalz zu besuchen. Sie hatten sich schon mindestens ein Jahr nicht mehr gesehen.

Brix empfand es als Wohltat, daß die beiden nur Hochdeutsch sprachen. Sie machten einen Abstecher zum Gelände der Landesgartenschau und fuhren anschließend in die Vorderpfalz, wo sie in einer gemütlichen Weinstube Flammkuchen aßen und über ihre gemeinsamen Zeiten in Norddeutschland plauderten.

Auf dem Rückweg fuhren sie über Pirmasens. Eine Stunde später saßen sie gemeinsam in der Sauna des Fitneßcenters. Brix spürte nichts mehr von einer drohenden Erkältung.

Neben ihnen schwitzten zwei Männer aus Hauenstein, die sich eifrig unterhielten. Brix verstand fast kein Wort. Seine Besucher erst recht nicht.

Die Hauensteiner fragten sie, ob sie zum ersten Mal in der Pfalz seien.

Brix schwieg und überließ es den beiden anderen zu antworten.

ACHT

Durch die verschmierte Fensterscheibe quälte sich ein winterlicher Sonnenstrahl. In seinem grellen Schein spiegelten sich zahllose Streifen. Mehrere Fingerabdrücke deuteten daraufhin, daß jemand die Scheibe erst kürzlich berührt haben mußte.

»Daß hier nie richtig saubergemacht wird. Ich frage mich immer wieder, wofür dieser Putzdienst bezahlt wird?« Bion schüttelte den Kopf und suchte unter dem Schreibtisch mit den Zehenspitzen nach seinen Schuhen. Dabei rieb er unaufhörlich die Socken aneinander, was ein kratzendes Geräusch machte. Mehrmals schielte er zu seiner vollen Teetasse. »Möchtest du auch einen?« fragte er.

»Nein. Vielen Dank«, erwiderte Carola. Sie saß ihm gegenüber auf einem wackeligen Stuhl und wartete seit einer Viertelstunde auf Gerck, der eine Besprechung mit Westrich hatte.

Als Gerck endlich an der Tür erschien, sah er sie überrascht an.

»Hallo, Carola. Mit dir hatte ich heute gar nicht gerechnet.« Er ging um sie herum zu seinem Schreibtisch und setzte sich auf seinen Stuhl.

Carola sah viel zufriedener aus, als bei ihrem letzten Besuch in seiner Wohnung, wie er fand. Er zwang sich, nicht darüber nachzudenken, welchen Grund das haben konnte, sondern fragte: »Was kann ich für dich tun?«

Carola griff nach ihrer riesigen Umhängetasche, die auf dem Boden lag, und holte einen Schnellhefter heraus. Nach einem kurzen Blick zu Bion, der wieder mit seinem Text beschäftigt war, sagte sie:

»Es geht um die Serie. Ich hatte bereits erzählt, daß ich mit Münchweiler beginnen möchte. Du hast mir liebenswerterweise einige Artikel zukommen lassen.«

»Und jetzt brauchst du noch mehr Unterlagen?« unterbrach sie Gerck. Er wollte schon wieder aufstehen. Doch Carola winkte ab.

»Nein, warte bitte.«

Sie beugte sich vor, so daß er ihr feines Parfum riechen konnte, was er als sehr angenehm empfand. Seine aufgestützten Arme verkrampften sich. Er dachte erneut an Carolas letzten Besuch und an die Flasche Wein, die er anschließend voller Selbstmitleid getrunken hatte, obwohl sie ihm nicht einmal geschmeckt hatte. Wie war noch mal der Name von Carolas neuer Bekanntschaft? Er fiel ihm nicht mehr ein.

Sie klappte den Schnellhefter auf, deutete auf das erste Blatt und sagte: »Ich bin bei meinen Recherchen über eine nette Geschichte gestolpert.«

»So?« Gercks Arme entspannten sich.

Carola streckte ihre wohlgeformten Beine aus und machte ein geheimnisvolles Gesicht. »Wußtest du, daß die Pirmasenser Nervenklinik aus allen Nähten platzt?«

»Ist mir nicht bekannt.«

»Dann wirst du auch nicht wissen, daß man sich dort nach einer neuen Bleibe umsieht?«

»Ein Umzug? Wohin?« Er musterte Carola. »Du meinst nach Münchweiler?« Er schüttelte den Kopf. »Das glaube ich nicht!«

Ein klatschendes Geräusch ließ beide hochfahren.

»Verdammt, hat jemand ein paar Papiertaschentücher?« brüllte es aus der Ecke. »Dieser verfluchte Telefonarm ist gegen die Kanne geknallt!«

Gerck sah zum Nachbartisch, auf dem Bions Thermoskanne zur Seite rollte und eine dampfende Flüssigkeit hinter sich herzog. Bion war aufgesprungen und sah hilfesuchend zu ihnen herüber.

Während Carola vergeblich in ihrer Tasche kramte, griff Gerck in sein Jackett und holte eine angebrochene Packung Taschentücher hervor, die er Bion zuwarf.

Bion breitete in Windeseile mehrere Papiertücher vor sich aus, die sich augenblicklich dunkelbraun färbten.

»Ich brauche noch mehr, oder einen Lappen«, rief er und rannte in seinen dicken Stricksocken aus dem Zimmer, wobei er fast über die Schuhe stolperte, die neben dem Tisch standen.

Mit eiligen Schritten kam er zurück und hielt ein zerrissenes, graues Scheuertuch in der Hand, mit dem er hastig über den Tisch wischte.

»Mensch, da habe ich aber noch Glück gehabt«, zischte er, als alles wieder trocken war. »Stellt euch bloß vor, das Zeug wäre über die Tastatur gelaufen.« Er nahm wieder Platz.

»Entschuldige«, sagte Gerck zu Carola, als sie sich ebenfalls wieder setzten. »Wo waren wir stehengeblieben? Ach ja, bei dem Hospital. Wie kommst du darauf, daß dort eine psychiatrische Klinik reinkommen soll? Ich weiß, daß vor Jahren darüber diskutiert wurde. Aber das war lange, bevor die Abteilung ins Pirmasenser Krankenhaus kam.«

Carola nickte. »Es wurde damals als zu teuer angesehen. Aber jetzt stellt sich wohl die Frage: Anbau neben dem Krankenhaus oder Umzug.« Sie zog den Brief des Gesundheitsministeriums aus der Tasche. »Den habe ich gestern bekommen. Darin steht, daß die Landesregierung überlegt, ein größeres Konversionsprojekt in der Pfalz zu fördern, und daß Münchweiler ein heißer Favorit ist.«

»Laß mal sehen.« Gerck nahm den Brief und las ihn. »Das wäre ein Hammer«, sagte er. »Die brauchen wohl ein neues Vorzeigeobjekt? Dann wären natürlich die Kosten nicht mehr ausschlaggebend. Allerdings«, er schüttelte den Kopf und gab ihr den Brief zurück, »so können wird das nicht bringen. Wir brauchen mehr Informationen. Es ist nichts darüber ausgesagt, wie weit die Pläne bereits gediehen sind.«

Carola lächelte. »Deshalb bin ich hier. Ich will mich heute dahinterklemmen. Kann ich von euch aus telefonieren? Es wird mir doch etwas zu teuer, wenn ich das alles von zu Hause erledigen muß. Das dauert bestimmt länger.«

»Selbstverständlich. Du kannst in Heinrichs Büro gehen. Das ist verwaist. Du weißt doch, wo es ist?«

Ein Fluch Bions ließ ihn erneut herumfahren. »Mein Becher näßt. In diesem Laden ist alles marode. Wirklich alles.« Bion sprang zum zweiten Mal auf und rannte zur Tür. Sie hörten, wie er im Nebenraum an der Toilettenrolle riß und sahen ihn mit einem Papierfetzen in der Hand zurückkommen, mit dessen Hilfe er den Fleck beseitigte. »Zum Glück war nicht besetzt«, brummte er.

»Also, ich geh rüber«, sagte Carola. Sie schnappte sich beim Rausgehen den Schnellhefter und ihre Tasche, drehte sich an der Tür noch einmal um und sagte: »Ich werde mich beeilen.«

Gerck hörte ihre Schritte über den Gang eilen und dachte an Westrich, mit dem er vorhin einen Disput über Schlagzeilen gehabt hatte. Sollte Carolas Geschichte tatsächlich stimmen, hatte er schon eine hübsche Überschrift parat: »Landesregierung plant Nervenanstalt in alter Militärklinik«. Das würde sicher ganz Westrichs Geschmack treffen.

Bion mußte mehrmals mit den Fingern schnippen, um auf sich aufmerksam zu machen.

»Bist du geistig noch da?« kam es aus der Ecke. »Die hat es ja verdammt eilig gehabt. Scheint sehr wichtig zu sein. Kam mir noch eifriger vor als sonst.« Bion füllte den Tee in einen anderen Becher um und nippte daran.

Gerck verschränkte die Arme hinter dem Kopf und lehnte sich zurück. »Hast du mitgekriegt, um was es geht?«

»Nur zum Teil. Ich habe nicht genau zugehört. Es ging um irgendeinen Umzug?«

»Richtig.« Er erzählte von Carolas Recherchen. »Sie ist wirklich gut. Ich weiß nicht mal, von wem sie diesen Tip bekommen hat. Ist aber auch egal. Wäre auf jeden Fall eine tolle Geschichte. Kannst du dir das übrigens vorstellen? Du bist doch unser Gesundheitsspezialist.«

Bion überlegte eine Weile und schüttelte dann langsam den Kopf. »Davon habe ich noch nichts gehört. Das kommt mir auch sehr unwahrscheinlich vor.« Sein Kopfschütteln wurde heftiger. »Nein, das riecht stark nach einer Ente.«

»Wir werden sehen. Vorher muß ich mich sowieso erst um etwas anderes kümmern. Westrich will unbedingt für morgen einen Artikel auf der ersten Seite haben, wie er mir hiermit zu verstehen gegeben hat.« Gerck zog einen zusammengeknüllten Zettel aus der Brusttasche seines Hemdes und las ihn vor:

»Schreib bitte für morgen einen Dreispalter für die Titelseite. Thema: Das Ende einer Mordserie. Gruß M.W.« Gerck kratzte sich nachdenklich am Kinn. »Sogar schriftlich, damit ich es nicht vergesse. Ziemlich deutlich, findest du nicht?«

»Ziemlich. Kannst du denn seinen Wunsch erfüllen?«

Gerck zuckte mit den Schultern. Seine Stirn legte sich in dünne

Falten: »Ich verstehe ihn nicht. Die Polizei hat den Fall noch nicht abgeschlossen. Solange niemand weiß, wie alles genau passiert ist, sollten wir uns besser hüten, groß über das Ende zu berichten. Mir ist nach der Pressekonferenz heute morgen auch schleierhaft, wie die im Radio schon von Selbstmord sprechen können. Das ist überhaupt nicht sicher.«

Der Zettel landete im Papierkorb.

Bion trank seinen Becher aus. »Du glaubst also nicht, daß es Frenz war?«

»Ich habe keine Ahnung.« Gerck schüttelte verständnislos den Kopf. »Schreib alles, was du weißt! Und das so schnell wie möglich – Westrich macht es sich wirklich verdammt einfach. Er tut gerade so, als handelt es sich um ein Rezept für ein neues Kochbuch, das man eben mal so runterleiern kann. Irgendwie spinnt der manchmal.«

Bion erwiderte nichts, nickte aber zustimmend, woraufhin Gerck etwas abfällig bemerkte: »Aber ich werde ihm einen Aufmacher liefern, wenn auch mit anderem Tenor. Den kann er sich dann übers Bett hängen.«

Carola kaute nervös am Ende des Kugelschreibers. Sie versuchte seit knapp einer Stunde die Pressesprecherin des Ministeriums zu erreichen und wurde immer wieder vertröstet. »Aber sicher, Frau Linn. Frau Kullmann-Schwab ruft Sie auf jeden Fall zurück, sobald sie wieder an ihrem Platz ist.«

Carola legte auf und wartete eine weitere halbe Stunde, in der sie Agenturmeldungen las. Doch der Rückruf kam nicht.

Sie mußte diese Geschichte irgendwie wasserdicht machen. Carola überlegte, wen sie sonst anrufen konnte. Vielleicht jemanden aus dem Krankenhaus? Sie blätterte in ihrem Notizbuch, stellte jedoch fest, daß sie die Nummer nicht hatte.

Sie rief bei der Auskunft an und ließ sich gleich mit der Zentrale verbinden, die erstaunlicherweise nicht besetzt war. Sie legte wieder auf, wählte erneut die Nummer der Auskunft und versuchte es anschließend im Rathaus von Münchweiler. Dort nahm ebenfalls niemand ab. Genervt legte Carole den Hörer auf.

Gerck sah herein und teilte ihr mit, daß er noch etwas zu erledigen habe und gehen müsse. Wenn sie ihre Geschichte heute nicht mehr »rundkriege«, sei das nicht schlimm.

Carola seufzte und wünschte ihm einen schönen Abend. Sie wartete eine weitere Viertelstunde vergeblich.

Bion klopfte an die Tür und verabschiedete sich. »Außer dir ist niemand mehr in der Redaktion«, sagte er. »Könntest du nachher Heinrichs Computer runterfahren und den Kopierer ausschalten?« Er grinste. »Mach nicht mehr so lange. Morgen ist auch noch ein Tag.«

Bion ging.

Irgendwann klingelte das Telefon. »Frau Linn? Tut mir leid, daß sie so lange warten mußten«, entschuldigte sich eine Männerstimme. »Aber Frau Kullmann-Schwab ist beim Minister und weiß nicht, wann die Besprechung zu Ende ist. Ich soll Sie bitten, es doch morgen früh noch einmal zu versuchen. Dann ist sie bestimmt im Büro.«

Es fiel Carola schwer, höflich zu bleiben. Sie rief wieder im Krankenhaus an. Die Frau in der Zentrale versuchte vergeblich, sie zu verbinden. »Es ist leider überall besetzt. Möchten Sie warten oder es lieber später noch einmal probieren?«

Carola entschied sich für letzteres und beschloß, nach fünf Minuten einen letzten Versuch zu starten.

Während sie weiter wahllos Agenturmeldungen las, meinte sie draußen auf dem Gang ein Geräusch zu hören. Sie erschrak. Es klang, als klopfte jemand gegen die Wand.

Sie lauschte aufmerksam, als sich das Geräuch wiederholte. Diesmal hörte es sich an, als schlüge jemand mit einem Hammer gegen die Wand. Erst leise, dann immer lauter. Das Klopfen kam näher, und Carola wurde unruhig. Wer mochte das sein?

Sie stand auf, öffnete die Tür und spähte auf den Flur hinaus, wo in einiger Entfernung die Putzfrau gerade mit einem Schrubber die Zierleiste neben Westrichs verschlossener Bürotür bearbeitete, ohne Carola zu bemerken, die kommentarlos wieder im Zimmer verschwand.

Natürlich, die Putzfrau, dachte Carola erleichtert, als sie sich wieder setzte. Sie verzog das Gesicht, als der Geräuschpegel lauter wurde. Die Putzfrau hatte den Staubsauger angeworfen, der einen Höllenlärm verursachte.

Sie wollte ein zweites Mal aufstehen und protestieren, blieb aber sitzen, schließlich stand ihr das nicht zu. Es war sowieso ein Privileg, daß sie allein in der Redaktion bleiben durfte. Sie konnte schlecht der Frau da draußen verbieten, ihrer Arbeit nachzugehen. Sie wartete eine Weile in der vergeblichen Hoffnung, daß der Krach bald aufhören würde. Doch die Putzfrau schien ausgerechnet heute ihren Generalreinigungstag eingelegt zu haben.

Mit einem Seufzer wählte Carola erneut die Nummer vom Rathaus. Es meldete sich eine Frauenstimme, die ihr sagte, daß der Bürgermeister nicht da sei. Das Gespräch dauerte fünf Minuten. Am Ende bot die Sekretärin Carola an, morgen ins Rathaus zu kommen. Carola bedankte sich und versuchte es anschließend noch einmal vergeblich in der Klinik.

Am besten sie fuhr jetzt direkt dorthin. Vielleicht würde sie noch einen Arzt erwischen. Carola beendete das Programm, warf sich ihren Anorak entschlossen über die Schulter und hatte es plötzlich eilig, aus dem Büro zu kommen.

Auf dem Gang rannte sie beinahe gegen die erschrockene Putzfrau, die hastig zur Seite sprang.

Seine Hände umklammerten das Lenkrad. Die Handflächen waren feucht. Er war froh, daß er seine Handschuhe anhatte. Seine Finger schlugen ungeduldig gegen den Kunststoff. Er wartete schon über zwanzig Minuten. Sie mußte doch irgendwann kommen. Er griff in seine Manteltasche, zog ein Eukalyptusbonbon heraus und steckte es in den Mund. Das Lutschen verstärkte seine Nervosität. Er sah im Rückspiegel den Alfa Romeo, der an der anderen Straßenseite stand.

Sie mußte diese Straße überqueren, um an ihren Wagen zu kommen, und sie würde den Fußgängerüberweg nehmen. Er sah aus dem Fenster die Neonreklame des Elektrogeschäfts, das bereits geschlossen hatte. Er drehte sich zur anderen Seite und blickte auf die gegenüberliegende Häuserwand. Die Stelle war geradezu ideal. Die Straße war kaum beleuchtet, und während der letzten fünfzehn Minuten war kein Mensch vorbeigelaufen.

Allerdings durfte er nicht zu früh losfahren, damit das Motorengeräusch sie nicht warnen konnte. Er überlegte, ob es sinnvoll war, den Motor vielleicht trotzdem schon laufen zu lassen. Was war, wenn es Startprobleme gab? So ein Quatsch, dachte er.

Natürlich würde es die nicht geben.

Das Bellen eines Hundes, schreckte ihn auf. Er sah im Rückspiegel einen älteren Mann, der einen Dackel an der Leine führte. Der Hund zog den Mann bis zu einem Baum, wo der Dackel sein Geschäft verrichtete. Der Hundebesitzer zündete sich eine Zigarette an und schien keine Eile zu haben.

»Komm mach«, zischte er. »Nimm deinen Köter und verschwinde!« Doch der Mann rauchte in aller Seelenruhe weiter, obwohl der Dackel kräftig an der Leine zog. Es kam ihm unendlich lange vor, bis die beiden weitergingen. Sie blieben kurz an dem Schaufenster des Elektrogeschäfts stehen und bogen schließlich in die nächste Seitenstraße ein.

Seine Finger begannen, schneller gegen das Lenkrad zu schlagen. Wo blieb sie? Er hatte keine Lust, hier ewig zu stehen. Er lutschte ein weiteres Bonbon. Hoffentlich war nicht etwas dazwischengekommen! Ob er aussteigen und nachsehen sollte, ob im Haus noch Licht brannte? Aber dann war es vielleicht zu spät, um zum Auto zurückzulaufen.

Das unentwegte Starren auf den Fußgängerüberweg strengte die Augen an. Er wagte jedoch nicht mehr, woanders hinzugucken. Sie mußte jeden Moment dort auftauchen.

Er mußte sie schnell aus dem Weg räumen. Es war schon zuviel schiefgelaufen. Er durfte kein Risiko mehr eingehen. Er dachte daran, wie er sie gestern beim Fotografieren beobachtet hatte. Er wußte, daß sie bereits versucht hatte, Erkundigungen in der Klinik einzuholen. Es schien sie brennend zu interessieren, was aus der Kaserne wurde. Irgendwann würde sie bei ihren Recherchen auch auf seinen Namen stoßen. Die Typen von der Kripo brauchten dann nur noch zwei und zwei zusammenzuzählen.

Aber das würde er verhindern.

Er begann, nervös auf seinen Lippen herumzukauen. Er biß kleine Hautfetzen ab und schluckte sie herunter. Dann sah er an der Ecke eine Frauengestalt. Seine Hände verkrampften sich, als er ihren hellen Anorak erkannte. Sie hatte es offenbar eilig.

Er startete den Motor.

Carola ging die beleuchtete Bahnhofstraße entlang, die um diese Zeit gähnend leer war.

Vergeblich hielt sie nach ihrem roten Alfa Romeo Ausschau, den sie auf der anderen Straßenseite wähnte, bis ihr einfiel, daß sie vorhin eine Querstraße weitergefahren war, weil sie keinen Parkplatz gefunden hatte. Während sie weiter durch die Dunkelheit lief, wühlten ihre Finger in der Tasche, bis sie auf das weiche Leder stießen, durch das sich deutlich der gezackte Bart des Autoschlüssels abzeichnete.

An der Ampel wartete sie ungeduldig auf das Umspringen des Lichtes.

Sie spürte einen kühlen Luftzug an ihrem Hals und zog die Kapuze ihres Anoraks enger. »Zum Teufel mit der Ampel!« Sie spurtete los.

Sie hörte, wie hinter ihr jemand »Hey, Sie!« schrie.

Sie drehte sich mitten auf der Straße um und sah einen Mann wild gestikulieren.

»Vorsicht!« rief er.

Irritiert vernahm sie ein Motorengeräusch. Sie riß entsetzt die Augen auf. Das Auto hatte keine Scheinwerfer an und schoß auf sie zu. Wie erstarrt blieb sie stehen. Im letzten Moment versuchte sie, zur Seite zu springen, doch es war zu spät.

Der Wagen erwischte sie mit seinem linken Kotflügel, und sie flog durch die Luft. Sie spürte noch, wie sie hart auf den Boden aufschlug.

Aus der Ferne drangen Schritte und eine Stimme an ihr Ohr.

»Um Himmels Willen! Ein Verrückter! Ohne Licht und in diesem Tempo! Er haut ab! Ruf doch jemand einen Krankenwagen!«

Dann hörte sie nichts mehr.

Der Anruf erreichte Gerck am nächsten Morgen, noch bevor er in die zweite Brötchenhälfte beißen konnte, die er dick mit Frau Friedrichs köstlicher Rhabarbermarmelade bestrichen hatte.

Westrich berichtete in knappen Worten, daß Carola Linn nach einem Unfall mit Fahrerflucht im Kaiserslauterer Westpfalzklinikum liege. Ihre Mutter hatte in der Redaktion angerufen.

Gerck ließ das Brötchen liegen und rief sofort ein Taxi, das ihn zum Bahnhof brachte. Während der Zugfahrt überlegte er, wie lange

Freddy wohl noch brauchen würde, bis sein Wagen endlich fertig war. Wie hatte Freddy gestern am Telefon gesagt? »Vielleicht schaffe ich es heute noch, vielleicht aber auch erst morgen. Ich melde mich.«

Als Gerck in Kaiserslautern ankam, ließ er sich von einem weiteren Taxi zum Krankenhaus bringen.

In der Unfallambulanz erfuhr er, daß Carola nur Prellungen und einige Schürfwunden erlitten hatte. Der diensthabende Arzt wollte Gerck zuerst nicht in ihr Zimmer lassen, weil er kein unmittelbarer Verwandter sei und Carola zudem Ruhe bräuchte, nachdem ihre Eltern sie schon ganz früh am Morgen besucht hätten. Nach einiger Überredung durfte Gerck dann aber doch zu ihr.

Carolas Kopf war an mehreren Stellen verpflastert. Sie sah Gerck müde an, als er sich auf den Stuhl neben ihr Bett setzte. Er stellte eine Flasche schwarzen Johannisbeersaft auf den Beistelltisch, den er in der Bahnhofsapotheke gekauft hatte. Er hatte nicht gewußt, was er ihr sonst mitbringen sollte.

Das Sprechen fiel ihr schwer. Sie konnte sich nur bruchstückhaft an das Geschehene erinnern. Bevor ihr die Augen zufielen, strich Gerck ihr einmal über den Kopf, was ihm in diesem Augenblick selbstverständlich vorkam, obwohl er das noch nie getan hatte.

Der diensthabende Arzt wußte nicht genau, was passiert war und verwies ihn an die Polizei. Gerck rief noch vom Krankenhaus aus mit seinem Handy im Präsidium an und erfuhr dort weitere Einzelheiten. Carola sei von einem offenbar Betrunkenen angefahren worden, von dem bislang jede Spur fehle. Der Mann an der Ampel, der sie noch vor dem ankommenden Auto hatte warnen wollen, war durch den Vorfall so verstört, daß er sich nicht an das Fabrikat erinnern konnte. Er wußte nur noch, daß es ein dunkles Fahrzeug gewesen war.

Als Gerck eine Stunde später in die Redaktion kam, lief er zunächst in Westrichs Büro. Doch Westrich war in einer Besprechung mit der Verlagsleitung. Auch Bion saß nicht an seinem Schreibtisch. Er hatte frei.

Gerck rief bei Freddy an und erfuhr, daß sein Porsche erst am Nachmittag fertig sein würde. Er überlegte, was am sinnvollsten war.

Ohne Wagen war er nicht mobil. Er hatte aber für heute einige Recherchen im Pirmasenser Krankenhaus geplant. Bei der Gelegenheit konnte er sich vielleicht auch um Carolas Geschichte kümmern. Also beschloß er, gleich mit dem Zug nach Pirmasens zu fahren.

Um elf Uhr stand er vor dem Eingang des Pirmasenser Krankenhauses.

NEUN

Der lange Kittel flatterte wie ein Vorhang hinter der kräftigen Gestalt her, die über den Flur im achten Stock des Pirmasenser Krankenhauses ging. Gertrud Weber hatte es eilig. In der einen Hand hielt sie ein Thermometer, in der anderen ein Rosinenbrötchen, von dem sie alle paar Schritte eine Ecke abbiß.

Gerck stellte sich ihr in den Weg. »Frau Weber? Mein Name ist Gerck. Vom Pfalzblick«, grüßte er freundlich. »Der Pförtner sagte, daß ich Sie hier finden würde. Ich hätte Sie gern gesprochen.«

»Hallo«, nuschelte die Krankenschwester mit vollem Mund. Sie wirkte überrascht. »Was wollen Sie von mir?« Ihre Kaubewegungen wurden schneller. Sie schluckte mehrmals hastig.

Gerck wies auf das halbe Brötchen in ihrer Hand und sagte: »Machen Sie ruhig langsam. Es schlägt sonst auf den Magen. Ich weiß, wovon ich spreche.«

Sie betrachtete ihn argwöhnisch. Es war offensichtlich, daß sie keine große Lust hatte, sich mit ihm zu unterhalten. »Ich habe leider wenig Zeit. Ich muß das Thermometer abgeben. Es wird dringend gebraucht.«

»Wir können uns auch später unterhalten«, sagte Gerck. Er war nicht bereit, sich abwimmeln zu lassen. »Es dauert bestimmt nicht lange. Ich schlage vor, daß wir uns unten in der Vorhalle treffen. Ich warte dort auf Sie.«

»Wenn Sie unbedingt möchten.« Die Krankenschwester eilte weiter.

Gerck fuhr mit dem Aufzug ins Erdgeschoß und schlenderte zum Ausgang, der von ein paar spielenden Kindern als Karussell mißbraucht wurde.

Er ging weiter zum Vorplatz hinaus.

Er spürte den kühlen Novemberwind, der ihn die abgestandene Krankenhausluft vergessen ließ, und genoß die plötzliche Ruhe, die nur vom stetigen Rascheln einiger kahler Birkenzweige unterbrochen wurde, die schutzlos den Launen des Windes ausgesetzt waren.

Er sah den kleinen Weg hinunter, der rechts in den Vorplatz mündete und sich wie eine Schlange über den begrasten Abhang zog, um irgendwo in dem kleinen Tälchen zu verschwinden.

Der Hang auf der anderen Seite des Tals war von einer Baumreihe gesäumt, die schlagartig abriß und den Blick auf mehrere ältere Häuser freigab. Regenfälle und Windböen hatten deutliche Spuren an ihren Fassaden hinterlassen. Es waren mehrstöckige Gebäude, an deren Mauern sich kleine Balkone befanden. Zwischen den Fenstern waren Wäscheleinen gespannt worden. Alle möglichen Kleidungsstücke reihten sich in bunter Vielfalt aneinander.

»Herr Gerck!«

Er drehte sich um und sah auf den wogenden Busen von Gertrud Weber, die sich in ihrer ganzen Masse vor ihm aufgebaut hatte. Sie mußte schnell gelaufen sein, denn sie war außer Atem.

»Ich hatte gar nicht so schnell mit Ihnen gerechnet«, sagte er.

»Ich bin früher fertig geworden. Worum geht es?«

»Um den Tod ihres Patienten Hermann Frenz. Wir planen einen Artikel«, erklärte Gerck. »Wie haben zum Beispiel die Ärzte oder die Krankenschwestern auf seinen Tod reagiert?« Weiter kam er nicht.

»Dazu möchte ich mich nicht vor der Presse äußern«, erwiderte Gertrud Weber in schroffem Ton.

»Schade. Ich dachte, weil Sie ihn länger betreut haben, würden Sie vielleicht etwas dazu sagen.«

»Nein. Außerdem habe ich genug andere Arbeit.« Sie wandte sich zum Gehen.

»Das kann ich mir vorstellen«, sagte Gerck. »Sie haben sicher sehr viele Patienten.«

»Zu viele wäre wohl der bessere Ausdruck.« Sie wies auf eine Gruppe von Leuten, die gerade über den Vorplatz lief. »Mindestens einer von denen kommt zu uns – vorsichtig geschätzt.«

»Dann müssen Sie sicher viele wieder wegschicken?«

»Ach was.« Die Krankenschwester machte eine abfällige Handbewegung. »Wir nehmen alles auf. Auch wenn die Bude zum Bersten voll ist. Das bringt schließlich Geld.«

»Sie finden das nicht gut?«

Sie zuckte mit den Schultern. »Bei dem Massenbetrieb kann man sich um niemanden richtig kümmern. Und das tut vielen Patienten nicht besonders gut.«

»Meinen Sie, daß Hermann Frenz deshalb aus der Klinik verschwand? Weil er sich vernachlässigt fühlte?«

Gertrud Weber zögerte. »Um den wurde sich genug gekümmert. Außerdem hatte er viele Freiheiten. Der war die letzten Wochen jeden Tag ein paar Stunden draußen.«

»Ob ihm das allein aber so viel Spaß gemacht hat? Er soll doch weder Freunde noch Verwandte gehabt haben.«

»Es gibt Schlimmeres.« Die Krankenschwester stutzte plötzlich. »Außerdem, jetzt wo Sie davon sprechen, fällt mir wieder ein, daß er gar nicht allein war. Er hat einmal einen ›alten Bekannten‹ erwähnt, mit dem er sich ab und zu bei seinen Spaziergängen traf.« Sie schüttelte den Kopf. »Komisch, daß es mir erst jetzt wieder einfällt.«

»Sie wissen nicht zufällig, wer das war?«

»Nein. Ich habe keine Ahnung. Ist das wichtig? Ich habe es nicht einmal der Polizei erzählt.« Sie sah auf ihre altmodische Armbanduhr. »Ich muß wieder hoch. Wollen Sie noch jemanden sprechen?«

»Wenn Dr. Schmude da ist.«

Sie gingen bis zum Fahrstuhl schweigend nebeneinander her und schwiegen auch während der Fahrt in den achten Stock. Dort zeigte sie ihm den Weg zu Schmudes Büro und verabschiedete sich.

Die Tür war nur angelehnt. Gerck wollte schon klopfen, als der Psychiater aus dem Zimmer kam.

Er blieb wie angewurzelt stehen. »Kann ich Ihnen helfen?«

Gerck stellte sich vor.

»Ach, Sie sind dieser Reporter, der so viel über Frenz geschrieben hat.« Schmude klang nicht sehr begeistert. »Was wollen Sie von mir?«

Gerck erzählte ihm dasselbe, was er der Krankenschwester gesagt hatte. Schmude wiegelte ab und erklärte in bestimmtem Ton, daß er sich zum Thema Frenz nicht äußern werde. Daraufhin erzählte Gerck von Carolas Recherchen und erwähnte den Brief des Gesundheitsministeriums. Er fragte: »Warum wollen Sie ausgerechnet nach Münchweiler? Ist das nicht eine Nummer zu groß?«

»Weshalb die bloß immer alles ausplaudern müssen«, schimpfte Schmude. Er klang sehr verärgert. Schließlich sagte er: »Zu groß? Kommen Sie, ich zeige Ihnen etwas.«

Sie gingen den Flur entlang. Als sie das Ende erreicht hatten, blieb Schmude vor einer Tür stehen und drückte die Klinke. Die Tür schwang geräuschlos auf, und Gerck sah in ein gutes Dutzend Gesichter, die ihn erwartungsvoll anblickten. Die Frauen und Männer saßen auf Stühlen im Halbkreis und schienen auf jemanden zu warten. Einige trugen Hausschuhe, andere Sportschuhe, zwei waren barfuß. Es waren zumeist ältere Personen, mit Ausnahme einer Frau mit langen ungekämmten Haaren und eines jungen Mannes mit Pferdschwanz, der nervös mit einem Fuß wippte.

»Dr. Reinhardt kommt gleich«, sagte Schmude freundlich.

Die Frau mit den langen Haaren nickte dankbar, während die anderen regungslos verharrten.

Leise schloß Schmude die Tür. »Normalerweise dürften da drinnen nur sechs Patienten sitzen«, erklärte er. »Aber dann könnten wir die Nächte durchmachen. Sie können sich nicht vorstellen, was hier los ist. Ich habe manchmal den Eindruck, das Krankenhaus besteht nur aus unserer Abteilung.«

Er schlenderte zum Fenster und sah auf den Vorplatz hinunter, während er Gerck herbeiwinkte. »Da unten kommen noch zwei Patientinnen von uns. Sehen Sie die beiden älteren Damen?«

Gerck stellte sich neben ihn und betrachtete die zwei Frauen, die mit staksigen Schritten im Eingang verschwanden.

»Die kommen jede Woche«, ergänzte Schmude. »Ambulante Dauerfälle. Von denen haben wir viele. Wir könnten aber noch viel mehr behandeln, wenn wir auch mehr Platz hätten.« Er sah Gerck an. »Auf meinem Schreibtisch häufen sich Briefe von Leuten, die sich über den Jahrmarktsbetrieb hier beschweren. Ich bin es leid, ihnen erklären zu müssen, warum wir uns um viele Patienten nicht so kümmern können, wie wir es eigentlich müßten. Verstehen Sie? Darum ist Münchweiler sinnvoll. Dort gibt's nicht nur geeignete Räumlichkeiten, sondern auch genug Platz. Und wenn Sie eh schon so viel wissen, kann ich Ihnen auch sagen, daß ich alles dransetzen werde, daß die Klinik dort hinkommt. Diese Abteilung hier war für den Anfang eine gute Lösung. Aber eine Abteilung von dieser Größe reicht eben nicht aus, wie wir jetzt wissen.«

Zu mehr Auskünften war Schmude nicht bereit.

Gerck unterhielt sich noch mit anderen Ärzten und Krankenschwestern, die ebenfalls nicht auskunftsfreudiger waren. Anschließend stieg er in einen Bus und fuhr nach Rodalben. Unterwegs rief er bei Carola an, die einen wesentlich besseren Eindruck als am Morgen machte. Sie bat ihn, einen Termin für sie im Rathaus von Münchweiler abzusagen, den sie für heute nachmittag ausgemacht hatte.

Gerck versuchte zweimal vergeblich, im Rathaus anzurufen. Danach beschloß er, Carolas Termin nicht abzusagen, sondern an ihrer Stelle nach Münchweiler zu fahren.

ZEHN

»Ein wahnsinniger Schlitten. Sie sind ein Glückspilz.«

Gerck nickte dem Mann mechanisch zu, der lässig mit gespreizten Beinen vor dem linken Kotflügel seines Porsches an der Wand lehnte und die kurzen Augenblicke seiner Wortpausen nutzte, um am elfenbeinfarbenen Mundstück eines Zigarillos zu ziehen.

Freddy Adler hatte sich mit einer Zündkerze in der Hand vor fast zwanzig Minuten von ihnen getrennt. »Die hatten wir doch gerade erst gewechselt«, hatte er sich gewundert und war kopfschüttelnd durch die Werkstattür verschwunden. Seit dieser Zeit redete der Mann unaufhörlich auf Gerck ein.

Zuerst hatte er ihn um Feuer gebeten, ihm dann erfolglos einen Zigarillo angeboten und schließlich angefangen, ihn mit Lobeshymnen über sein Auto zu bombardieren. Zwanzig Minuten ohne Unterbrechung – eine Leistung, wie Gerck fand.

Der Mann war ungefähr so groß wie er. Er trug ausgebeulte Cordhosen, flachsohlige Slipper und einen fleckigen Dufflecoat. Sein Schnauzbart sah aus wie angeklebt und verdeckte seine Oberlippe fast völlig.

»Mein Mustang ist Baujahr '68 und läßt immer noch jede windkanalgestylte Kutsche im Regen stehen«, schwärmte er, wobei das Mundstück an seinen Zähnen rieb. »Wenn man natürlich ehrlich ist, muß man zugeben, daß es auch heute ein paar flotte Karren gibt. Zum Beispiel den TT von Audi. Ein nettes Spielzeug. Geht ab wie ein Zäpfchen. Ein echter Knaller – auch von unten raus. Kann spielend mit jedem Roadster mithalten.« Er schüttelte den Kopf. »Und trotzdem! Gegen so einen Klassiker wie den hier kommt er natürlich nicht an. Das wäre so, als würde man Kate Moss mit Brigitte Bardot vergleichen: Weniger Kurven, aber dafür jünger.« Er lachte albern, während seine nikotinverfärbten Finger liebevoll über den Kotflügel des Klassikers glitten.

Gerck antwortete nicht, sondern nickte nur ab und zu und schielte sehnsüchtig zur ovalen Uhr, die schemenhaft hinter der milchigen

Scheibe der Werkstattür zu erkennen war. Den Mustangfahrer schien das nicht zu kümmern, denn er redete einfach weiter.

»Letzte Woche habe ich zum ersten Mal in einer Cobra gesessen. Die röhrt wie ein Hirsch in der Brunftzeit, kann ich Ihnen sagen. Und dabei habe ich sie noch nicht mal richtig getreten. Aber der Hammer kommt jetzt: Gestern ist ein SL-Flügeltürer an mir vorbeigerauscht. Hat mich glatt stehenlassen, der Alte. Mich und meinen Mustang, das müssen Sie sich mal vorstellen. Ein irres Gerät.«

Gerck registrierte erleichtert, daß die Türklinke sich bewegte und Freddy Adler endlich zum Vorschein kam.

»Ich habe noch eine, Adrian. Du hast Glück gehabt.« Er hielt das Metallstück in die Luft. »Es ist allerdings die letzte. Ich muß erst wieder welche bestellen. Bis dahin darf nichts passieren.« Er lächelte und sah abwechselnd zu den beiden Männern.

»Ein echter Nachteil von Oldtimern. Immer ist was dran. Geht mir mit meinem 68er genauso«, grölte der Schnauzbart und klopfte mit dem Knöchel seines Zeigefingers gegen die Zierleiste. »Aber das nimmt man gern in Kauf.«

Gerck lächelte dünn, während Freddys Kopf unter der Motorhaube verschwand.

»Saubere Maschine, muß ich schon sagen. Wirklich, guter Zustand«, lobte der Mustangfahrer und klopfte erneut gegen das Blech.

Als Freddys Kopf wieder aus dem Motorraum auftauchte, berührte er um Haaresbreite die glimmende Spitze des Zigarillos, die sich ihm neugierig entgegenstreckte. Ein glühendes Stück Asche fiel auf den sauberen Motorblock. Freddy blies die Asche weg und drückte die Haube zu.

»Geschafft«, sagte er. »Jetzt ist alles wieder perfekt. Der Lack und auch der Motor. Ich schicke dir die Rechnung in den nächsten Tagen.«

»Endlich darf er wieder röhren!« rief der Schnauzbart und schlug Freddy auf die Schulter. »Toll, Mann. Es geht eben nichts über einen Klassiker. Diese aerodynamischen Schuhschachteln von heute haben doch überhaupt kein Innenleben. Da brummt nichts beim Anlassen, außer vielleicht der Kopf des Fahrers, wenn er an die nächste Rate für seine Seifenkiste denkt.«

Er lachte abermals lauthals.

Gerck dachte mit Grauen an die Rechnungen der letzten Monate und setzte sich hinter das Steuer. Im Rückspiegel erschien das Mundstück mit dem brennenden Zigarillo und Freddy, auf dessen Oberarm die Hand des Mustangfahrers ruhte.

»Wissen Sie, mein 68er fliegt wie eine Hornisse«, hörte er den Mann sagen. »Genauso laut und unberechenbar. Nur manchmal stottert er, wie ein Drittklässler beim Gedichtvortrag. Können Sie sich vorstellen, woran das liegen könnte?«

Gerck wartete die Antwort nicht ab, sondern drehte die Scheibe des Seitenfensters hoch, startete und gab Gas.

Während der Fahrt beugte er sich vor und öffnete das Handschuhfach. Seine Hand suchte vergeblich nach dem Kugelschreiber, der normalerweise immer dort lag. Seine Finger wühlten sich durch die Ablage, konnten jedoch nichts finden. Er sah nach unten und bemerkte, daß die kleine Birne, die das Fach normalerweise ausleuchtete, nicht brannte.

Mit einem leisen Fluch schlug er die Klappe wieder zu und verwünschte alle Klassiker.

Eine Viertelstunde später kam er vor dem Portal des Rathauses zum Stehen.

Eine Frau mittleren Alters in grauem Kostüm erschien.

»Guten Tag. Mein Name ist Gerck. Ich möchte Frau Linn entschuldigen. Sie ist krank. Ich bin für sie eingesprungen.«

»Ich heiße Wylliett«, erwiderte die Frau. »Sie haben Glück, daß ich heute einiges aufarbeiten muß und deshalb um diese Zeit noch hier bin. Normalerweise habe ich nämlich mittwochs nachmittags frei. Ihre Kollegin hat mich gestern ganz schön bearbeitet, weil sie unbedingt heute kommen wollte, um sich die Akten anzusehen. Ich hoffe, sie hat nichts Ernstes? Es ist übrigens schon ein anderer Herr da. Von der Polizei.«

»Von der Polizei?« fragte Gerck verblüfft.

Frau Wylliett nickte und führte ihn in ein kleines Zimmer mit einem Tisch und vier Stühlen. Auf einem der Stühle saß Brix und sah ihn erstaunt an. »Was machen Sie denn hier?«

»Ach, die Herren kennen sich? Dann brauche ich ja niemanden vorzustellen«, sagte Frau Wylliett und ging ins Nebenzimmer.

Gerck berichtete von Carolas Recherchen und dem Vorfall gestern abend. »Arme Carola. So ein Idiot. Sie hat sich so engagiert. Ich möchte ihr helfen und will mir deshalb die Unterlagen über die alte Kaserne ansehen. Möglicherweise gibt es einen Schriftwechsel zwischen dem Ministerium und dem Rathaus.« Er setzte sich auf einen Stuhl. »Und warum sind Sie hier?«

»Wegen Dr. Schmude«, erwiderte Brix nach kurzem Zögern. »Ihre Mitarbeiterin hat keinen schlechten Riecher.« Er erzählte von den Ermittlungen. »Ich suche nach einem Motiv, irgendeinem persönlichen Vorteil, den er durch einen Umzug hätte. Vielleicht helfen mir diese Unterlagen weiter.«

Frau Wylliett kam mit einem Stapel Ordner ins Zimmer zurück, die sie auf den Tisch legte. »So meine Herren. Das ist alles, was wir über das Hospital haben.«

»Vielen Dank, Frau Wylliett«, sagte Brix. »Vielleicht können Sie mir ein bißchen zur Hand gehen? In welchen Ordnern sind die Unterlagen über die Vermarktung?«

»Da muß ich nachsehen.« Sie blätterte einige Ordner durch. »Ich glaube in diesen sechs. Ja, das sind die richtigen.« Sie klappte einen ganz auf und hüstelte, als ihr ein Staubschwall entgegenwehte.

»Wäre es möglich, daß ich mir alle in Ruhe ansehen kann?«

»Aber selbstverständlich. Wenn Sie mich brauchen, ich bin im Zimmer nebenan. Einfach rufen. Die Tür ist nur angelehnt.« Sie ging hinaus, und Sekunden später erklang aus dem Nachbarzimmer die Musik von SWR 4, zu der die Sekretärin leise summte.

»Wir können sie uns auch zusammen ansehen«, schlug Brix vor. Er sah in den ersten Ordner, der voller Zeitungsartikel war.

»Gemeinderat hofft auf neuen Investor«, las er laut vor. »Von Paul Ballbach. Kennen Sie den?«

Gerck nickte. »Ein freier Mitarbeiter von uns.«

Im nächsten Bericht eines anderen Verfassers hatte der Investor aus unerklärlichen Gründen plötzlich einen Rückzieher gemacht.

Brix blätterte weiter.

Die folgenden Artikel spiegelten das Auf und Ab der alten Kaserne seit dem Abzug der Amerikaner wider. Die Autoren berichteten – je nach Fähigkeit – unterhaltsam oder langweilig von den erfolglosen

Versuchen der Gemeinde, die leerstehenden Gebäude irgendwie loszuwerden.

»Unglaublich«, murmelte Brix. »Das Hospital hat ja Heerscharen von Schreibern beschäftigt. Kommen Sie auch irgendwann vor?«

Gerck schüttelte den Kopf. »Es gibt zum Glück genug freie Kollegen, die sich damit beschäftigen. Sie haben übrigens gleich das Ende erreicht.«

Sie überflogen die letzten drei Seiten.

»Viel schlauer bin ich jetzt auch nicht«, sagte Brix und klappte den Ordner zu. »Was ist im nächsten drin?«

Gerck reichte ihn weiter. Er enthielt eine Sammlung von Briefen. Lange und kurze, höfliche und barsche. Mal ging es darum, daß der Bürgermeister versuchte, einem Unternehmer die Lage der Kaserne schmackhaft zu machen; ein anderes Mal darum, daß einem Interessenten das Lager viel zu groß war.

Brix blätterte schneller.

»Stimmt das wirklich, daß die Umzugspläne zur Zeit auf Eis liegen?« fragte Gerck nach einer Weile.

Brix klappte den Ordnerdeckel zu. »Reichling und Metzger hatten angeregt, daß im psychiatrischen Planungssausschuß, in dem sie selbst saßen, noch einmal alles genau überprüft wird, bevor dem Minister eine Empfehlung vorgelegt wird. Ich brauche Ihnen nicht zu sagen, daß das Ministerium in der Regel nach dieser Empfehlung handelt. Somit wird eine Entscheidung mitunter um Monate verzögert. Aber die beiden wollten offenbar auf Biegen und Brechen den Anbau durchsetzen und gaben sich damit nicht zufrieden. Sie kündigten an, neue Kostenkalkulationen vorzulegen, um zu belegen, daß eine psychiatrische Klinik in Münchweiler wesentlich teurer würde als vermutet. Ob das Ministerium dem Projekt dann noch zugestimmt hätte, ist zumindest fraglich. Das Vorhaben wird zwar jetzt überprüft, aber mit dem Tod der beiden sind die größten Gegner des Projektes in dem so wichtigen Planungsausschuß verschwunden. Sie verstehen, daß wir da stutzig geworden sind?«

»Meinen Sie, daß Schmude Ihnen deshalb nichts von seinen Problemen mit den beiden erzählt hat? Um nicht in Verdacht zu geraten?«

»Das kann gut sein. Nehmen wir mal an, er ist unschuldig. In diesem Fall dürfte er keine Veranlassung gesehen haben, uns von dem Streit zu erzählen, weil für ihn kein Zusammenhang zwischen den Morden und dem Klinikumzug erkennbar ist.«

»Und wenn er der Mörder ist?«

»Dann hätte er wohl kaum ein Interesse daran, die Polizei auf seine Fährte zu locken. Allerdings bereitet mir noch etwas Kopfzerbrechen. Wenn er es wirklich war, warum hat ihm seine Geliebte Katja Reichling an dem Abend, an dem Reichling starb, nicht ein Alibi gegeben? Das wäre doch einfach gewesen und niemand hätte es überprüfen können.«

»Vielleicht weil sie mit ihm nicht unter einer Decke steckt?«

Brix erwiderte nichts. Er beugte sich vor und stieß dabei mit dem Ellbogen gegen einen Ordner, der krachend auf den Boden fiel.

»Kann ich Ihnen helfen?« rief Frau Wylliett aus dem Nachbarraum besorgt.

»Nein, alles in Ordnung«, sagte Brix und hob den Ordner vorsichtig auf.

Er enthielt lauter Rechnungen über diverse Wartungsarbeiten.

»Fünftausend, siebentausend, dreitausend. Ganz hübsche Sümmchen. Wer zahlt das alles?« fragte er überrascht.

»Vater Staat«, antwortete Gerck trocken. Er war enttäuscht. Die Akten enthielten nichts Interessantes. Auch der nächste Ordner war voller Rechnungen.

»Ob das tatsächlich alle sind?« fragte Brix, nachdem sie den letzten Ordner durchgeblättert hatten. Er stand auf, streckte sich und ging in den Nachbarraum, wo Gerck ihn freundlich, aber bestimmt sagen hörte: »Sind Sie sicher, daß es nicht noch mehr Unterlagen über das Hospital gibt?«

Brix erschien an der Tür und deutete mit dem Daumen ins Zimmer. »Sie sieht nach. Offenbar existieren doch noch mehr.«

Es dauerte eine Weile, bis Frau Wylliett wieder auftauchte. »Das sind nun endgültig alle«, versicherte sie und legte drei weitere Aktenordner vor Gerck auf den Tisch. »Sie befanden sich im Büro des Herrn Bürgermeister. Ich hatte gar nicht mehr an sie gedacht.«

»Vielen Dank«, sagte Brix. »Es dauert mit Sicherheit nicht mehr lange. Die Ordner sind ja nicht allzu dick.«

Die Sekretärin verschwand wieder.

Brix schlug den ersten Deckel auf und klappte ihn Minuten später wieder mit der Bemerkung zu: »Ebenfalls Fehlanzeige.«

Entschlossen griff er nach dem nächsten. Gerck zweifelte immer mehr daran, daß sie etwas Verwertbares finden würden.

»Und wenn nun doch Frenz der Täter war?« fragte er. »Warum sonst lagen die Fotos in der Kaserne? Oder glauben Sie an einen Zufall?«

»Nein, glaube ich nicht«, entgegnete Brix, ohne hochzusehen.

Gerck fiel das Gespräch mit Gertrud Weber wieder ein. Er erzählte davon.

»Warum hat sie das uns gegenüber nicht erwähnt?« fragte Brix. Er klang ärgerlich. »Wer dieser Bekannte ist, weiß sie nicht, sagten Sie?«

Gerck schüttelte den Kopf. Er nahm ein weißes Kuvert aus dem Ordner. »Bestimmt wieder eine Rechnung«, sagte er. Es enthielt nur ein einziges Blatt Papier. »Da stehen Namen.« Er stutzte. »Aber die kenne ich doch!«

»Welche Namen?« fragte Brix.

Gerck reichte ihm das Blatt. »Interessenten für das Hospital«, sagte er ernst.

Brix fuhr von Münchweiler direkt ins Präsidium. Noch von unterwegs rief er Frey an und gab ihm einige Anweisungen. Frey murmelte etwas von »erstem freien Tag seit langem«, versprach jedoch, sofort ins Präsidium zu kommen. Brix verständigte Matheis und einen weiteren Mitarbeiter namens Oesterreicher, der noch nicht lange in seinem Kommissariat arbeitete, aber abends Bereitschaft hatte.

Er verteilte an beide mehrere Aufträge.

»Wie sollen wir das um diese Zeit erledigen? Da haben doch alle Banken und Behörden zu«, gab Matheis zu bedenken.

»Lassen Sie sich was einfallen. Es ist wichtig«, erwiderte Brix.

Er hielt an einer Imbißbude. Er hatte Hunger und das Gefühl, daß er später nicht mehr zum Essen kommen würde. Er kaufte sich ein Brötchen mit Bratwurst, das er hastig im Auto verschlang und ärgerte sich, als ihm Senf auf die frischgereinigte Hose fiel.

Im Präsidium las er das Ergebnis einer gentechnischen Untersuchung des Erbrochenen. Es war negativ. Ein genetischer Fingerabdruck sei trotz geringer Blutspuren nicht möglich, hieß es. Es folgte eine ausführliche Erklärung. Brix überflog die Notizen, die er sich in Münchweiler während seines Gesprächs mit Gerck gemacht hatte. Anschließend traf er sich mit Frey zur Besprechung. Sie beratschlagten, wie sie am besten vorgehen sollten.

Eine Stunde später meldete sich Matheis und erklärte, daß es ihm gelungen sei, den Bürgermeister von Münchweiler privat zu erreichen. Er berichtete von dem Gespräch. Brix legte zufrieden auf.

Eine halbe Stunde später rief Oesterreicher an, um mitzuteilen, daß er Schwierigkeiten habe, zwei Bankchefs zu erreichen. Er werde es aber weiter versuchen.

Es gelang ihm. Um sieben Uhr lagen alle Ergebnisse auf Brix' Schreibtisch.

»Was halten Sie davon?« fragte Brix, nachdem Frey alles aufmerksam gelesen hatte.

»Es paßt vieles zusammen«, entgegnete Frey. »Aber es gibt keinen Beweis. Vorausgesetzt, er war es wirklich: Wie sollten wir ihm das nachweisen?«

Brix schwieg und dachte nach. »Wir müssen ihn irgendwie aus der Reserve locken«, sagte er nach einer Weile und machte einen Vorschlag. »Trauen Sie sich das zu? Ich weiß nicht, wie gut Ihr schauspielerisches Talent ist. Ich würde es auch machen, möchte aber nicht riskieren, daß meine Stimme erkannt wird. Ich war in letzter Zeit mehrmals im Radio und auch im Fernsehen zu hören.«

Frey zögerte. Schließlich sagte er: »Werde ich schon hinkriegen. Vorher brauche ich aber noch eine Zigarette.«

Brix ließ ihn an Edrichs Schreibtisch rauchen.

Carola zog zum zweiten Mal an der langen Kordel. Das Läuten der Glocke war ohrenbetäubend laut. Trotzdem machte niemand auf.

Sie wollte gerade ein weiteres Mal klingeln, als von drinnen eine Frauenstimme ertönte.

»Ist ja gut. Ist ja gut. Ich habe Sie gehört.« Erna Friedrichs schmächtige Gestalt erschien an der Tür.

»Ach, Sie sind es!« rief sie. »Ich habe mich schon gefragt, wer da wohl Sturm läutet. Sie wollen sicher zu Herrn Gerck, nicht wahr?« Frau

Friedrich stutzte. »Hatten Sie einen Unfall?« Sie deutete auf die zwei dicken Schrammen über Carolas Kinn, die nicht zu übersehen waren.

»So könnte man es auch nennen«, sagte Carola. »Es ist zum Glück nicht so schlimm. Bis auf die paar Kratzer habe ich nichts abbekommen. Ich bin froh, daß ich nicht länger im Krankenhaus bleiben mußte.« Etwas ungeduldig fuhr sie fort: »Es tut mir leid, wenn ich Sie gestört habe, Frau Friedrich, aber oben macht mal wieder keiner auf. Ist Herr Gerck nicht zu Hause?«

Frau Friedrich sah zum Briefkasten, der neben der Kordel an der Hauswand hing.

»Eigentlich müßte er da sein. Seine Zeitungen sind weg. Ich habe ihn heute allerdings noch nicht gesehen. Sein Frühstück hat er auch nur zur Hälfte gegessen. Wenn er so weitermacht, bekommt er noch ganz böse Magengeschwüre. Aber er will ja nicht auf mich hören.« Mißbilligend schüttelte sie den Kopf. »Soll ich nachsehen, ob er einen Zettel an die Tür geheftet hat? Manchmal macht er das. Warten Sie.« Sie drehte sich um und verschwand im Haus.

Carola hörte sie mit schweren Schritten die Holztreppe hinaufgehen. Es dauerte eine Weile, bis sie wieder vor ihr stand.

»Er hat keine Nachricht dagelassen.« Frau Friedrich klang enttäuscht. »Soll ich ihm etwas ausrichten, wenn er zurückkommt?«

»Nein. Bis dahin ist es vielleicht zu spät. Ich muß ihn gleich sprechen«, erwiderte Carola. »Sie haben keine Ahnung, wo er hingefahren sein könnte?« Sie wies auf die freie Parkfläche neben dem Haus.

Frau Friedrich reckte ihren Hals und spähte zur Einfahrt. »Ich habe wirklich keine Ahnung. Haben Sie es schon bei der Zeitung probiert? Vielleicht ist er dort?«

»Habe ich schon versucht. Aber die wußten auch nicht, wo er sein könnte.« Carola wandte sich zum Gehen. »Nun gut. Da kann man eben nichts machen. Vielen Dank, Frau Friedrich, und auf Wiedersehen.«

Sie sprang die drei Stufen hinab und eilte mit raschen Schritten den Kiesweg entlang.

Gerck trommelte mit dem Zeigefinger gegen die Plastikscheibe des Armaturenbretts. Der schmale Zeiger der Uhr bewegte sich nach jedem Klopfen, blieb jedoch sofort stehen, sobald das Klopfen nachließ. Entnervt gab er auf. Freddy konnte sich über den nächsten Auftrag freuen.

Er gab stärker Gas. Die Tannenwände an beiden Seiten der Straße wollten kein Ende nehmen. Irgendwann mußte doch die Abzweigung nach Münchweiler kommen.

Ihm fiel ein Gespräch zwischen Westrich und Heinrich vor ein paar Monaten ein. Heinrich war gerade aus seinem zweiten Jahresurlaub gekommen und hatte von den dichten Wäldern Korsikas geschwärmt. Westrich hatte daraufhin Lobeshymnen über den Pfälzer Wald gesungen – »du weißt doch, daß es das größte zusammenhängende Waldgebiet in Westdeutschland ist?« – und den Sinn von derartigen Auslandsreisen in Frage gestellt. Nach Südeuropa? Nein, dahin müsse man nun wirklich nicht fliegen, wenn man so viel Wald quasi vor der Haustür habe.

Gerck konnte sich nicht mehr an das Ende des Gesprächs erinnern, fand aber in diesem Augenblick, daß Westrichs Argumentation nicht ganz von der Hand zu weisen war.

Am Horizont wurde der Wald lichter. Erleichtert atmete er auf. Es konnten nur noch wenige Minuten bis zur Abzweigung sein.

Als er sie erreicht hatte, ging er mit dem Fuß vom Gas und bog langsam nach links ab. Im Schrittempo fuhr er auf den Parkplatz eines Supermarktes, stellte den Motor ab und wartete auf Brix' Anruf.

Es verging eine halbe Stunde, ohne daß sich etwas tat. Er wählte Brix' Handy-Nummer, doch es nahm niemand ab. Auch in seinem Büro war er nicht zu erreichen. Unpünktlich wie immer, dachte Gerck grimmig.

Träge sah er immer wieder zur Eingangstür, die mit jedem Kunden auf- und zuschwang. Sie öffnete und schloß sich unaufhörlich und kam ihm wie ein Pendel vor, dessen Bewegung seine Augenlider schwer werden ließ. Sein Kopf sank langsam nach hinten, bis ihn das Klingeln des Handys brutal hochriß.

Die sonore Stimme von Brix klang wie aus einer anderen Welt.

»Tut mir leid, aber ich wurde aufgehalten«, entschuldigte er sich grußlos. »Sie müssen sich noch gedulden. Wir treffen uns am besten nicht auf dem Parkplatz vor der Kaserne, weil wir dort sofort auffallen würden. Da gibt es doch einen Sportplatz in der Nähe.«

Gerck rieb sich die Augen. »Sie meinen die große Sportanlage?«

»Ja. Fahren Sie dorthin und warten Sie auf mich. Das ist zwar auch nicht gerade ein abgeschiedener Ort, aber trotzdem ist es dort etwas unauffälliger. Es ist jetzt zehn nach drei. Ich versuche, in spätestens einer halben Stunde da zu sein. Ach ja, und noch was: Gehen Sie auf keinen Fall allein rein! Wir dürfen kein Risiko eingehen.« Er machte eine kurze Pause und fuhr mit ernster Stimme fort: »Sie haben mir geholfen. Deshalb habe ich mich von Ihnen auch breitschlagen lassen, Sie mitzunehmen. Ich möchte nicht, daß ich diese Entscheidung irgendwann bereue. Also halten Sie sich bitte an die Absprache.«

Nachdem er aufgelegt hatte, warf Gerck einen Blick auf seine Armbanduhr und sank erneut in den Sitz zurück. Brix kam also wieder mal später. Sogar heute, bei einem so wichtigen Anlaß. Daß er es bei seiner Unpünktlichkeit überhaupt bis zum Kommissar gebracht hatte, war schon erstaunlich.

Plötzlich schreckte er hoch. Irgend jemand hatte gegen die Scheibe geklopft. Er sah in ein Mädchengesicht, das sich die Nase an dem Fenster breitdrückte und dessen Atem einen milchigen Rand zurückließ.

»Komm, Annelie, das macht man nicht.« Eine Frau mit Einkaufswagen zog das Kind von der Tür weg.

Annelie schnitt noch eine Grimasse und kritzelte mit dem Zeigefinger Phantasiebuchstaben auf die feuchte Stelle.

Gerck fuhr sich mit beiden Händen übers Gesicht und verfluchte seine Müdigkeit. Ihm steckte noch die letzte Nacht in den Knochen, in der er wieder einmal schlecht geschlafen hatte. Er tastete nach dem Schlüssel im Zündschloß und drehte ihn, bis er den vertrauten Ton des alten Porschemotors hörte. Es dauerte genau acht Minuten, bis er die Sportanlage erreicht hatte.

Ein einsamer Läufer, der sich als Windschutz die Kapuze seines Sweatshirts über den Kopf gezogen hatte, drehte auf der roten 400-Meter-Bahn eine Runde. Sonst war weit und breit niemand zu sehen. Gerck stieg aus. Er blickte kritisch zum Himmel.

Die mächtige Wolkendecke war an einer Stelle aufgerissen und entblößte einen hellblauen Streifen, der sich ohne Erfolgsaussichten gegen die dunkle Wand stemmte, die ihn zu überrollen drohte.

Nicht schon wieder Regen, dachte er und flüchtete hinter das Steuer, als die ersten Tropfen auf der Windschutzscheibe zu tanzen begannen. Er sah zum Sportplatz hinüber. Der Läufer war verschwunden. Gerck drückte sich tiefer in den Sitz.

Warum sollte er eigentlich hier warten? Sie mußten doch sowieso in die Kaserne. Selbst wenn Brix später kam, war noch genug Zeit. Er würde wissen, wo er hingegangen war, und ihm folgen. Entschlossen beugte er sich nach hinten zu den schmalen Rücksitzen und griff nach seinem Stockschirm.

»Diesmal bin ich wenigstens gewappnet«, murmelte er.

Es kostete ihn Mühe, die Fahrertür zu öffnen, gegen die eine unsichtbare Hand mit großer Kraft zu drücken schien.

»Verfluchter Mist«, schimpfte er, als sein Schirm beim Aufspannen nach oben klappte. Die Tür des Porsches knallte schwungvoll zu, und Gerck drehte den Schirm gegen den Wind, um sich vor den feinen Tropfen zu schützen, die wie spitze Nadeln auf ihn herabnieselten.

Der stärker werdende Regen ließ ihm keine Wahl mehr: Er mußte sich beeilen, wollte er nicht völlig durchnäßt ankommen. Er rannte durch das offene Tor an einem langen Gebäude vorbei, bis zu einer Tanne. Nach Atem ringend verharrte er einen Moment in ihrem Schutz, bevor er erneut losspurtete.

Es waren nur noch wenige Meter bis zu dem Haus, vor dem sie Frenz gefunden hatten. Eine weitere Windböe erfaßte den Schirm. Sie riß und zerrte an dem bunten Stoff und klappte ihn erneut nach oben. Laut fluchend erreichte Gerck den Eingang.

Er drückte seinen Rücken gegen die Tür und verlor fast das Gleichgewicht, als sie aufsprang. Erschrocken hielt er sich an der Klinke fest, ließ sie jedoch gleich wieder los, nachdem er sich gesammelt hatte. Natürlich war sie nicht verschlossen. Brix hatte sie absichtlich offengelassen, so wie sie es abgesprochen hatten.

Im Treppenhaus lehnte er sich kurz gegen die Wand und schloß die Augen. Seine Hose klebte an den Beinen, und von den Schultern seiner Jacke tropfte es unaufhörlich auf den Boden. Ein Rütteln an der Tür schreckte ihn auf. Es war jedoch nur der Sturm, der gerade neuen Anlauf nahm.

Gerck setzte einen Fuß auf die erste Stufe. In dem Treppenhaus roch es genauso muffig wie beim letzten Mal. Ob Brix' Plan wirklich aufgehen würde? Gerck umklammerte seinen nassen Schirm und ging die Treppe hinauf. Er konnte auf keinen Fall im Hauseingang warten.

Vor der Wohnung, die bis vor kurzem Frenz als Unterschlupf gedient hatte, machte er halt. Er drehte am Knauf der Tür, die nahezu geräuschlos aufsprang. Unschlüssig blieb er stehen und lauschte auf verdächtige Geräusche. Es war jedoch nichts zu hören außer dem Pfeifen des Sturms, der in Intervallen um das Haus fegte. Er überlegte, wo er am besten warten sollte. Ihm fiel der Balkon ein. Von dort hatte er einen guten Blick über alles, was sich vor dem Haus tat.

Leise schlich er in die Wohnung und ging zielstrebig ins Balkonzimmer. Es war in demselben Zustand, wie sie es verlassen hatten. Nichts deutete darauf hin, daß sich hier in den letzten Tagen Dutzende von Spurenexperten, Polizeifotografen und Kriminalbeamten die Klinke in die Hand gegeben hatten. Auf dem Schlafsack lagen zwei zerknüllte Decken, direkt daneben die halbleere Flasche Whisky und der Teller, auf dem nur das angebissene Brötchen fehlte.

Gerck stolperte fast über die große Sporttasche, als er einen Schritt vortrat, um nach dem Radio auf dem Tisch zu greifen, unter das die Polizisten die drei Fotografien geklemmt hatten. Der braungebrannte Reichling räkelte sich über dem Bild der Krankenschwester. Gleich daneben lag die Aufnahme von Metzger. Alle drei lachten, als wollten sie ihm dafür danken, daß er zurückgekommen war.

Er ging zum Balkon und reckte seinen Hals, in der Hoffnung, die freie Fläche vor dem Eingang überblicken zu können. Aber nur ein schmaler Streifen der Rasenfläche war von hier oben aus zu sehen.

Aus Angst, etwas zu überhören, vermied er jedes unnötige Geräusch, obwohl dies angesichts des Sturmgetöses eigentlich sinnlos war. Wo blieb Brix nur? Die halbe Stunde war längst vorbei. Vielleicht hatte er einen Unfall? Womöglich hatte er bereits versucht, ihn anzurufen und war nur nicht durchgekommen. Er faßte in die Innentasche seines Mantels. Das Handy war nicht da! Er mußte es im Wagen vergessen haben.

Seine Unruhe wuchs. Was war er doch für ein Idiot! Brix konnte ihn nicht mal erreichen, und um das Gerät jetzt noch aus dem Auto zu holen, war es zu spät.

Nervös fuhr er herum. War da nicht eben die Haustür gegangen?

Er eilte zur Wohnungstür und drückte seinen Kopf dagegen, während er den Atem anhielt. Unten waren eindeutig Schritte zu hören. Jemand kam die Treppe hoch. Brix?

Er wollte schon die Tür aufreißen, hielt jedoch inne. Vielleicht war es nicht Brix, sondern der »Gast«, den sie erwarteten? Wie elektrisiert blieb er stehen. Wie sollte er sich verhalten? Verdammt! Warum hatte er nicht wie abgesprochen im Auto gewartet!

Er stellte sich hinter die Zimmertür und zog sie so weit wie möglich auf. Er hörte, wie die Wohnungstür geöffnet und wieder geschlossen wurde und leise Schritte, die näher kamen. Direkt vor dem Zimmer verstummten sie.

Endlich beendete ein leises Geräusch die unerträgliche Stille. Auf dem fein gemusterten Linoleumboden schob sich ein Schatten nach vorn, immer mächtiger und dunkler. Ein roter Haarzopf schlängelte sich wie der buschige Schwanz eines Fuchses an der Tür vorbei. Gerck gab der Tür einen Stoß.

»Carola?« rief er überrascht.

Sie wirbelte herum, die Augen weit aufgerissen. »Adrian! Bist du verrückt? Du hast mich zu Tode erschreckt!«

»Ach ja?« Mit einem Schlag fiel die ganze Anspannung der letzten halben Stunde von Gerck ab. Aber sofort machte sich Enttäuschung bei ihm breit. Enttäuschung darüber, daß Carola vor ihm stand.

»Was ist los? Warum siehst du mich so an?« Carola hatte sich nach dem ersten Schreck wieder gefangen. Sie sah aufregend aus in ihrer engen schwarzen Hose und der taillierten Lederjacke. Der dunkle Herrenschirm in ihrer rechten Hand glänzte silbrig.

»Was machst du denn hier?« fragte er.

»Das könnte ich dich auch fragen«, erwiderte sie. »Ich bin hier, weil ich neugierig bin. Meine Mutter hat gestern abend einen anonymen Anruf von einem Mann bekommen. Er drohte ihr und erzählte etwas von diesem Typ aus der Nervenklinik, der sich hier versteckt gehabt hätte.« Sie stockte, während Gerck sie abwartend musterte. »Dann meinte er, er wisse alles über die Morde und hätte auch Beweise. Wenn sie nicht wolle, daß er zur Polizei geht, sollte sie heute in die Kaserne kommen. Er faselte noch etwas von ihrem Interesse an der alten Kaserne. Das war alles.« Sie sah ihn fragend an. »Und du? Hast du auch so einen Anruf erhalten, oder warum bist du hier?«

Gerck schüttelte irritiert den Kopf. »Das gibt es einfach nicht. Mensch Carola!«

»Was meinst du? Ich verstehe nicht?«

Er erzählte von den Polizeirecherchen und Brix' Verdacht. »Sie vermuten, daß Reichling und Metzger umgebracht wurden, weil sie den Umzug mit allen Mitteln verhindern wollten.« Er zeigte auf den Boden. »Verstehst du? Es geht um das Hospital, für das sich auch deine Mutter interessiert und das vielleicht einmal eine Goldgrube wird, wenn der Betrieb hier richtig losgeht. Inwieweit ist sie in die Sache verwickelt, Carola? Weißt du was darüber?«

Carola war totenblaß geworden. »Du willst doch nicht etwa behaupten, daß meine Mutter etwas mit den Morden zu tun hat? Du bist ja verrückt.« Sie warf ihren Schirm auf den Boden und funkelte ihn an. »Ich weiß nicht, wie du auf diesen Unsinn kommst. Im ersten Moment habe ich geglaubt, du machst nur Spaß, aber das ist kein Spaß mehr!«

»Nein, ganz bestimmt nicht«, sagte Gerck leise.

Carola fuhr ihn heftig an: »Warst du etwa dieser anonyme Anrufer?«

Gerck wollte schon protestieren und ihr erklären, daß es Frey gewesen war, zögerte jedoch. Was machte es schon für einen Unterschied, wer angerufen hatte? Was zählte, war allein das Ergebnis. Deshalb sagte er nur: »Immerhin hast du den Weg gefunden. Trotz der vielen Wohnungen, die es in der Kaserne gibt, bist du zielsicher hierher gekommen. Woher wußtest du, wo du hin mußt? Ich weiß, daß in dem Telefonat nur die Rede von Frenz' Kasernenwohnung war. Ohne genaue Beschreibung. Kannst du mir das erklären?«

Carola starrte ihn an. »Um Himmels Willen, Adrian! Ich habe die Adresse von ...«

»Psst.« Gerck legte den Finger an die Lippen und flüsterte: »War da nicht eben ein Geräusch?« Er schlich zur Wohnungstür und preßte seinen Kopf daran, hörte jedoch nichts.

Er öffnete die Tür vorsichtig und sah in das Mündungsende eines Revolvers.

ELF

Gerck wich einen Schritt zurück. »Also doch du!« murmelte er.

»Überrascht? Ich dachte, du hast mich erwartet?« Walter Bion wirkte nervös. Er sah die Treppe hinunter, dann an Gerck vorbei in den Flur und sagte: »Los, geh rein.«

Gerck wich zurück in die Wohnung. Bion folgte ihm auf den Schritt. Seine Augen inspizierten jede Ecke.

»Du scheinst tatsächlich allein zu sein – von Carola einmal abgesehen«, stellte er fest, als sie zu dritt im Balkonzimmer standen. »Gratulation übrigens. Im Verstellen deiner Stimme bist du wirklich Klasse. Ich habe sie am Telefon nicht erkannt. Eine Meisterleistung.« Er wedelte mit dem Revolver. »Zieh deine Jacke aus und anschließend das Futter aus deinen Taschen, damit ich sehen kann, ob du eine Waffe dabei hast!«

Gerck gehorchte.

»Gut«, sagte Bion. »Was hast du dir eigentlich von diesem Treffen versprochen? Warum bist du nicht gleich zur Polizei gegangen?«

Gerck schwieg.

Bion wandte sich Carola zu. »Und du? Das Hospital läßt dich wohl nicht mehr los? Du hast scheinbar immer noch nicht genug? Die Adresse, die ich dir gegeben habe, war auf jeden Fall richtig, wie du siehst. Ja, Adrian. Sie kam heute mittag ziemlich aufgeregt in die Redaktion, um dich zu sprechen. Ein Unbekannter hatte ihre Mutter angerufen und ihr gedroht. Sie wußte natürlich nicht, daß auch ich so einen Anruf bekommen hatte.«

Bions Augen wanderten erneut durch das Zimmer, während er weitersprach: »Welche Wohnung könnte der Anrufer nur gemeint haben? fragte sie mich. Die Kaserne sei doch so groß. Ob ich vielleicht eine Idee hätte? Ich gab vor, daß du mir erzählt hättest, in welcher Wohnung Frenz gefunden wurde.« Er wedelte wieder mit dem Revolver. »Vorsicht! Keine hektischen Bewegungen.« Seine Augen blieben an der halbvollen Whiskyflasche hängen. »Schade um den Rest. War nicht billig, die Sorte.«

»War es die ganze Sache wert, Walter?« fragte Gerck vorsichtig. »Sind vier Tote nicht zuviel?«

Bions Lider begannen zu flackern. »Es ging nicht anders.« Er tippte leicht mit dem Fuß gegen die Flasche, woraufhin die hellbraune Flüssigkeit hochschwappte. »Wie du richtig am Telefon bemerkt hast, steht mir das Wasser bis zum Hals.«

»Ich dachte immer, dir ginge es recht gut, als Besitzer eines Mehrfamilienhauses.«

»... das mir nicht mehr gehört. Ich spiele nicht ungern, wie du weißt, und habe dummerweise auch die Börse als eine Art Spielplatz angesehen. Bis es mich eben vor ein paar Monaten erwischt hat.«

Er trat wieder gegen die Flasche, diesmal stärker. Sie schwankte, kippte aber nicht um.

»Wochenlang hatte das Barometer nach oben gezeigt. Da wird man leicht unvorsichtig und kauft eben ein bißchen mehr. Und noch ein bißchen mehr, denn schließlich gibt es keinen vernünftigen Grund aufzuhören. Es ist wie am Roulette-Tisch: Irgendwann packt es dich, und du kannst nicht mehr aufhören. Gebannt verfolgst du das Zahlenspiel. Los, noch ein paar Prozent. Ja, weiter so. Noch ein Plus und noch ein Plus und noch eins – bis auf einmal statt dem kleinen Kreuz ein Balken vor der Zahl steht. Ein Minus? Zuerst kannst du es nicht glauben und denkst: Ein Ausrutscher, was macht das schon? Lächerlich. Laß dich nicht aus der Ruhe bringen. Natürlich machst du weiter. Du kannst gar nicht anders. Denn bei jedem Minus hoffst du, daß im nächsten Moment wieder dieses verflixte kleine Kreuz vor der Zahl erscheint. Aber es kommt nicht.« Bions Augen wurden starr. »Bei Börsenschluß beginnt dir zu dämmern, daß du viel Geld verloren hast.«

Er seufzte. »Am nächsten Tag, willst du deine Verluste wieder wettmachen. Und das Spiel geht von neuem los.« Die Flasche fiel krachend um.

»Wieviel hast du genau verloren?« fragte Gerck in die anschließende Stille hinein.

»Über fünfhunderttausend. Keine Kleinigkeit. Du verstehst, daß ich mir das Geld wiederholen wollte?«

»Mit Hilfe des Hospitals! Woher wußtest du von Schmudes Umzugsplänen?«

»Von Margitta«, erwiderte er leise. »Sie hatte das zufällig mitbekommen und sich nichts dabei gedacht, als sie es mir erzählte. Mir kam sofort die Idee: Damit kannst du Geld machen. Ich bin zu zwei Banken gegangen und habe denen von den tollen Ertragsaussichten vorgeschwärmt. Du weißt ja selbst, was in dieser Klinik los ist. Ich brauche dir nicht zu sagen, was für ein Potential dahintersteckt. Ein dickes Plus, Adrian, ohne finanzielle Risiken, denn Kranke wird es immer geben!« Bion nickte selbstgefällig.

»Ja, ich erzählte ihnen von meinem Plan, als Co-Investor aufzutreten. Ich präsentierte ihnen alles, was ich über das Hospital weiß. Sie sollten merken, daß jemand vor ihnen saß, der wußte, wovon er redete, und der keiner dieser Idioten war, die immer wieder mit irgendwelchen Hirngespinsten auftauchen. Offenbar war ich sehr überzeugend, denn ich bekam den gewünschten Kredit – trotz meiner Schulden.«

Die Revolverspitze zeigte in Richtung Carola, die regunglos seinen Schilderungen folgte. »Außerdem konnte ich noch eine reiche Nichtstuerin als Kompagnon gewinnen.«

»Carolas Mutter. Was hat sie mit den Morden zu tun?« Gerck merkte, wie Carola neben ihm den Atem anhielt.

»Nichts«, sagte Bion nach einer längeren Pause. »Sie weiß von nichts.«

Carola atmete hörbar aus.

»Und zum Dank für den Tip hast du deine Freundin umgebracht?«

Bion senkte den Kopf. »Sie wollte mich hintergehen und alles der Polizei erzählen. Ich wollte sie nicht umbringen«, flüsterte er mit belegter Stimme. »Aber ich konnte nicht anders, verstehst du?«

Gerck reagierte nicht. Er sah nur auf den Boden und sagte: »Von ihr wußtest du auch, daß Reichling und Metzger den Umzug verhindern wollten?«

»Ja, und sie wußte es von ihrer Tochter Isabell, an die sich der saubere Herr Metzger herangemacht hatte – bis sie ihm zu langweilig wurde.« Er strich langsam über das Mündungsende seiner Waffe.

»Dann war deine Freundin also in alles eingeweiht?«

»Wir haben nie darüber gesprochen. Aber sie ahnte wohl einiges und schwieg – aus Haß auf Metzger.« Bion schüttelte den Kopf, als er fortfuhr: »Leider regte sich irgendwann ihr Gewissen. Ich verstehe immer noch nicht, warum. Metzger war ein Schwein, und um Reichling war es auch nicht gerade schade. Wenn ich daran denke, wie oft sie sich über die Beziehung zwischen ihrer Tochter und diesem großkotzigen Möchtegern-Casanova beklagt hat und wie fertig sie war, als Isabell sich umgebracht hat! Und dann kriegt sie wegen so einem Kerl ein schlechtes Gewissen! Es ist einfach nicht zu fassen!« Er sah flüchtig auf seine nassen Hosenbeine.

Für einen Moment war es wieder still. Gerck empfand diese Stille, die nur vom stetigen Rauschen des Windes gestört wurde, als äußerst unangenehm. Ich muß ihn hinhalten, bis Brix auftaucht, dachte er. Das war die einzige Chance.

»Wie bist du auf Frenz gekommen?« fragte er heiser.

Bion starrte auf den Schlafsack. »Auch durch Margitta. Sie hatte mir erzählt, daß in der Klinik ein Patient randaliert und Ärzte bedroht. Zunächst wollte ich eine Geschichte daraus machen und nahm deshalb mit Margittas Hilfe Kontakt zu ihm auf. Ich ahnte natürlich nicht, daß es sich um Frenz handelte.«

»Du hast ihn besucht?«

Ein Kopfnicken. »Einmal, als es ihm wieder besser ging. Danach haben wir uns mehrmals bei seinen Spaziergängen getroffen. Er hielt es in dem Krankenhaus nicht mehr aus und wollte unbedingt raus. Ich habe ihn in seinem Vorhaben bestärkt. Es war leicht. Ich erzählte ihm, daß die Ärzte dort ihre Patienten zu Forschungszwecken mit Medikamenten vollpumpen würden. Mir seien mehrere Fälle bekannt, und ich sei gerade dabei, alles aufzudecken.«

»Und er hat dir das abgenommen?«

»Jedes Wort.«

Gerck rann ein Schauer über den Rücken. Er fror, wagte jedoch nicht, sich zu bewegen. »Hattest du damals schon vor, Reichling und Metzger umzubringen?« fragte er leise.

Bion zögerte, als müßte er erst darüber nachdenken. Schließlich sagte er: »Sagen wir mal so: Die Begegnung mit Frenz hat mich in meinen Überlegungen bestärkt. Es war wie ein Wink des Schicksals: ein Nervenkranker, der zuerst seine Ärzte bedroht, sie tötet und dann von der Bildfläche verschwindet. Ein besserer Mörder läßt sich wohl kaum finden!«

»Also hat Frenz sie in deinem Auftrag ...?«

Bion winkte verächtlich ab. »Wo denkst du hin? Der wäre doch dazu gar nicht in der Lage gewesen. Ein Maulheld – das war er damals schon, als er noch für uns arbeitete.«

Gerck warf einen Blick auf Carola. Mit ihrer Unterstützung war nicht zu rechnen. Er mußte das Gespräch allein in Gang halten. Bion mußte weiterreden. Immer weiter, bis hoffentlich Brix irgendwann kam. Irgendwann mußte er doch kommen, verdammt! »Wie hast du ihn in die Kaserne gelockt?«

Bion vergrub eine Hand in der Tasche seines Mantels, den er bis oben zugeknöpft hatte: »Das war völlig unproblematisch. Ich habe ihm einfach erzählt, daß sie sein Verschwinden nicht so ohne weiteres hinnehmen würden und er sich deshalb eine Zeitlang verstecken müsse.«

»Aber warum ausgerechnet in Münchweiler? War es nicht ein großes Risiko, ihn dort allein zu lassen?«

»Mitnichten. Wer wäre schon darauf gekommen, daß er sich in dieser gottverlassenen Kaserne verstecken würde?«

»Aber er hat sich nicht an deine Anweisungen gehalten?«

Bions Augen funkelten wütend. »Nein. Dieser Idiot kam plötzlich auf die Idee, im Ort spazierenzugehen!« Seine Lider begannen wieder zu flackern. Er schien unruhig zu werden. »Ist die Fragestunde jetzt zu Ende?«

Gercks Hände zitterten derartig, daß es auffallen mußte. »Hast du jemals versucht, mit Reichling und Metzger zu sprechen?« fragte er mit kehliger Stimme.

Bion kräuselte die Stirn. »Mehr als einmal. Vor allem bei Reichling habe ich es oft probiert. Zum Schluß habe ich ihm sogar eine Beteiligung angeboten.«

Er sah aus dem Fenster und redete mehr zu sich selbst weiter.

»Wir trafen uns an jenem Abend auf dem Parkplatz hinter dem Krankenhaus. Er wollte zuerst nicht, doch ich habe nicht lockergelassen. Wir sind ein Stück in meinem Auto gefahren. Ich habe mit Engelszungen auf ihn eingeredet und ihm reinen Wein eingeschenkt.

Ich machte ihm klar, daß ich bereits den Kaufvertrag für einen Teil des Hospitals unterschrieben hätte, mein Finanzpartner aber erst aufspringen würde, wenn der Umzug steigt. Wieviel Prozent er wolle? fragte ich. Doch er ging nicht darauf ein. Er sagte, er würde viel mehr verdienen, wenn die neue Klinik auf seinem Grundstück gebaut würde, und ich solle mich zum Teufel scheren. Ich fuhr immer weiter, ohne auf seinen Protest zu achten. In der Nähe vom Beckenhof griff er mir ins Lenkrad und verlangte, daß ich augenblicklich umdrehe und ihn zurückbringe.«

Bions Stimme wurde ganz leise. »Das habe ich nicht getan.« Er schnaubte und sah zu den drei Bildern auf dem Tisch. »Wie sie lachen. Die Originale sind in einem Fotoalbum, das in der Klinik liegt. Margitta hatte es mir mal mitgebracht, um mir ihre Kollegen zu zeigen. Ich habe die Fotos heimlich nachmachen lassen. Jetzt brauche ich sie nicht mehr.«

Er wandte sich wieder Gerck zu. »Mit einem bißchen guten Willen hätten alle etwas von dem Umzug gehabt. Aber die beiden Idioten wollten nicht.« Seine Hand mit dem Revolver hob sich. »So, und jetzt ist Schluß.«

»Was hast du mit uns vor?« flüsterte Carola plötzlich. Sie war aus ihrer Erstarrung erwacht.

Bion ließ sich viel Zeit.

»Mach keinen Blödsinn, Walter«, brummte Gerck und starrte auf das dunkle Mündungsende, das auf ihn gerichtet war.

»Reporter erschießt Kollegin und richtet sich selbst«, zischte Bion. »Eine Schlagzeile, die sicher ganz nach dem Geschmack unseres verehrten Redaktionsleiters wäre. Oder: ›Schießwütiger Reporter nimmt Journalistin mit in den Tod‹ – würde Westrich bestimmt auch gefallen.« Provozierend sah er die beiden abwechselnd an. »Was macht ihr für lange Gesichter? Fällt euch etwas Besseres ein?«

»Glaubst du wirklich, das wird dir jemand abnehmen?« fragte Gerck.

»Mir muß niemand etwas abnehmen«, erwiderte Bion. »Du hast gehofft, hier Spuren zu finden oder gar einen Verdächtigen zu treffen und dabei deine neugierige Mitarbeiterin erschossen, die dich überrascht hat. Du hast eindeutig die Nerven verloren. Als du feststelltest, wen du getötet hast, begingst du aus Verzweiflung Selbstmord.« Sein Blick ruhte auf Carola, die ihn entsetzt anstarrte.

»Die Polizei weiß, daß du es warst. Sie werden jeden Moment hier sein«, krächzte Gerck.

»Also doch. Du Schwein. Aber es wird dir nichts nützen. Ich habe vorhin niemanden gesehen. Und wenn: Mir kann keiner etwas nachweisen.« Sein Finger legte sich um den Abzugshahn.

Ein Krachen im Treppenhaus ließ ihn herumfahren. »Was war das?« rief er. Gerck stürzte nach vorn, aber Bion war schneller und drückte ohne zu zögern ab.

Die Wucht des Einschlages war heftig. Gerck spürte ein Stechen in der linken Schulter. Carolas Schrei ging in einem weiteren Knall unter.

Gerck wollte seinen Kopf bewegen, doch ein Widerstand im Nakken verhinderte das. Um ihn herum wurde alles grau und danach schwarz.

In seinem Kopf brummte es. Das Geräusch wurde immer lauter. Es hörte sich an wie ein Rasenmäher, der sich unaufhaltsam näherte, bis der Ton auf einmal verstummte, um kurz darauf wieder einzusetzen und erneut zu verstummen.

Gerck öffnete langsam die Augen. Er sah eine dicke Fliege, die um seine Nase summte. Er beobachtete das Tier, bis es hinter der hellen Kuppel der Deckenlampe verschwunden war.

Vorsichtig drehte er seinen Kopf ein wenig zur Seite.

Sein Blick fiel auf einen schmalen Schrank, der neben einer Tür stand. Das Möbelstück hatte er noch nie in seinem Leben gesehen. Seine Finger tasteten über etwas Weiches. Erstaunt stellte er fest, daß er in einem Bett lag. Er versuchte sich aufzurichten, gab das Vorhaben jedoch sofort wieder auf und stöhnte.

»Wieder wach?«

Trotz der Schmerzen drehte er seinen Kopf in die Richtung, aus der die Stimme gekommen war. Sie gehörte einer männlichen Gestalt, die in der Ecke gegenüber der Tür des Krankenzimmers stand und am Fensterbrett lehnte. Es war Brix.

Der Polizist war weder rasiert noch gekämmt und sah auch sonst ungewöhnlich ungepflegt aus. Seine Haare fielen ihm wirr in die Stirn. Der Kragen seines Hemdes stand offen, und die Krawatte hing windschief über der Knopfleiste.

»Seit wann liege ich hier?« fragte Gerck.

»Seit ziemlich genau zwölf Stunden.«

»Bion«, flüsterte er. »Wo ist Bion?«

»Tot«, antwortete Brix.

Gerck lief trotz der warmen Decke ein Schauer über die Haut. »Und Carola?«

»Die lebt. Ihr geht es sogar besser als Ihnen – zumindest was das Körperliche betrifft.«

Gerck versuchte erneut sich aufzurichten, sackte jedoch kraftlos wieder in die Kissen zurück. »Wo ist sie?« stöhnte er.

»Zu Hause. Ein Psychologe ist bei ihr. Sie hat zum Glück nichts abbekommen.« Brix strich über sein unrasiertes Kinn. »Sie müssen jetzt erst einmal Ihre Verletzung auskurieren. Wird eine Weile dauern, bis wir wieder trainieren können.«

Gerck bemerkte erst jetzt den dicken Verband an seiner linken Schulter, die bei jeder Bewegung höllisch wehtat.

»Bion«, stammelte er. »Ich arbeite seit Jahren mit ihm zusammen.«

»Und Sie kannten ihn trotzdem nicht. Aber da sind Sie nicht der einzige. Unsere Recherchen haben übrigens ergeben, daß Carolas Mutter tatsächlich nichts von der ganzen Sache wußte. Bion hatte mit ihr Kontakt aufgenommen, weil ihm bekannt war, daß sie nicht gerade am Hungertuch nagt, und ihr üppige Gewinne für den Fall in Aussicht gestellt, daß sie sich am Kauf der Gebäude beteiligt. Sie kannte allerdings die Hintergründe nicht. Er erzählte ihr lediglich, daß dort ein psychiatrisches Krankenhaus hinkommen soll. Weil sie von ihrer Tochter wußte, daß Bion ein Spezialist für Gesundheitsthemen war, vertraute sie seinen Informationen. Ich kann mir gut vorstellen, daß er irgendwann versucht hätte, sie auszubooten.«

Brix streckte sich. »Den Kaufvertrag hatte er bereits vor längerer Zeit unterschrieben«, fuhr er fort. »Carolas Mutter wartete noch auf seine Bestätigung, daß die Klinik tatsächlich nach Münchweiler kommt. Deshalb war sie auch ganz froh über die Recherchen ihrer Tochter, von denen sie sich neue Informationen erhoffte. Carola wiederum wußte bis zum Schluß nicht, daß ihre Mutter die Umzugspläne bereits kannte und sich in Münchweiler engagieren wollte. Margarete Linn wollte erst abwarten, bis alles unter Dach und Fach ist, um dann damit herauszurücken.«

Gerck lauschte stumm den Erläuterungen und zwang sich, den Schmerz in der Schulter zu ignorieren.

»Bion hat also alles auf eine Karte gesetzt und wäre ohne den Umzug finanziell erledigt gewesen.« flüsterte er.

Brix zog seine Krawatte gerade. »So sieht es aus.«

»Warum haben wir seinen Namen in den Unterlagen gefunden?« fragte er mühsam. »War das nicht viel zu gefährlich?«

»Im nachhinein gesehen war das natürlich ein Fehler«, stimmte ihm Brix zu. »Aber als er mit dem Bürgermeister zum ersten Mal sprach, ahnte er nicht, daß sich die zwei Ärzte so querlegen würden. Damals hegte er noch keine Mordpläne und hatte also auch keinen Grund, seinen Namen zu verheimlichen. Und später, nachdem er den Vertrag bereits unterschrieben hatte, konnte er natürlich seinen Namen nicht mehr streichen lassen.«

»Trotzdem eigenartig, das Ganze«, ächzte Gerck, während er sich auf dem Kissen wälzte. »In Münchweiler hätte man doch Verdacht schöpfen müssen. Und warum ist Schmude nicht auf ihn gekommen? Oder Metzger nach dem ersten Mord? Bion hat schließlich versucht, beide Psychiater zu bearbeiten. Da hätte Metzger doch mißtrauisch werden müssen.«

Brix spreizte die Hände und legte die Fingerspitzen gegeneinander. »Also der Reihe nach«, sagte er. »In Münchweiler wußte man nichts von dem ganzen Hickhack mit Reichling und Metzger und war froh, zumindest für einen Teil der leerstehenden Gebäude endlich einen Käufer gefunden zu haben, und deshalb auch bereit, Bions Wunsch nachzukommen, die Sache nicht an die große Glocke zu hängen. Einen Zusammenhang mit den Morden hat natürlich niemand gesehen. Deshalb hielt es beispielsweise auch der Bürgermeister nicht für nötig, der Polizei von dem Verkauf zu erzählen. Ihm ging es vor allem darum, das Geschäft nicht zu gefährden; zumal Carolas Mutter noch nicht unterschrieben hatte.«

Brix griff hinter sich und zog sein Oktavheft aus der Jacke, die über der Stuhllehne hing, öffnete es aber nicht. »Schmude wiederum hatte keine Ahnung von Bions Vorhaben«, fuhr er mit müder Stimme fort. »Er wußte noch nicht einmal, daß Bion Frenz in der Klinik aufgesucht hat, weil Besuche dort nicht registriert und Besucher nicht kontrolliert werden. Außerdem war er viel zu sehr damit beschäftigt, sein Verhältnis mit Reichlings Witwe geheimzuhalten – wenn ihm das auch nicht ganz gelang. Wie Sie ja wissen, hatte er als ihr Seelentröster Angst davor, als Mörder verdächtigt zu werden.«

»Und was ist mit Metzger?«

»Tja, was ist mit Metzger?« wiederholte Brix nachdenklich. »Ich glaube, er hat Bion einfach falsch eingeschätzt und ihm nicht zugetraut, daß er so weit gehen würde.«

Gerck nickte betreten und Brix sprach weiter: »Das Messer und den Hammer haben wir noch immer nicht gefunden«, sagte er. »Vielleicht finden wir sie auch nie. Wer weiß, wo Bion sie versteckt hat!«

Er klappte das Oktavheft auf, blätterte darin und blieb mit dem Finger an einer Seite hängen. »Aber es gibt noch etwas anderes, das mich beschäftigt und das wahrscheinlich ungeklärt bleiben wird. Da ist zunächst die Sache mit Margitta Preisers Wohnung. Hier!« Er zeigte auf eine Zeile, die dick unterstrichen war und schien dabei völlig zu vergessen, daß Gerck sie vom Bett aus nicht lesen konnte.

»Ich verstehe nach wie vor nicht, warum keiner ihrer Nachbarn Bion je in dem Mietshaus gesehen hat. Das ist doch sehr merkwürdig, denn er war schließlich nicht unsichtbar. Ich kann mir das nur so erklären, daß sich die zwei nie dort getroffen haben«, fuhr er fort. »Vielleicht weil Bion es nicht wollte? Leider kann uns das keiner von den beiden mehr verraten, und deshalb ist es auch sinnlos, sich weiter den Kopf darüber zu zerbrechen. Wir wissen jedenfalls, daß sie öfter in Bions Haus war. Außerdem möchte ich wissen, warum sie an dem Abend vor ihrer Ermordung am Telefon so geheimnisvoll getan hat? Warum wollte sie mich erst am nächsten Morgen auf dem Parkplatz des Krankenhauses sprechen? Ich kann nur vermuten, daß Bion an dem Abend in der Nähe war und sie vergeblich versucht hat, das Treffen vor ihm geheimzuhalten.«

Gerck starrte gedankenverloren zur Decke. Die letzten Tage rasten wie ein Film an ihm vorbei.

»Warum sind Sie so spät gekommen?« fragte er plötzlich.

»Beinahe wäre ich zu spät gekommen«, erwiderte Brix zögernd und wedelte dabei nervös mit dem Notizheft. »Aber dafür gibt es auch einen Grund.«

Er holte tief Luft, bevor er langsam weitersprach: »Kurz bevor ich losfahren wollte, rief Carolas Mutter bei uns an, weil sie sich Sorgen um ihre Tochter machte. Sie hatte Carola von dem anonymen Anruf erzählt, woraufhin diese einen Wutanfall bekam und gegen den Willen ihrer Mutter nach Münchweiler fuhr, um den unbekannten Anrufer zur Rede zu stellen.«

Die Andeutung eines Lächelns wirkte verkrampft, als er hinzufügte: »Ganz schön mutig von ihr, um nicht zu sagen, leichtsinnig. Jedenfalls mußte ich Frau Linn versprechen, daß wir ihre Tochter im Auge behalten. Ich kam also erst später los und sah gerade noch, wie Sie – entgegen unserer Absprache – in die Kaserne liefen. Sie rannten so schnell, daß Sie nicht mal merkten, daß Ihnen jemand folgte.«

»Sie?«

»Nein, Bion. Er hatte auf dem Sportplatz gewartet. Sie hätten ihn eigentlich sehen müssen. Er hatte sich als Sportler getarnt. Als es zu regnen begann und Sie im Eingang verschwanden, suchte auch er Schutz vor dem Regen, ohne Sie allerdings aus dem Auge zu verlieren. Er folgte Ihnen in sicherer Entfernung und wartete geduldig, bis Carola eintraf.«

Gerck biß sich auf die Lippen und drehte den Kopf in seine Richtung.

»Sie waren also die ganze Zeit in der Nähe und haben alles mitbekommen? Verflucht, er wollte uns umbringen! Warum haben Sie ihn nicht sofort außer Gefecht gesetzt?«

Brix wich seinem Blick aus. »Wenn ich das getan hätte, wäre möglicherweise alles umsonst gewesen. Ich wollte warten, bis er sich selbst überführt und gesteht. Ich versichere Ihnen, daß keine Gefahr bestand. Weder für Sie noch für Carola. Wir waren darauf gefaßt, von einer Sekunde auf die nächste einzugreifen.«

Er seufzte. »Dann passierte allerdings etwas, das mich und die Beamten, die mich begleiteten, überraschte und ablenkte: Der Wind stieß die Eingangstür vom Treppenhaus zu. Der Kollege, der unten wartete, versuchte sie noch aufzuhalten und klemmte sich dabei schmerzhaft die Hand ein. Seine Waffe fiel mit lautem Getöse auf den Boden.« Brix vergrub seinen Kopf zwischen beiden Händen. »Ich habe deswegen die letzte Nacht so gut wie nicht geschlafen. Das können Sie mir glauben.«

Gerck betrachtete lange die gebeugte Gestalt. Er hatte Todesangst gehabt. Sollte er nun lospoltern? Er brachte keinen Ton über die Lippen. Hatte Brix sie tatsächlich in Gefahr gebracht, oder hatten sie das nicht selbst getan, indem sie entgegen aller Ratschläge allein in die Kaserne gegangen waren? Er genauso wie Carola?

Ein paar endlose Sekunden lang war das Tropfen des Wasserhahns vom Waschbecken neben dem Schrank das einzige Geräusch im Zimmer, bis Gerck das Wort ergriff.

»Ich habe Carolas Mutter zu Unrecht verdächtigt«, sagte er. »Carola wird sauer auf mich sein. Ich muß sie dringend sprechen. Gibt es hier ein Telefon? Ich möchte mich bei ihr entschuldigen.«

»Ich würde damit warten. Sie steht noch unter Schock.« Brix stand auf, trat neben das Bett und streckte Gerck die Hand entgegen. »Ich wünsche Ihnen, daß Sie schnell wieder auf die Beine kommen«, sagte er und murmelte kleinlaut: »Es tut mir leid.«

Gerck griff wortlos nach der Hand.

Seine Gedanken kreisten noch um Carola, als Brix das Zimmer längst wieder verlassen hatte. Er zog die Decke bis unter das Kinn, schloß vor Erschöpfung die Augen und nahm sich vor, so schnell wie möglich mit ihr zu sprechen.

Mit diesem Gedanken schlief er ein.

NACHWORT

Wer die Pfalz jemals besucht hat, weiß, daß sie mehr als nur Weck, Worschd und Woi zu bieten hat. Seit meiner Zeit in Pirmasens weiß ich, daß sie ebenfalls reich ist an kleinen und größeren Problemen, Ereignissen und Erzählungen. Zudem ist sie in meinen Augen eine ideale Kulisse für einen klassischen Krimi.
Diese Kulisse kann einen Autor zu einem guten Krimi inspirieren, aber es bedarf auch vieler Helfer, bei denen ich mich an dieser Stelle bedanken möchte.

Allen voran bei meiner Frau für ihre unermüdliche Unterstützung und Geduld während der ganzen Zeit, die ich zu Hause am Schreibtisch verbracht habe; bei meinem Freund Marco für seine kritische Begleitung sowie bei Claudia Kratochvil für ihre Tips und ihren Zuspruch. Außerdem geht mein Dank an Kriminalhauptkommissar a.D. Hermann Gläser und Dr. med. Manfred Croissant, an die geduldigen Korrekturleser Ulrike Bingger-Kratz, Gunhild Haass, Andreas Beck und meine Eltern, sowie an alle, die ich zu erwähnen vergessen haben sollte.
Keinesfalls vergessen möchte ich meine Lektorin Marion Heister, die mir ein paar harte und zugleich hilfreiche Wochen beschert hat.